Siegfried Sommer, 1914 in München geboren, verbrachte die ersten Jahre seines Lebens als Pflegekind bei einer Familie in Niederbayern. Schon früh begann er zu schreiben, 1937 wurde seine Kurzgeschichte »Der Bart« in der Zeitschrift »Jugend« veröffentlicht. Ab 1939 erlebte er als Soldat der Wehrmacht die Schrecken des Zweiten Weltkrieges an vielen Fronten. Er schrieb während des Krieges weiter Gedichte und gewann einen Literaturwettbewerb. Nach seiner Entlassung 1945 kehrte er nach München zurück und arbeitete als Lokalreporter und Sportberichterstatter für die »Süddeutsche Zeitung«. Von 1949 bis 1987 erschien seine Kolumne »Blasius der Spaziergänger« in der »Abendzeitung«. Die Figur des Blasius machte Sigi Sommer schon zu Lebzeiten zu einer Legende, er wurde Münchens beliebtester Journalist. Die Zuneigung zu seiner Stadt, die er nie mehr verlassen wollte, ist in seinen Texten allgegenwärtig. Sein erster Roman »Und keiner weint mir nach«, der 1953 erschien, wurde von Bertolt Brecht als der beste der Nachkriegszeit bezeichnet. Der zweite Roman »Meine 99 Bräute« folgte 1956. Sigi Sommer starb 1996 in München. Für sein Werk erhielt er u. a. den Karl-Valentin-Orden, den Ernst-Hoferichter-Preis und den Bayerischen Verdienstorden. Zwei Jahre nach Sigi Sommers Tod wurde 1998 in der Rosenstraße im Zentrum Münchens das Sigi-Sommer-Denkmal enthüllt.

edition monacensia
Herausgeber: Monacensia
Literaturarchiv und Bibliothek
Dr. Elisabeth Tworek

Die *edition monacensia* präsentiert ausgewählte Werke renommierter Münchner Autorinnen und Autoren des 19. und 20. Jahrhunderts, deren literarische Arbeiten von der Monacensia – Literaturarchiv und Bibliothek betreut werden. Neben Neuausgaben vielgesuchter Bücher erscheinen Ersteditionen aus den Beständen der Monacensia, die von kompetenten Herausgebern eingeleitet werden.

Wie rasend verfliegen die Jahr

Sigi Sommer – Chronist, Journalist, Spaziergänger

Herausgegeben von Werner Meyer

Zeichnung: Ernst Hürlimann

edition monacensia
im
Allitera Verlag

Weitere Informationen über den Verlag und sein Programm unter:
www.allitera.de

Bibliographische Information der Deutschen Bibliothek

Die Deutsche Bibliothek verzeichnet diese Publikation
in der Deutschen Nationalbibliographie; detaillierte bibliographische Daten
sind im Internet über <http://dnb.ddb.de> abrufbar.

August 2004
Allitera Verlag
Ein Books on Demand-Verlag der Buch&media GmbH, München
© 2004 Für diese Ausgabe: Landeshauptstadt München/Kulturreferat
Münchner Stadtbibliothek
Monacensia Literaturarchiv und Bibliothek
Leitung: Dr. Elisabeth Tworek
und Buch&media GmbH, München
Umschlaggestaltung: Kay Fretwurst
unter Verwendung eines Fotos von Franz Hug
Herstellung: Books on Demand GmbH, Norderstedt
Printed in Germany · ISBN 3-86520-068-0

Inhalt

Werner Meyer: Der andere Sigi · 7

Gespräche mit Sigi Sommer · 10
Übers Schreiben · 10 · »Ich brauch' nur in mich hineinzuhorchen« · 13 · Seine letzten Tage · 15

Die frühen Jahre · 16
Als Blasius noch ein Waldbauernbub war · 16 · Kinderjahre: Damals habe ich das Armsein gelernt · 19 · Mein Vater der Häuptling Abendwind · 20 · Der Tod der Stiefmutter · 21

Erste Arbeiten · 24
Der Bart · 25 · Die Logik · 25 · Letzte Liebe · 26 · Das Glück · 27 · Hörts ma auf mit der Wiesn · 28

Sigi Sommer im Krieg · 31
Mein Weg zurück · 31 · Der Verserlschmied mit der Maschinenpistole · 45

Reporter in der Schuttlandschaft · 46
Das tägliche Gerücht · 46 · Ehen werden im Himmel geschlossen · 47 · Schwabing zwischen Abschied und Wiedersehen · 48 · Auf der Brücke zum Jenseits · 49 · Das Kuckucksei · 50 · Entdeckungsreisen in die Nachbarschaft · 55

Wie die Spaziergänger-Kolumne entstand · 61
Teure Eier · 61 · Beschwingte Weisen · 62 · Irrwege auf dem Amtsweg · 63 Unwirsch durch die Stadt · 65 · Ernst Hürlimann erinnert sich ... · 66 · Am beliebtesten Blasius · 66

Blasius über Blasius · 67
Wenn ich spazieren gehe ... · 67 · Warum ich schreibe ... · 67 · Die Ballade vom faulen Lohnschreiber · 69

Blasius ganz privat · 74
Die große Hungerkur · 74 · Nix Kultura · 76 · Der Patriarch aus dem Regina · 78 · Bei Durchsicht meiner Stunden ... · 80

Die Nachkriegsjahre · 82

Die Bescherung · 82 · Brief von Karl Valentin · 83 · Der aufgewertete Kunde · 84 · Der Arme-Leute-Lindwurm · 85 · Speisesaal der Armut · 87 · Das Hotel der Gestrandeten · 88 · Warte nur bald … · 90 · Wärmestube mit Musik · 91 · Ihre Heimat ist der Güterwagen · 93

Blick zurück in leiser Wehmut · 95

Das Medizinkastl · 95 · Morgenstund … · 96 · Stöber-Bazillen · 98 · Über das Benehmen am Ausguß · 99 · Kleine Gassenbuben-Chronik · 100 · Tag des alten Mannes · 102

Sigi Sommer entdeckt Europa · 107

Kontrollgang durch das Abendland · 107 · Am Lago Maggiore · 108 · Nichts geht mehr · 110 · Drei Millimeter von der Ewigkeit entfernt · 111

Was Blasius aufregte · 114

Wiederbewaffnung: Die einen schweigen … · 114 · Luftschutz: Zieht Euch warm an … · 116 · Konfessions-Unterricht: Evangelische Kniebeugen – katholischer Bauchaufschwung · 118 · Transplantationen: Herzliche Zeiten · 120 · Notstandsgesetze: Aus, Amen und vorbei · 121

Sigi Sommers Stammtisch · 124

Gedanken im Krankenbett · 130

Zwei Pullen Vergißmeinnicht · 130 · Hühnerauge am Stimmband · 132 · Feuer im Kreuz · 133 · Auf der Brücke ins Jenseits · 135

Friedhofsgeschichten · 138

Insel des Friedens · 138 · Begegnungen mit IHM · 140 · An jener Friedhofsmauer · 142 · Der letzte Blasius: Schatten an der Wand · 144

Erinnerungen an Sigi Sommer · 148

Anneliese Friedmann: Ein Chronist. Und ein Poet dazu … · 148 · Louise Pallauf: Der Sigi · 154 · Ernst Hess: Mit der Stimme eines entzündeten Nebelhorns · 156

Zeittafel · 163

Quellen- und Bildnachweise · 165

Der andere Sigi

Es gibt viel Neues aus der Vergangenheit. Viel Unbekanntes, Vergessenes, Übersehenes aus dem Leben von Siegfried Sommer. Manches wird darunter sein, das sogar neu ist für die ganz alten Freunde von Blasius, dem Spaziergänger.

Seine Schulnoten zum Beispiel sind jetzt erst ausgegraben worden. Er war ein guter Schüler, das wußten wir. Ein Vermerk im Schülerbogen mit den Noten erzählt nebenbei, wie elend diese Zeit gewesen ist. 1923/24 war es für einen Lehrer erwähnenswert, daß der Schüler Sommer »zu Weihnachten ein Paar (alte) Schuhe bekommen« hat. 1923 – das war das Jahr, in dem die Inflation ihren Höhepunkt erreichte. 4,1 Billionen Papiermark für einen Dollar.

1926 schloß Sigi den Besuch der Volkshauptschule ab. Und der Lehrer schrieb ins Abschlußzeugnis: »Ein äußerst fleißiger, eifriger Schüler. Berechtigt zu den besten Hoffnungen.«

Sigi Sommer ging bei einem Elektro-Installateur in die Lehre, bestand die Prüfung mit Auszeichnung. Dann versuchte er sich in einigen Berufen – sogar als Autohändler. Aber seine Leidenschaft war das Schreiben und das schon vor dem Jahr 1938. Jahrzehntelang blieben dreißig Kurzgeschichten und fünf Gedichte in einem Koffer verborgen – unbekannt, ungedruckt, unbeachtet. Mit Hilfe von alten Zeitungen und Zeitschriften aus dem Besitz von Sigi Sommer ließ sich außerdem rekonstruieren, wann die ersten Arbeiten von ihm in der Zeitschrift »Jugend« und im Münchner »Abendblatt« veröffentlicht wurden. Ein Redakteur der »Jugend« schien Interesse an dem jungen Schriftsteller gefunden zu haben, wie ein Brief erkennen läßt. Dann kam der Zweite Weltkrieg und die »Jugend« wurde eingestellt. Sigi Sommer schrieb als Soldat weiter Gedichte und wurde dafür sogar preisgekrönt. Den Krieg erlebte er als Soldat vom ersten Tag an bis zum bitteren Ende. Alles läßt sich dokumentieren.

Vermerk im Abschluss-Zeugnis der Volksschule: »Berechtigt zu den besten Hoffnungen.«

Im Herbst 1945 stand er vor der Türe der »Süddeutschen Zeitung« und lieferte sein erstes »Geschichterl« ab, 21 Zeilen lang. Es wurde wiederaufgefunden. Als Reporter berichtete er in den ersten Jahren über die Tagesereignisse: Über Boxkämpfe, ein Wettkochen im Deutschen Museum, über den großen Zauberer Marvelli oder über den Besuch von Kaffeepflanzern aus Brasilien. Was halt so anfiel. Allmählich aber wurde der Reporter der Tagesereignisse zum scharfsichtigen Chronisten der Zeit.

Dem »Spiegel« fiel das Talent schon 1953 auf. Das Blatt befaßte sich auf vier Seiten mit Sigi Sommers aufsehenerregendem Buch »Und keiner weint mir nach«, das gerade erschienen war. Dabei kamen die »Spiegel«-Leute auf Blasius-Geschichten zu sprechen. Gewiß, er berichtete vom Adelsball und von der Schweinemetzgerballkönigin. Der »Spiegel« fügt hinzu: Wer jedoch Blasius liest, »… stößt neben solchen Themen immer wieder auf das eigentliche Gebiet, in dem Siegfried Sommers Beobachtungen sich mit den langen monotonen Jugenderfahrungen decken: auf die Ausweglosigkeit und Verlassenheit der Armen und Alten, auf die Lieblosigkeit der Mietskasernen und Hinterhöfe, die Welt ohne Güte. Und hier beweist er schon bei den kurzen Stilproben, daß er ohne Anklage und ohne künstlichen Effekt mit knapper Sprache zu berichten versteht, und seine Kraft in den Bildern und in der glasklaren Sicherheit seiner Beobachtungen liegt.« Der »Spiegel« zitiert Passagen aus einer Reportage über ein Münchner Flüchtlingslager – einen Artikel, der in dieses Buch aufgenommen wurde.

Der Spaziergänger – fotografiert an jener Stelle, wo heute sein Denkmal steht

Der Journalist Erich Kuby, auch einer der Großen seiner Zunft, befürchtete damals ein Mißverständnis. »Sommers Popularität stützt sich auf den Beifall aller deren, welche die von Blasius haarscharf fotografierte Wirklichkeit nie selber erlebt haben und deshalb für komisch halten, was so komisch ist wie ein Schlachthaus.«

Sigi Sommer war eben nicht nur der Großmeister lustiger Sprüch' – er war auch Reporter, Chronist des Lebens der kleinen Leute und donnernder Zeit-Kritiker. Heftiger als er hat einst wohl kein Journalist in München gegen die Wiederbewaffnung, gegen Notstandsgesetze und konfessionelle Trennung der Schüler sogar beim Sportunterricht gewettert.

»Ein Zeitaufschreiber, ein Chronist. Und ein Poet dazu«, sagt AZ-Herausgeberin Anneliese Friedmann über ihn. Franz Freisleder von der SZ sah ihn so: »Wenn Sommer schrieb, dann wurde daraus schönstes Volkstheater, gezaubert auf ein paar Quadratzentimeter Zeitungspapier, zum schadenfroh Kichern, zum herzhaft Lachen und manchmal gleich darauf auch zum Weinen.«

So ist es: Er konnte leise, zarte Töne anschlagen oder lautstark poltern, boshaft sticheln oder sanft trösten, mitleidsvoll die Armen und die Alten schildern, aber auch mit Worten zuschlagen. Sein Talent, seine Kunst hatte viele Seiten. Aber das Lustige, das Boshafte las man am liebsten. Und das wurde am häufigsten gedruckt. Seine Wortschöpfungen, seine Sprüch', seine Einfälle, die blieben im Gedächtnis. Was Erich Kuby »Schreibgaudi« nennt, ist tatsächlich nur ein Teil seines Könnens. Dieses Lesebuch enthält deshalb nicht in erster Linie die lustigsten Geschichten Sigi Sommers, sondern Betrachtungen, die bezeichnend sind – für sein Leben und für seine Zeit.

Gerade seine Geschichten von einst sind jetzt wieder aktuell. In den sechziger oder siebziger Jahren waren die Nachkriegsjahre noch zu nahe. Von der Not dieser Zeit wollte man damals, als das Wirtschaftswunder kam, eigentlich nichts mehr wissen. Heute sind die Kriegs- und Nachkriegsjahre ferne Vergangenheit. Es gibt immer weniger Zeugen der Zeit. Es ist verlockend, mit Sigi Sommer in die Vergangenheit einzutauchen. In seine eigene und in unsere.

Den einzelnen Kapiteln und Texten vorangestellt sind Ausschnitte aus Gesprächen mit Siegfried Sommer, die den Hintergrund liefern für die dann folgenden Geschichten.

München, im Mai 2004
Werner Meyer

Gespräche mit Sigi Sommer

Es war ein Vergnügen, Sigi Sommer auszufragen. Weil er genau so pointiert erzählen konnte, wie er schrieb. Und weil er dann oft manches ausplauderte, was nicht in seinen Geschichten stand. Anlaß zu Fragestunden boten Geburtstage oder Jahrestage. Von zwei Gesprächen mit Werner Meyer sind Tonband-Aufzeichnungen erhalten. Hier zunächst Ausschnitte eines Interviews vom 3. Dezember 1969. Anlaß: 20 Jahre Blasius in der AZ.

Übers Schreiben

»Ich seh' alles vor mir, ich schreib' eigentlich bloß ab, was ich seh'. Die Gefühlseindrücke vermehren sich, ich sehe heute vieles, was ich früher net gesehen habe. Mit der Zeit bin ich wie ein großer Radarschirm geworden, der die kleinsten Wellen auffängt ... So lustig, wie ich's schreib', is' das Leben in Wirklichkeit net ... Ich bin aber net traurig von Natur aus, sondern ein bisserl melancholisch. Alle, die ihren Humor verkaufen müssen, sei es an die Zeitung, sei es als Komiker, sei es als Schauspieler, für die bleibt selber nicht viel übrig.«

Haben Sie sich eigentlich mit Absicht zwiegespalten: Der bissige Blasius in der Freitag-Ausgabe, der besinnliche Sigi Sommer am Samstag?

»Nein, das sind zwei Seelen in meiner Brust. Die eine ist der Frotzelnde, der alles aus einer vollkommen unlogischen Perspektive sieht: Der Blasius, der sich als Sprachrohr des kleinen Mannes vorkommt. Der denkt ungefähr genau so. Einfältig vielleicht, manchmal dumm. Dann bin ich draufgekommen, daß dumme Fragen, die man an jemand stellt, an Hochgerichtete, daß die ungeheuer frappierend sind. Meistens wissen's nur eine dumme Antwort darauf, und die dumme Antwort hat mir natürlich geschmeckt. Denn die läßt sich bei der Zeitung gut verkaufen. Und eine dumme Antwort von einem Minister ist einfach ein Fressen für jeden, für den kleinen Mann auch ...«

Eine Kollegin kam nach Moskau und hörte dort an der Universität, daß Sie als proletarischer Schriftsteller eine legendäre Gestalt sind.

»Ein Korrespondent der SZ hat mir auch erzählt, daß er in Berlin bei einem Sowjetgeneral mein Buch auf dem Tisch liegen sah ...«

Ihr Buch wurde ins Russische übersetzt, aber Honorar haben Sie keines bekommen ...

»Ich wurde von Moskau eingeladen, ganz Russland zu bereisen, auf Kosten der Sowjetunion ohne jede Einschränkung, ohne jede Hypothek. Aber, habe ich gesagt, wissen Sie, ich war schon mal in Russland, und da war a Tafel: 2654 Kilometer nach München. Da habe ich mir denkt, das ist mir zu weit ...«

Sie wollen nicht mehr verreisen ...

»Weil ich net mag. Ich liebe jeden Tag, den ich in München sein kann und darf. Es gibt für mich keinen schöneren Fleck auf der Welt ... München hat sich schon verändert. München ist geliftet worden. Mir war natürlich das alte München lieber. Es gibt sie noch, die Spitzweg-Winkel. Aber die Leute sehen sie nicht. Sie schauen keine Passage mehr an, sie sehen keine alte Toreinfahrt mehr, oder irgendein schmiedeeisernes Gitter.

Ich finde das kleine Abenteuer, das ich suche, in unserer unmittelbaren Nachbarschaft ... In Siebenbürgen wie in Southhampton ist es doch dasselbe: der kleine Schmerz, die kleine Freude.«

Sie spielen Tennis

»Sport treibe ich, wann immer ich kann. Im Tennisspielen bin ich ziemlich gut. Aber der Polizeipräsident und der Peter Vogel – der Schauspieler – haben gesagt: Was ich spiele, ist kein Tennis, sondern Rollhockey.«

Haben Sie feste Gewohnheiten beim Schreiben?

»Am besten schreibe ich mit hungrigem Magen. Ich schreib' entsetzlich ungern. Die Themen sind immer noch gegeben. Weil das Leben weiterläuft. Natürlich ist da die Angst: Fällt mir was ein? Doch habe ich natürlich die Gewissheit: Das Gschichterl ist noch immer fertig geworden. Dann wird es auch diesmal fertig.«

Sie wollen niemand verletzen ...

»Des möchte ich nicht gerne. Aber ein bißchen Schadenfreude ist auch dabei. Wenn es mir gelingt, auf Kosten weniger viele zum Schmunzeln oder zum Lachen zu bringen, dann sitzt es richtig ...«

Gehen Sie wirklich viel spazieren?

»Ich geh' im Tag so ungefähr zehn Kilometer, bestimmt. Manchmal auch in den Vororten. Mir entgeht kaum eine neue Auslage, kein Metzgerladen, kein Schuhgeschäft, die ich mir besonders gern anschau` ...«

Möchten Sie noch einmal jung sein?

»Nein, das möchte ich nicht, jedenfalls nicht ganz jung. Es war eine schöne, aber traurige Zeit. Ich blicke auf meine Kindheit zurück wie auf eine verblaßte Fotografie … Ich freu' mich heute noch, daß ich damals so gesponnen habe … Ich bin auch froh, daß die heutige Jugend so spinnt, daß sie an allem zweifelt. An der Zeit freut mich, daß sie vergeht … Ärgern tut mich, daß sie auch für mich vergeht …«

Der Spaziergänger bei der Arbeit – »Natürlich ist da die Angst: Fällt mir was ein?«

»Ich brauch' nur in mich hineinzuhorchen«
26. Juli 1979. Gespräch am Vorabend seines 65. Geburtstages

Sie haben schon 1937 zu schreiben angefangen, in der JUGEND*?*

»Noch früher. Angefangen zu schreiben habe ich – Gedichte – schon mit sechzehn Jahren. Aber sie wurden natürlich nie veröffentlicht. Eines der schönsten war das Liebesgedicht nach der ersten Enttäuschung, das mit den ungeheuer poetisch-dramatischen Worten beginnt: ›Lebe wohl und lass' mich still verbluten‹. Wie alt war ich denn damals? Vierzehn Jahre.«

Wie kamen Sie zum Schreiben?

»Es war die grauenhafte Zeit der Arbeitslosigkeit. Ohne Geld gab es kein Vergnügen für die jungen Leute ... Das einzige waren noch die sogenannten Volksbibliotheken. Da habe ich Dostojeweski gelesen und Puschkin, Gogol ... Lauter alte, mir meistens unverständliche Sachen. Die Bibliothekarin hat mir immer schwere Sachen gegeben. Einige Bücher, besonders Hesse, haben mich so fasziniert, daß ich manchmal einen Tag oder zwei ohne Essen geblieben bin. Und damals habe ich was erlebt, worüber wir heute lächeln. Ich habe Hungerräusche gehabt. Die gibt's und die sind derartig schön, daß ich mir keine Droge wirksamer vorstellen könnte – ich habe nie eine genommen.

Ich habe hunderte Arbeiten noch irgendwo liegen. Aber ich habe nicht die Technik des Schreibens beherrscht. Eine Kurzgeschichte erschien. Und im Caféhaus hat einer zu mir gesagt: Da steht was im Abendblatt von einem, der schreibt sich genau so wie du. Ich hätte nie gewagt zu sagen: Das bin ich ... Ich schreibe heute noch nach Gefühl. Daß ich damit auch die Rechtschreibung treffe, ist ein ungeheurer Zufall.«

Was Sie vor dem Krieg geschrieben haben, waren Betrachtungen, keine Nachrichten ...

»Es war eine Art von Anekdoten, Kurzgeschichten, Plaudereien. Das erste Gschichterl, das ich geschrieben habe, der »Bart«, war ein wahres ...«

(Sigi Sommer hatte von einem Mann erzählt, der sich den dünnen Schnurrbart mit einem Augenbrauenstift färbte ... Plötzlich fand sich ein Abdruck des Schnurrbarts im Gesicht von Sigi Sommers Freundin.)

Sie haben sich als junger Mann Visitenkarten anfertigen lassen mit der Aufschrift: »Siegfried René Sommer, zur Zeit München«.

»Die habe ich mir selber geschrieben. Ich habe nur drei oder vier Stück gehabt. Auf den Postämtern waren Schreibmaschinen gestanden, gegen Einwurf von zehn Pfennig konnte man etwa dreißig Buchstaben schreiben ... Und da hab' ich ein Mädchen gehabt, das sagte: »Ach schad', wissen's, ich möcht' einen Herrn, der immer in München ist.«

Sind Sie denn in Ihrer Jugend gerne gereist?

»Ich bin zum Beispiel mit dem Fahrrad und drei Mark Wegzehrung nach Bremerhaven gefahren und hab' mir Bremen angesehen und Cuxhaven. Das sind immerhin 1000 Kilometer. In Hamburg habe ich Milch ausgetragen ...«

In der Zeit der Arbeitslosigkeit haben Sie alle möglichen Berufe ausprobiert ...

»Alles, was es gibt. Ich war Hausknecht, Bote, Spüler, alles, was man sich denken kann.«

Wie haben Sie sich die Zukunft vorgestellt?

»Wir haben im Spaß gesagt: Ich werde ganz was Großes. Etwa Stelzengeher vorm Zirkus. Oder dem Al Capone sein Patronenhülsen-Einsammler ...«

Sie hatten immer eine besondere Art. Die ersten Arbeiten in der Süddeutschen, die kennt man sofort heraus, auch wenn kein Name dasteht ...

»Ich hab' immer versucht, auch der winzigsten Zeitungsnachricht ein kleines Tipferl aufzusetzen. Und es war sehr schwer, denn die Redakteure waren festgefahren in ihrem Stil. Ich möchte für mich in Anspruch nehmen, daß ich einer war, der den Lokalstil in der Süddeutschen verändert hat ... Zur großen Genugtuung von Werner Friedmann ...«

Hatten Sie es schwer, nach dem Krieg zur Zeitung zu kommen?

»Gar net ... Ich hab' meine Gschichterl eingesandt. Die sind sofort genommen worden. Das erste gleich. Und Friedmann hat mir geschrieben, er möchte gerne den Herrn Sommer kennenlernen ...«

(Man hatte, der Schreibe nach, eigentlich »ein kleines altes Mannderl, ein verschrumpeltes« erwartet, erzählte Sigi Sommer zwischendurch.)

»Und Friedmann sagte: Haben Sie das wirklich selber geschrieben? Wollen Sie bei mir arbeiten? Es gab damals allerdings nur vierhundert oder fünfhundert Reichsmark im Monat. Aber da war das ungeheure Vertrauen von Friedmann ... Das gibt's doch heute nimmer ...«

Noch einmal zum Schreiben ...

»Ich weiß längst, daß der Mensch auf der ganzen Welt dasselbe empfindet. Die sann alle vom selben Baumuster ... Ich brauch' nur in mich hineinhorchen, dann schreibe ich das Richtige ...«

Seine letzten Tage

Spätherbst 1995. Notizen beim Besuch im Pflegeheim.
Er hat nicht mehr viel gesprochen in seinen letzten Wochen. Aber die Wände seines Zimmers im Pflegeheim zeigten, woran Sigi Sommer oft gedacht hat. Überall Fotos von Menschen, die ihm viel bedeuteten. Karikaturen, Bilder, die einst daheim in seiner kleinen Wohnung in der Wurzerstraße oder in seinem Büro in der AZ hingen. Gestalten, die ihm folgten, auch wenn er die Augen schloss. Das hat er früher erzählt: »Ich bin umgeben von Spezln, von vergangenen und gewesenen, von Gestalten, die ich selber erfunden haben, ich bin net einsam.«
Wenn er am Bettrand saß, sah er in Augenhöhe an der Wand zum Beispiel das Foto des Häuptlings Abendwind. Ein kräftiger Mann mit einem mächtigen Kopfputz. Der Häuptling – das war sein Vater Sommer, der allerdings nur feiertags zum Indianer wurde. Ein anderes Foto zeigt Siegfried Sommer senior Geige spielend, mit dunklem Schnurrbart. So wäre Sigi Sommer als junger Mann wohl auch gerne gewesen: wildromantisch.
Ein Bild der Totenmaske von Brecht hing auch im Altenheim-Zimmer von Sigi Sommer gleich neben dem Bett. Er hat es oft angesehen und sich immer gewundert. Denn der tote Brecht lächelt ganz deutlich. Das hat Sigi Sommer sehr beschäftigt: im Sterben lächeln. Er hat oft an den Tod gedacht. »Ich lebe in direkter Tuchfühlung mit dem Herrn, der mich eines Tages abholen wird.«
Auch Karl Valentin fiel ihm bei solchen Gedanken ein. Der soll angesichts des Todes gesagt haben: »Wenn ich gewußt hätte, daß das Sterben so leicht ist, wäre ich schon eher gestorben.« Den Satz hat Sigi Sommer allerdings erfunden: Daß das Sterben so leicht ist. Ein Wunsch, der sich für ihn nicht erfüllte. Zuletzt brauchte er Pflege und Obhut rund um die Uhr. Langsam erlosch sein Gedächtnis. Seine Partnerin Louise Pallauf umsorgte ihn, und sie sorgte auch dafür, daß in seinen wachen Stunden immer ein vertrautes Gesicht bei ihm war. Am 8. Dezember 1995 stürzte er. Schenkelhalsbruch. Nach Wochen voller Schmerzen überfiel ihn eine Lungenentzündung. Intensivstation. Der Tod am 25. Januar 1996 war eine Erlösung für Sigi Sommer.

Die frühen Jahre

23. *August 1914. Es war ein Sonntag, an dem Siegfried Sommer geboren wurde – aber ein Sonntagskind war er wohl nicht, wenn man darunter eines versteht, dem von Anfang an das Glück in den Schoß fällt. »Der Sieg in Lothringen« lautete an diesem Tag die Schlagzeile auf der Titelseite der Zeitung »Münchner Neueste Nachrichten«. Es war Krieg. Gleich nach der Geburt wurde Sigi zu Kost und Pflege einer Bauernfamilie in Niederbayern übergeben. So kam es auch, daß Siegfried Sommer in seinen Erinnerungen von drei Mamas spricht. Da war »die schöne Mama«, die ihn zur Welt gebracht hatte. Die Pflegemutter nannte er »Mamm« und später kam die »gute Mama« in sein Leben: Als sein Vater sich scheiden ließ und ein zweites Mal heiratete. Über die Jahre auf dem Land und seine Kindheit hat er viel zu erzählen ...*

Als Blasius noch ein Waldbauernbub war

Blasius steht vor einer Sandkiste und studiert eine rätselhafte Schrift, die irgendein Schulkind mit Kreide darauf geschrieben hat. Und auf einmal hat er sie entziffert. Und gleichzeitig mit dem Text steigt auch eine längst versunken geglaubte Erinnerung in ihm hoch, und es ist wieder Osterzeit 1920.

Damals, als Blasius noch der Waldbauernbub war, lebte er in einem winzigen Dorf in Niederbayern, durch das die Sonne nur alle acht Tage auf einem Handkarren durchgefahren wurde. Man erzählte sich auch, die Leute in dieser Gegend wären so arm, daß sie nicht einmal eine Uhr hätten. Sondern sie würden statt dessen einen nassen Lumpen zum Fenster hinaus hängen, und wenn dieser trocken sei, wäre es zwölf Uhr.

Nun, in diesem Kirchdorf war der Spaziergänger aus seiner Großstadtheimat wegen der kuhwarmen Goaßmilli und dem schwarzen Kaminkäse sowie anderen Viktualien umquartiert worden. Der biedere Mesner Bartholomäus Faltermeier und dessen riegelsame Frau waren seine Pflegeeltern. Blasius und ein weiterer Münchener Vorstadtspargel namens Anton halfen nun dem braven Manne, so gut sie konnten, bei allen Verrichtungen in Kirche und Friedhof. So beim Feierabendläuten, wo sie gemeinsam die kleinste Glocke bimmelten und sich dafür dann beim Ausschwingen der alten schweren Bim-Bam-Großmutter ans Zugseil hängen durften, das die zwei kleinen Quasimodos hoch mit hinaufnahm, dem hölzernen Kirchturmhimmel zu.

Auch aufs Ministrieren verstanden sich die zwei Knirpse schon ganz redlich, und öfter ging Blasius mit dem Rauchfaß übers Land, wenn einer von den wurzelköpfigen Bauersleuten die Heugabel für immer in die Ecke stellte. Kam dann das Begräbnis, so war es für die zwei Kostbuben nichts Unnatürliches, beim Ausheben des ewigen Kiesmatratzenbettes mitzuhelfen. Sogar dem friedlich im kleinen Schauhaus schlummernden Ökonomen statteten sie noch eine neugierige Visite ab, und einmal hatte sogar der Toni in seinem kindlichen Unverstand den ehrenhaft entschlafenen Brandnerbauern mit einer Strohähre an der großen Nase gekitzelt. Ob er sich nicht vielleicht bloß verstellte und auf einmal niesen müsse. Er hat's aber dann später dem Pfarrer gesagt, und der hatte ihn mit rundem, weißem Zeigefinger ermahnt und ihm dann verziehen.

Die wahre Spezialstunde der zwei Mesnerbuben aber war die Zeit, wenn sie hoch unter dem Zwiebelhut des Dreiquarteldomes die Karfreitagsratsche drehen durften – eine hölzerne Mahnmaschine, die weithin zu hören war, und die verstummten Buntmetallmäuler der Glocken ersetzte.

Zwei Jahre und sieben Monate alt: als Pflegekind in Niederbayern

Nun war Mesnermeister Faltermeier neben seiner hochachtbaren Tätigkeit beim Fußvolk des lieben Gottes auch noch ein weithin bekannter Bader. Er schnitt den Ökonomen, wenn sie zum Gottesdienst kamen, vorher den oft recht verfilzten Balg, und war vor allem als Zahnlupfer eine Kapazität. In jenen Tagen hoben sich nämlich die Bauern ihren Schmerz noch auf, bis sie Zeit für ihn hatten, um ihn loszuwerden. Sie waren halt noch keine verweichlichten Sklaven ihres Wehdams.

So kamen denn hauptsächlich in der stillen Karwoche viele niederbayerische Cowboys und ließen sich vom Bartl ins Maul schauen. Auch Blutegel ansetzen oder ihren Hauserinnen Ohrringel stechen und lästige Warzen abbinden. Das Ohrwatschelknipsen besorgte meistens die stille Mesnerin mit einer heißen Silbernadel, die sie ins Öl tauchte und, während sie hinten einen Flaschenstopsel dagegenhielt, rasch durch die erschauernden Läppchen trieb. Als örtliche Betäubung durften indes die Schönen der bayerischen Kornkammer die roten Korallenohrringerl besichtigen, die ausschauten wie versteinerte Junikäferl.

Beim Warzenabbinden mußte Blasius auch manchmal mithelfen und seinen kleinen Zeigefinger auf den Seidenfaden drücken, damit die Pflegemamma einen festen Knopf um das garstige Gewächs machen konnte. Allerdings gab es für besonders empfindliche Patientinnen auch noch ein anderes Mittel, indem ihnen die Baderin einen Spruch lernte, den sie zwischen zwei Kahlköpfigen marschierend dreimal vor sich hinsagen mußten. Diese Zauberformel hieß:

»Vor mir der Mo
und hinter mir der Mo
der nimmt mir meine Warzn o.«

Am liebsten aber half der Spaziergänger beim Zahnreißen. Wenn sich die Landmänner auf den einfachen Küchenstuhl setzten und ihre Kiefer entblößten, die etwa die Größe von jenen biblischen Kinnbacken hatten, mit denen der Saul seine Gegner in die Flucht schlug, mußte Blasius hinter die Stuhllehne treten. Nun drückte der niederbayerische Sauerbruch den Kopf seiner Kundschaft zurück, und der Spaziergänger hielt ihn an den Ohren fest. Da diese Luser meistens das Ausmaß von Bierführerhandschuhen hatten, konnte der Assistent getrost und kräftig zufassen und hing sich mit seinen fünfundzwanzig Pfund innig und hingegeben als Gegengewicht an den Stöhnenden, bis der Chefoperateur den dreiwurzeligen Hauer triumphierend in die Höhe hielt.

Jetzt lebte in diesem Dorf aber auch ein Kaplan. Mit Namen Scharrer. Und irgendein frühreifer Amateur-Schiller hatte auf ihn ein Lied gedichtet, das die Kinder heimlich hinter ihm hersangen. Es hieß: »Und der Herr Pfarrer, mit Namen Scharrer, verspeist den Frosch, mitsamt der Soß. Diqualiquak.« Dieser geistliche Herr besaß nun auch einen Fischweiher, der jeden Karfreitag abgelassen wurde. Die zappelnde Beute kam dann in Scharrers Brunnengrand. Am Ostersonntag aber ließ der hochwürdige Herr seltsamerweise die ganze Beute wieder in den Weiher tragen und schwimmen. Er lächelte dazu leise. Als die Dorfkinder das erfuhren, verstummte auch aus schwer zu erratenden Gründen ihr heimlicher Gesang.

In den Kartagen 1920 aber kam dieser seltsame Tierfreund auch einmal als Zahnkundschaft zum Bartl. Und Blasius mußte helfen. Zaghaft und ganz vorsichtig griff er diesmal an die

1919: Blondschopf mit großer Schleife

hochwürdigen Ohren, und alles ging sehr rasch, und der Mesner kitzelte den Störenfried wie einen jungen Schwammerl heraus. Hernach bekam Blasius von dem Herrn Pfarrer ein rotes Osterei, und dann schrieb ihm der nette Patient zur Erinnerung auch noch was auf einen Zettel. Und er lächelte dazu und sagte: »So, Biaberl, des liest einmal, wenn du's kannst.«

Nun, und damit wäre also der Spaziergänger wieder bei seiner Sandkiste und dem geheimnisvollen Verserl angelangt. Denn dieselben Zeilen wie damals vor vierzig Jahren standen in wackeliger Druckschrift auf der schiefen Brettertafel. Und sie lauteten:

Oster ben
Oster ben
istd esmen schen
verder ben.

(ABENDZEITUNG, 1./2./3. April 1961)

Kinderjahre:
Damals habe ich das Armsein gelernt

Ich sehe mich noch spielen
als kleines Kind,
den Mädchen unter die Röcke
rauflangen
auf der Bauwiese dort
bei der Gasanstalt hint' –
wie schnell sind die Jahre vergangen.

Manchmal fragten wir damals einander: »Möchtest du jetzt ein Pferd sein, wenn du recht reich wärst?« Oder wir pflückten die großen dunkelroten Erdbeeren, die auf den Gräbern des verlassenen alten Friedhofes wuchsen. Oder wir bettelten eine Suppe an der kleinen Tür des Kapuzinerklosters. Mit einem frommen Gebet. Auch ein kleiner Jude und einer, dessen Vater Bibelforscher war, sagten das fromme Gebet, und der ungeheuer dicke Pater Ernestus gab allen eine Suppe und auch ein prima Brot. Manchmal gab er uns allen auch einen Segen. Wir waren halt Vorstadtkinder. Damals habe ich das Armsein gelernt. Aber als wir über die sieben Berge kamen und aus der Volksschule, da gingen unsere Wege auseinander wie die Finger einer gespreizten Hand. Und ich gehe seitdem immer rechts an der Sonne vorbei, oder links. Knapp vorbei, aber sicher. Vielleicht hat für mich eben der Zeigefinger gerade dort vorbeigezeigt.

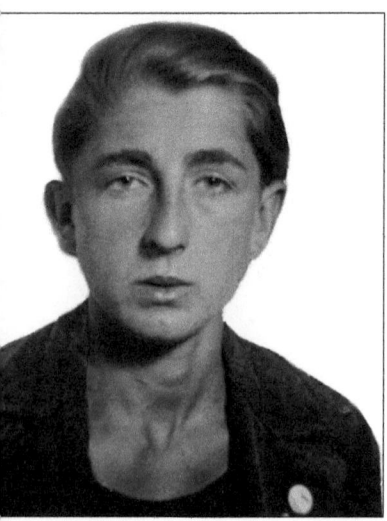

Schüler Sigi: »Ein Jugendbild tut immer weh. Man schaut es an wie ein Vertriebener.«

Sein Vater, der »Häuptling Abendwind«. Mit Federschmuck und Indianergewand hoch zu Ross. So ritt er auch bei Faschingsumzügen mit.

Und dann kamen die Mädchen, und ich bekam sie ums Verrecken nicht, und Arbeit kriegte ich auch keine. Aber die Sehnsucht hatte ich auf sicher. Nach Surabaya und dem Gaurisankar und nach einer Rothaarigen mit einem Muttermal wie ein Pfennig. Die kriegte ich schon gar nicht, denn ich war doch arbeitslos und auch nicht besonders schön. Dann kam ich auf einmal darauf, daß vielleicht andere Leute auch so ein kleines Leben haben wie ich und daß der Mensch allgemein ist. Nicht chemisch rein. Nicht gut und böse. Sondern halt eben allgemein.*

* Aus dem Nachwort des Romans »Meine 99 Bräute«, 1956. Das am Anfang zitierte Gedicht stammt von dem Münchner Farmer, Forscher und Poeten Hans Reiser. Der fünfte, hier nicht wieder gegebene Vers endet mit einer Zeile, die Sigi Sommer gerne zitierte und die diesem Buch den Titel gab: »Wie rasend verfliegen die Jahr«

Mein Vater der Häuptling Abendwind

Mein bester Freund aber war mein Vater. Denn er war der Häuptling Abendwind. O großer Manitu, war das ein Freund. Einmal, als die Mama in die Stadt zum Einkaufen gegangen war, schossen wir zwei mit einem Colt die ganze armselige Wohnung zu G'lump.

Am Sonntagvormittag aber war es am schönsten. Da wurde die alte Oma, wenn sie gerade die Kartoffeln für unsere siebenköpfige Sippe rieb, an ihrer blauen Emaille-Schüssel mit dem Lasso gefangen und gefesselt. Mein Onkel, der Bruder des Häuptlings, »Bull Brake«, warf indessen mit langen Messern nach einem Salatkopf, der auf ein senkrecht aufgestelltes Bügelbrett montiert war. Und achtundzwanzig Singvögel in dem großen Flughaus tirilierten dazu.

Die zahme Dohle Jakob warf alle Topfdeckel vom Herd auf den Boden, und die zwei Igel in der Kiste unter dem Ofen streckten erstaunt ihre witzigen Köpfe heraus. Von den Wänden aber sahen die großen Chiefs »Pontiac«, »Sitting Bull« und der Apache »Geronimo«, die ich mit fünf Jahren bereits besser kannte als Hindenburg oder Bismarck, dem wilden Lagerleben mit schwachretuschierten Augen zu.

Gegen Mittag, als der große Wildwest-Rausch verflogen war, holte mein Vater dann seine schöne Geige aus dem Kasten mit dem grünen Futter und spielte bei offener Balkontür die Toselli-Serenade. Und das ganze Haus hörte lächelnd zu, denn alle mochten meinen Alten. Er war auch der Gründer des ersten Indianer- und Cowboy-Clubs in München und ein Romantiker bis zu seinem Ende.

Als er in der grauen Klinik bemerkte, daß sie ihn ins Sterbekammerl fuhren, sang er ganz leise das Lied vom Cowboy, der nach San Antonio reiten muß. Der gescheite Professor aber schüttelte fast ein bißchen neidisch den Kopf und sagte zu mir: »Wie herrlich, wenn sich ein Mensch bis ans bittere Ende die Idylle seiner Kindheit erhalten kann.«

Dann kam nach einem Jahr auch noch ein zerknitterter Brief aus der Sioux-Reservation in Amerika. Und in dem Umschlag waren ein paar verbrauchte, abgegriffene Dollars, welche die Indianer, mit denen der tote Häuptling »Abendwind« das ganze Leben lang korrespondierte, gesammelt hatten. Und in schlechtem Englisch stand auf einem Stück Hirschleder: »Ein paar Blumen für unseren roten Bruder.« Uff, uff.

(ABENDZEITUNG, 23. August 1974)

Der Tod der Stiefmutter

Als das Tonband mit dem Largo von Händel abgelaufen war, wurde es still im Krematorium. Dann sah der Mann mit Fünfzig, der seinen Kopf gesenkt hatte, zwei lange weiche Halbschuhe auf sich zukommen. Und eine Hand ergriff seine Finger, die auf den Knien lagen. Diese Hand war genauso lauwarm wie die Rede, die der halbamtliche Leichenbitter gehalten hatte. Nachher flüsterte die Frau neben ihm, die seine Schwester war, mit belegter Stimme: »Komm, wir müssen uns aufstellen.« Der Fünfziger folgte.

Man hatte die beiden, die letzten eigentlichen Angehörigen der Verblichenen, vorher in einen Nebenraum gebeten und ihnen dort erklärt, was sie zu tun hätten. Und die Schwester gab fünf Mark Trinkgeld dafür. Es waren nicht viele Leute auf dieser Bestattung. Vier, fünf grauhaarige Frauen vom Haus, die mit müden Rüscherl-Lippen dastanden und etwas Wasser in den Augen hatten. Auf ihren Gesichtern krabbelten alle die gleichen Gedanken herum, wie schwarze

Stubenfliegen auf einem Winterfenster: »Wann werden wir dran sein.« Und da war noch irgendeine entfernte Verwandte vom Lande, mit einem Eierkorb. Sowie zwei schlürfende Rentner, die täglich bis zu acht Personen ans andere Ufer geleiteten. Aus Langeweile und so halt. Und ein Abgesandter der Wohnungsgenossenschaft, an welche die tote Frau 38 Jahre lang pünktlich ihren Beitrag entrichtet hatte, wozu sie sich bei Übernahme ihrer Behausung verpflichten mußte.

Langsam, wie es die Form und die Stimmung vorschrieb, gingen die beiden Leute in den Vorraum, um das völlig überflüssige Gemurmel entgegenzunehmen, das man kondolieren nennt. Und während der zwei Dutzend hallender Schritte zog an dem Mann mit dem halben Jahrhundert das kleine wertlose Leben seiner Stiefmutter noch einmal vorüber.

Das erstemal erfuhr er in der Schule, daß die gute stille Frau, die er und seine Schwester gerne »Mamm« nannten, gar nicht ihre richtige Mutter war. »Eine Stiefmutter hat er«, sagten ein paar Mitschüler mit kleiner dummer Verachtung und deuteten mit ihren schmutzigen Murmelfingern nach ihm. Irgendwie war es bei der Personalaufnahme herausgekommen. Und der Bub hatte sich vorgenommen, er würde seinen Spöttern dafür ein paar aufs junge Verleumdermaul schlagen. Nachher hatte er das allerdings schnell wieder vergessen. Doch fiel ihm jetzt wieder deutlich ein, wie er sich oft gedacht hatte, »so stief ist sie doch gar nicht deine Stiefmutter«. Denn er glaubte damals »stief« wäre so was Ähnliches wie schief. Und weil die gute, brave Frau schon seit vielen Jahren morgens um vier Uhr aufstand und in die Großmarkthalle ging, um Obst zu sortieren und Kisten zu heben, war sie halt ein bißchen krumm. Sicher, das stimmte natürlich schon. Aber direkt »stief«? Nein, das war sie auf keinen Fall.

Später, in den wütenden Hungerjahren, war einmal ein richtiger Skandal im Hause, in dessen Mittelpunkt leider seine »Mamm« stand. Sie hatte nämlich mit einem Stock, auf dem vorne ein Nagel war, versucht, ein paar Kartoffeln aus dem Keller des Hausverwalters zu stibitzen, was ihr auch gelang. Für die Stiefkinder. Man hatte nachher zwei von diesen Erdäpfeln, die ein deutliches Nagelloch aufwiesen, bei den Geschwistern erwischt. Sie hatten diese Früchte des Zorns als Pausebrot in die Schule mitbekommen. Von ihrer Stiefmutter. Damals sahen sie ihre tapfere »Mamm« zum erstenmal weinen. Und sie weinten selber aufrichtig und lange mit.

Der Mann erinnerte sich auch noch daran, wie diese Frau ihr Stückchen Fleisch, das sie mittags unter Aufsicht ihres Vaters für sich herunterschneiden mußte, immer heimlich in den Topf zurückzauberte, um diese mageren Bissen ganz klein gesäbelt abends unter den Wirsing zu mischen, den die Kinder bekamen. Auch im Krieg war sie die gute, alte Haut geblieben. Nein, geschrieben hatte sie ihm nur sehr wenig an die Front, aber geschickt hatte sie manches.

Zehn bis zwölf graue, harte, doch gut gemeinte Kartoffelknödel gleich auf einmal. Und auf einem Zettel stand dann: »Laß Dir's schmecken, Bub!«

Nun denn, die beiden Pflegekinder hatten sich für diese stille Liebe später, als der Vater tot war, natürlich auch wieder revanchiert und hundert Mark monatlich an ihre Stiefmutter überwiesen. Aber die Schwester, die vorgestern das braune Kuvert aufmachte, auf dem zu lesen stand: »Mein letzter Wille«, fand darin auch ein Sparbuch. Und so ergab sich, daß die »Mamm« jedesmal einen Tag, nach dem das Geld bei ihr eingetroffen war, den Hunderter genauso unberührt, wie sie ihn bekam, zur Sparkasse getragen hatte.

Die zwei schwarzgekleideten Geschwister waren längst in dem Raum mit der Klagemauer angelangt, als dem Mann das einfiel. Und da mußte er ein ganz kleines bißchen lächeln. Doch auf einmal stieß ihn seine Schwester an und fragte vorwurfsvoll aufschauend: »Du, träumst denn du?« Da bemerkte der Bruder, daß vor ihm jener Abgesandte des Wohnungsvereins stand und mit angewinkeltem Arm räuspernd sprach: »Mein aufrichtiges Beileid. Wenn es auch nur Ihre Stiefmutter war.« Aber der Versonnene war noch immer im Vorgestern und sah die dargebotene Hand überhaupt nicht. Bis sie der Kondolierende langsam sinken ließ. Und ihn die Schwester stärker in die Rippen stieß und sagte: »Also du bist doch einfach ein Stoffel. Ein Klotz bist du. Ich möchte bloß wissen, an was du an einem solchen Tag denkst.« Und nach einem Weilchen fügte sie auch noch kopfschüttelnd hinzu: »Lachen tut er auch noch, der Stoffel.«

(ABENDZEITUNG, 31. Oktober 1964)

Erste Arbeiten

»Bei manchem ist es eine Schublade. Auch eine Truhe oder nur eine alte Schachtel. Bei mir, dem Schreiber, ist es ein schäbiger, brauner Koffer von jener Sorte, wie ihn einst die Hausierer verwendeten, wenn sie von Türe zu Türe gingen und Fingerhüte, Teeseiher, Sicherheitsnadeln oder englisches Pflaster anboten. Ich fand den Koffer unlängst an einem kalten Sonntagnachmittag wieder ... Und sinnend saß ich dann lange vor dem Inhalt dieses Pappendeckel-Tresors, der äußerlich brutal auf Krokodil gequält war und trotzdem die kostbare blaue Mauritius der Erinnerung enthielt.«

Das erzählt Blasius in der AZ vom 12.11.1965. Bei dem Schatz im Koffer handelte sich um »Kleinodien der frühen Kinderzeit«. Der kleine Koffer blieb bis heute bei Louise Pallauf erhalten. Der Kinderkram ging verloren. Dafür hat Sigi Sommer später andere Erinnerungen eingepackt. Persönliche Papiere, Gedichte und dreißig unveröffentlichte Kurzgeschichten: Schreibversuche, Gesellenstücke des künftigen Meisters. Er wollte ja schon als junger Mann vor dem Zweiten Weltkrieg Schriftsteller werden. Und er schrieb und schrieb. Das Kofferl führte auch auf die Spur der ersten Arbeiten, die 1937 und 1938 gedruckt wurden. Er hat sich Zeitungen oder Zeitschriften von damals aufgehoben. Auf einigen Seiten sind Lücken. Was hatte sich Sigi Sommer da ausgeschnitten? Es stellt sich heraus: Dort standen Kurzgeschichten von ihm.

Spuren der Vergangenheit: Dokumente, Zeitungen, Manuskripte im braunen Kofferl

Der Bart

Es gibt viele Bärte.
Man kann einen Bart bekommen, und man kann sich einen Bart stehen lassen.
Es ist das zweierlei.
Auch hat der Bart die mannigfachsten Verwendungsmöglichkeiten.
Kurz, der Bart ist heute zum Problem geworden.
Mein Freund Benedikt sah das ein und ließ sich einen Bart wachsen.
Nun heißt er Iwan.
Um die Berechtigung dazu zu unterstreichen, überstreicht er seinen Bart mit Augenbrauenstift.
Aber das ist ein Geheimnis.
Mein derzeitiges Nebengeräusch Helli findet das »zackig«.
Ich wage nicht zu widersprechen.
Denn ich Unmöglicher.
Oh, ich Verworfener.
Ich habe noch keinen Bart.
Neulich waren wir beim Tanz. Helli tanzte mit »Iwan«.
Ich durfte zusehen.
Es war alles in schönster Ordnung; nur die Musik hatte einen Bart und das Lokal.
Wir unterhielten uns glänzend.
Ich erzählte den Witz vom Rübezahl. Helli winkte ab; hat einen Bart.
Ich glaube das stimmt.
Dann ging sie mit Iwan ins Freie, weil sie Kopfweh hatte.
Als sie zurückkamen, sah sie sehr erholt aus.
Nur über der Oberlippe hatte sie einen harmlosen schwarzen Streifen.
Es sah fast aus, wie ein Bart.
Ich machte schüchtern darauf aufmerksam.
Dann durfte ich noch zahlen, und hatte auch einen Bart.

(»JUGEND«, Nr. 50, 14. Dezember 1937)

Die Logik

Ich saß im Kaffeehaus.
Neben mir saß mein Freund Spitz.
Nein, sprach er nun schon zum dritten Male, du denkst nicht logisch, und darauf kommt es ganz alleine an.
Wer die Logik unserer Zeit begriffen hat, der ist heute obenauf, mein Lieber. In der Logik liegt der Sinn und der Erfolg des Lebens, das ist doch logisch.

Dabei schlug er mit der Faust auf den Tisch, und warf mein Weinglas um, daß sich der Inhalt über meine Hosen ergoß.

Ich schnellte empor, blieb irgendwo hängen und riß mir ein Loch in mein Sakko.

Oh, das ist nicht schlimm, sprach Spitz, das geht mit Benzin wieder raus, und übrigens, wenn du den Wein ausgetrunken hättest, wäre das Glas jetzt auch leer, das ist doch logisch.

Überzeugt sank ich in den Stuhl zurück.

Überhaupt sprach er, ist die Logik das einzig Relative im Leben und es ist die Tragik unseres Jahrhunderts, daß das nicht begriffen wird.

Ich nickte überwältigt, obwohl ich kein Wort davon verstanden hatte. Nehmen wir ein Beispiel, sprach er weiter.

Ich gehe mit einem Freund in ein Kaffeehaus, ich bestelle mir Kaffee und Kuchen, vielleicht nachher noch eine Zigarre. Bevor ich gehe, muß ich selbstverständlich zahlen, das ist doch logisch.

Ich rufe also den Ober, greife in die Tasche, und entdecke, daß ich kein Geld einstecken habe.

Was tue ich nun?

Ich pumpe natürlich meinen Freund an, das ist doch logisch.

Ich zog gebrochen meine Geldbörse, rief den Ober, und zahlte. Natürlich für beide.

Was, aber, wagte ich noch schüchtern einzuwenden, was ist, wenn nun der Freund auch kein Geld einstecken hat?

Ach, sagte Spitz, dann geht er doch nicht mit mir ins Café, das ist doch logisch.

(JUGEND, Nr. 1, 4. Januar 1938 und ABENDBLATT, 29.4.1938)

Letzte Liebe

Helga hat sie geheißen, und sie war blond und lieb, wie die sanfte Frühlingssonne, wenn sie die stolze Pappel vor meinem Hause umschmeichelt. Die stolze Pappel bin ich gewesen, leider, denn nun hat man mich abgesägt. Und ich hab sie doch so lieb gehabt, die Helga.

Aber nun ist Schluß, hat sie gesagt. Ich kann das schon verstehen, denn ich war auch so gemein zu ihr in letzter Zeit.

Da war erst kurz die Sache mit dem Brief, da hab ich ein Geschäftskuvert hergenommen, und die Marke hab ich auch vergessen. Und überhaupt war ich so roh. Sie war ein netter Kerl, das muß ich sagen, und sie hat es mir sehr schonend beigebracht, das mit dem Abschied. Beim Kaffee hat sie angefangen, bis zum

Himbeereis, das wir so gerne gegessen haben, da war sie dann fertig, und ich auch.

»Charlie«, sagte sie. »Ich liebe dich nicht mehr, kannst du das verstehen?«
»Ja«, sagte ich, »das könnte ich schon.« Es ist besser, meinte sie, wir machen Schluß. Das meinte ich eigentlich nicht, sagte ich, aber – –. Aber wir könnten ja gute Freunde bleiben, tröstete sie, und wenn sie mir einmal weh getan hätte, so sollte ich ihr das verzeihen.

Da wurde ich weich, wie das Himbeereis, das mir auch gar nicht mehr schmeckte. »Helga«, hab ich gesagt: »Mach's kurz.«

Und sie hat es dann auch recht kurz gemacht, und hat mir die Hand gegeben. Ich hab dann mein Himbeereis stehen lassen und bin gegangen, wobei ich nicht ein einziges Mal umgeschaut habe, so wie ich es im Film gesehen habe. Aber plötzlich ist mir jemand nachgelaufen.

Es war der Ober, indem ich nämlich das Eis nicht bezahlt hatte. Ich hab ihm dann eine Mark Trinkgeld gegeben, weil's ja doch Schluß war. Dann bin ich heimgegangen und habe in die stolze Pappel vor meinem Haus ein Herz geschnitzt mit einem Pfeil.

Gerade wie ich beim Pfeil war, ist ein Schutzmann gekommen und hat gesagt, das kostet drei Mark, das Herz und der Pfeil.

Drei Mark fand ich billig, denn das war mir das Andenken an ihre Liebe leicht noch wert, drum hab ich ihm das Geld gegeben. Aber den Glauben an eine Frau hab ich vorläufig für immer verloren.

(ABENDBLATT, 15. Juli 1938)

Das Glück

Da liegen sie nun vor mir, die 50 Mark. Ich habe sie in der Lotterie gewonnen, nicht gepumpt, nein ehrlich gewonnen.

Glück muß man haben, sagte ich laut vor mich hin, doch was ist Glück, Glück ist Können, jawohl Können. Ho –, ich bin ein Könner, ich kann –

Das muß ich gleich der Erika schreiben, denn ich liebe sie. Morgen, schreibe ich, gehn wir groß aus, denn ich habe 50 Mark gewonnen, also, sei pünktlich um 8 Uhr am Ufa Palast und freu Dich, Kuß –.

Und weil gerade ein Zahlungsbefehl von meinem Schneider auf dem Schreibtisch liegt, schreib ich ihm auch gleich.

Sehr geehrter Herr Meier, schreib' ich, Sie können bei mir ruhig pfänden lassen, denn ich habe nichts. Der Mantel ist im Leihhaus, es tut mir leid. Der Geist ist willig. Hochachtend –.

Der wenn es wüßte.

Ich stecke die beiden Briefe in Kuverts, Marken habe ich noch, und ab die Post. Dann setz' ich mich hin, und freue mich, nichts wie immerzu freuen, bis morgen um 8 Uhr, weil ich Erika liebe, und die 50 Mark, aber den Schneider weniger.

7 Rosen trag ich in der Rechten, als ich am andern Tag zum Ufa Palast gehe, und den schönen blauen Mantel vom Schneider Meier trag ich auch, und in der Tasche, oh Wonne, nicht weniger wie 46.50 RM – wegen der sieben Rosen. Es ist 8 Uhr, gleich wird sie dasein, Erika mit den tizianroten Haaren, den dreizehn Sommersprossen auf dem Näschen, und dem unerhörten Sex Appeal. Es ist 8 Uhr 5 und kalt. Ich springe von einem Bein aufs andere, immer schneller, ich fange an zu singen, denn ich werde nervös.

Die sieben Rosen in der Rechten, von einem Bein aufs andere springend, singe ich: »Wenn Du nicht kommst, dann haben die Rosen umsonst geblüht«, und pralle fast mit einem Mann zusammen, ihm den Rosenstrauß unter die Nase stoßend. »Nein«, sage ich zu Tode erschrocken sofort zu dem Mann. »Nicht so wie Sie meinen, sondern meine liebe alte Großmutter hat Geburtstag, und ich kann doch meiner alten Großmutter Rosen schenken, jawohl, das kann ich, nein, das muß ich ja fast.« »Genug«, zischt der Mann, »geben Sie sofort die 50 Mark her, oder den Mantel.« Der Mann war der Schneidermeister Herrmann Meier.

»Meine Großmutter«, sage ich, »76 –« »Schluß«, sagt der Schneider, »und da haben Sie den Brief an Ihre Erika wieder, und wenn Sie das nächstemal an mich schreiben, dann verwechseln Sie die Kuverts nicht mehr«, und er lächelte höhnisch. Aus, aus, alles aus, Sommersprossen, Tizian und Sex Appeal, durchzuckt es mich und gleichzeitig zerspringt mein Herz zu lauter Scherben. Weh, ich spüre es, es muß furchtbar aussehen in meiner Brust. Kraftlos greife ich in die Tasche. 46 Mark 50 zähle ich ihm hin, und deute auf die Rosen, 3,50 sage ich, und dann geh ich. Und im Gehen stöhne ich vor mich hin, während selbst die Blätter der Rosen langsam zu Boden fallen. »Daß mir das passieren muß, oh, oh.«

Was ist das Glück? Oh, das Glück ist ein Rindvieh. – – –

(Unveröffentlicht. Entstehung vor 1943)

Hörts ma auf mit der Wiesn

Alljährlich, wenn an ungezählten Stätten der Opferrauch der Brathendl, Stekkerlfische und Schweinswürstl wieder aufsteigt zu unbekannten Gottheiten, begleitet von des Riesenrades ewigem Zauber, da kommen sie hervor, die Alten und die Jungen, die Trübseligen und die Hoffnungsvollen, die Leichtsinnigen und die Krämerseelen.

Da pilgern sie hinauf auf die Wiesn.

Das lockt und das fordert, verspricht und beschwört, in hundert Tonarten und Lauten. Und alle, alle kommen.

Bis auf Bimslechner und seine Stammtischrunde.

Die sitzen beim Haferlbräu beisammen und diskutieren.

»Na«, sagt der Bimslechner, »hörts ma bloß auf, mit da Wiesn, mi bringts nimma naus heuer, moants, das i dene eanern sindteuern Plembe sauf, und de Brothendl, nix wia Haut und Boandl, na mia gangst.«

Herausfordernd blickt er mit seinen gutmütigen Fischaugen um die Runde. Dann fährt er aufseufzend mit Daumen und Zeigefinger über den Maßkrugrand, schnauft kräftig auf, und läßt es hinunterrieseln, das bittersüße Naß. Seine Bartspitzen stehen dabei horizontal weit ab, und fallen nach beendigter Prozedur wieder verneinend nach abwärts.

Dann fährt er noch beschließend mit dem Handrücken über den Mund, und setzt sich wieder in Positur.

Schweigend sind ihm die Blicke der andern gefolgt, und nun nicken sie bestätigend. »Er hot scho recht, der Bimslechner«, spricht sein Gegenüber, »des is wos für die Junga, de Wiesn. I hol mir mei Hendl vom Markt druntn, und laß mas von meina Altn recht sche brotn, des is wos andas.« Dann greift auch er zum Maßkrug.

Und so entsteht er, der Anti Wiesn Klub.

Der erste Wiesn Samstag naht. Tausende von Lichtern blitzen auf. Drehorgel und Ausrufer, kreisende Karussells, schmetternde Musikkapellen, wirbelnde Attraktionen, herrlich sengende Düfte laden ein, und bezaubern gewaltig, und tempelgleich stehen die Bierbuden da, und aus ihrem Innern dringt das Singen und Jauchzen der Glücklichen.

Langsam bahnt sich einer den Weg, vorbei bei der Achterbahn, dem Mann ohne Kopf, und den Schießständen. Die lange Virginier hängt erloschen im Mundwinkel, und unter dem Arm trägt er ein Paket, aus dem es langsam und unaufhörlich auf seine Sonntagshosen tropft.

Endlich hat er ihn erreicht, den Eingang zur Bräurosl. Noch einmal bleibt er stehen und verhandelt einen Augenblick mit einer der molligen weißbeschuhten Tempelwächterinnen, dem Brotweibi, und im nächsten Augenblick hat ihn das Riesenmaul der Halle verschluckt.

In taumelndem Wirbel kommt ihm das Leben da drinnen entgegen. Aber es ist nicht leicht, in diesem brodelnden Hexenkessel ein ruhiges Plätzchen zu finden. Endlich sieht er wie eine Oase einen freien grünen Stuhl stehen und schnaubend bricht er sich Bahn.

»Sakra, sakra, jetzt so wos«, aber sie haben ihn schon entdeckt, die drei vom Stammtisch.

»Jessa, da Bimslechner. Ja griaß die halt nachat, jetzt do schau her, hoats da koa Ruah lassn.« So werden alle moralischen Hemmungen sogleich von ihm genommen, und schon sitzt er in ihrer Runde und packt sein Brathendl aus.

Eine Stunde später, da ist dann das Maß der Glückseligkeit voll, und kraftgeschwellt und wonnetrunken »dschunkelt« der Bimslechner im Reigen der Seligen, und mit der Virginier schlägt er den Takt dazu.

»Ja, ja«, sagt er am andern Tag zu seinen Spezln, »da Weiß Ferdl hat scho recht, wenn er sogt, es geht holt do net ohne de Wiesn.«

(Unveröffentlicht. Entstehung vor 1945)

Sigi Sommer im Krieg

Einst war er Oberfeldwebel der deutschen Wehrmacht. Im Frühjahr 1945 lag Sigi Sommer in Ostpreußen. Und er wollte zurück – heim nach München. Was er in jenen Tagen erlebte, hat er hier aufgeschrieben. Eine Arbeit, gleichrangig mit Heinrich Böll, meinte Werner Friedmann, der große Zeitungsmann. Sigi Sommers Kriegs-Erinnerungen wurden zum 20. Jahrestag des Kriegsendes 1965 leicht gekürzt veröffentlicht. Für das vorliegende Buch wurden einige Streichungen rückgängig gemacht.

Mein Weg zurück

Der Schütze Erwin Fuhrmann entblößte seinen mageren Unterarm und machte eine lächerliche Faust. Dann legte er Elle und Speiche zwischen die beiden Stuhlkanten und sagte: »Hopp.« Da schlug der Gefreite Heigel mit dem Gewehrkolben zu und die beiden Knochen knickten wie ein Regenschirm in der Hülle.

Nachmittags gegen drei Uhr erschossen sie den Selbstverstümmelten. Der Furier von der Vierzehnten war zufällig in der Nähe, als sie ihn in den kleinen Wald hinüber führten und dort erst gar nicht lange umdrehen ließen, sondern schon im Gehen losballerten. Also hatte ihm der Stabsarzt die Geschichte von der Zugmaschinenkette doch nicht abgenommen. Aber gepfiffen hatte der Fuhrmann trotzdem nicht. Wäre allerdings auch ziemlich egal gewesen. Denn der Kamerad Heigel fiel schon vierundzwanzig Stunden später.

Ich mußte daran denken, was der kleine, käsige Friseur doch immer für ein seltsamer Vogel gewesen war. Damals, als er in meiner Gruppe war und wir in der Nähe von St. Avold in einem Kloster lagen, keine fünfhundert Meter von der

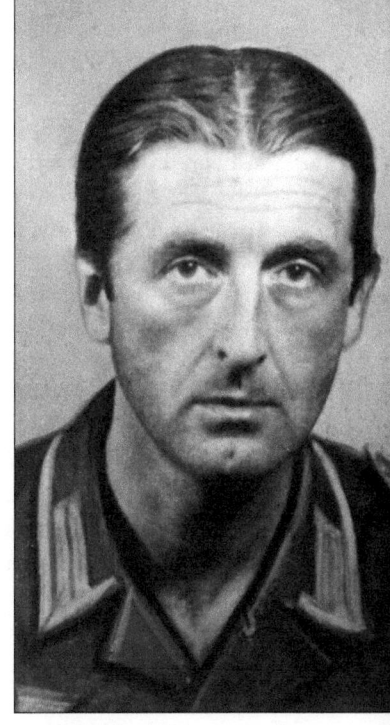

Das Gesicht ist hart geworden. Oberfeldwebel Sommer 1944/45 in Ostpreußen.

Maginot-Linie weg. Da nahm der Fuhrmann auf einmal einen Stahlhelm, stieg auf den rotbehangenen Kirschbaum im Klostergarten und pflückte den ganzen Eisenhut voll. Weil rechts und links immer wieder Blätter und Kirschen herunterfielen, dachte ich mir schon ein paarmal: Wer wirft denn da bloß mit Steinen nach ihm? Ich war halt seinerzeit auch noch ein Greenhorn, und es knallte hinten und vorne. Sonst wäre ich sicher daraufgekommen, daß kein Mensch Steine warf, sondern die Franzosen aus ihren Bunkern nach dem seltsamen Gärtner schossen.

Am andern Tag, als wir noch immer nicht angegriffen hatten, fand der durchgedrehte Figaro in einem leeren Haus ein Fahrrad mit Hilfsmotor, eine lange Faschingsnase und einen Zylinderhut. Nase und Zylinder setzte er auf und dann fuhr er auf der schmalen Straße, die zwischen den Bunkern und unseren Gräben war, freundlich nach allen Seiten grüßend, hin und her. Dafür bekam er nach dem Waffenstillstand leider keinen Orden, sondern sechs Tage Geschärften. Und weil er immer solche Schwänke machte, stand auch in seinem Soldbuch dick unterstrichen: »Zu jeder Beförderung ungeeignet.« Das silberne Infanterie-Sturmabzeichen allerdings mußten sie ihm schon geben. Und jetzt, kurz vor Torschluß, Anfang März, im Kessel von Ostpreußen, hatte man ihm erzählt, Verwundete würden ausgeflogen. Und drum hatte er wohl dieses blödsinnige Ding gemacht. Nach fünf Jahren Dreck, Dörrgemüse, Läusen und Lügen. Indes auf allen Häusern und Bretterzäunen doch deutlich stand: »Landser, krallt euch in der Erde Ostpreußens fest.«

Gegen Abend wurde meine linke Hand groß wie ein Zwölf-Unzen-Handschuh. An sich war es nur ein kleiner Splitter gewesen und die daumenlange Wunde war rasch wieder zugeheilt. Doch wahrscheinlich war irgendein Dreck hineingekommen. Gras, oder vielleicht vom Handschuh ein paar Fasern. Und dann kriegte ich unter der Achsel einen Knopf, so groß wie eine Kastanie. Da machte ich mich denn auf den Weg zum Stabsarzt, der in einem nahen Erdbunker hauste.

Unterwegs mußte ich zweimal auf »Tauchstation«, weil die Ratas wieder einmal die totale Luftherrschaft besaßen und traf im zweiten Loch, in dem ich Deckung suchte, einen alten Mann, den sie schnell noch eingezogen hatten und der mir seinen Leistenbruch zeigte. Groß wie ein Fußball. Dann war ich beim Herrn Oberarzt Koppel. Der roch nach Schnaps wie der umgefallene Lieferwagen einer Spritbrennerei und war so rot und aufgeschwemmt, daß ich mir dachte: Der hat wohl unsere ganze Marketender-Zuteilung an Steinhäger aufgesaugt. Er sah die Hand und sagte: »Abschneiden, Mann, sofort amputieren.«

Ein Schluck »Samachonka«

Nun, zwei Monate früher hätte ich vielleicht »ja« gesagt zu so was. Aber jetzt? Mit dem Iwan im Nacken und nur einer Pfote in Gefangenschaft? Nein, danke!

Ich beschloß also die Flucht nach vorne und ging zum Feldverbandplatz, einer alten Scheune, in der es aussah wie in den Schlachthöfen von Chicago. Da war ein ganz junger Spund an der Arbeit. Weil aber kein Verbandzeug mehr da war, verpackte er die frisch Operierten in gekrepptes Toilettenpapier, das irgend jemand aufgetrieben hatte. Ich zeigte ihm meine Hand und er meinte: »Bist von München, wa? Schöne Stadt. Wirst jetzt gleich mal so laut schreien, daß man dich dort unten hört.« Ich bot ihm einen Schluck »Samachonka« an, selbstgebraut aus altem Kommiß. Und er trank, spuckte aber das Zeug wieder aus. Dann meinte er bedauernd: »Äther is leider nich mehr, Kumpel. Jetzt kneif mal die Arschbacken zusammen.« Nun packten mich zwei Sanitäter, wie Freistilringer gebaut, und der eine drückte mir den Kopf auf eine alte Decke und meinte: »Nimm dir nur ein festes Maul voll davon.« Dann setzte sich der andere auf meinen Arm und der Medizinmann schnitt den Riesenhandschuh auf und begann den Knochen mit einem kleinen Löffelchen zu säubern. Ich biß in den verdreckten Lumpen und brüllte durch ihn hindurch bis zu den russischen Linien hinüber.

Als ich bedient und geschient war, ging ich auf die Straße und mußte kotzen. Da kam doch so ein Kettenhund daher und sagte: »Du gottverdammter Scheißkerl, was rotzt du hier die ganze Landschaft voll?« Als er dann aber meine vier Sterne auf den Schulterklappen sah, meinte er etwas persönlicher: »Ein deutscher Oberfeldwebel kotzt doch nicht.« Ich sagte etwas Passendes zu ihm und ging.

Es war jetzt finster, aber ich wußte in der Nähe ein kleines schmuckes Häuschen, in dem ein wunderschönes Mädchen mit ihrer Mutter wohnte. Der Papa war irgend so ein NS-Bonze und wir hatten den beiden schon damals, als man vielleicht noch über das Frische Haff flüchten konnte, gesagt: »Haut bloß ab, ihr zwei.« Doch die Kleine meinte immer: »Unser Führer und unser Paps schaffen das schon wieder.«

Als ich die dunkle Bude schließlich fand und durch die Haustür tappte, dachte ich mir: Hier riecht's aber komisch! Das Licht ging längst nicht mehr und so knipste ich mit dem Feuerzeug ein wenig herum. Im Wohnzimmer fand ich sie schließlich. Mutter und Tochter lagen dicht umarmt und erschossen auf der Couch. Auf dem Boden lag ein Goldfasan und sein Gesicht war an der Nase zu Ende. Ich hatte so was schon einmal gesehen. Der hatte sich wohl in den Mund geschossen. Das große Führerbild an der Wand aber hatte auch zwei Einschußstellen. Aber es blutete natürlich nicht.

Wie ich später zu meinem Haufen wollte, war der schon weg. Nach Heiligenbeil sind die, sagte mir ein verdreckter Volkssturmmann: »So ein alter Gasschutz-Major, Letterbeck, glaube ich, hieß er, hat den ganzen Verein mitgenommen. Er sagt, das würde eine Alarmeinheit.« Dann zeigte mir der Alte auch noch einen Zettel, auf dem ihm eine Bäuerin ihren ganzen Hof geschenkt hatte. Vor drei Tagen. Und der Mann vom letzten Aufgebot meinte weinerlich: »Nicht eine einzige Sau habe ich abgestochen. Jetzt frißt sie der Russe. Ich Rindvieh.« Und dann schaute der alte Mann sinnend auf sein Koppel herab, das ihm viel zu weit war.

Bis Mitternacht lag ich dann in einem verlassenen Schweinekoben schön auf Stroh. Doch dann dachte ich mir: Es ist gescheiter, du machst dich auf die Fußlappen, bevor der russische Morgensegen kommt. Die Richtung nach Heiligenbeil war leicht zu finden. Man brauchte nur der Nase nachgehen. Denn am Wegrand lagen noch immer tote Gäule, umgestürzte Panjewagen, Betten, Möbel und allerhand Hausrat, von den hunderttausend Flüchtlingen, die im Winter übers Frische Haff »gemacht« hatten. Ein paarmal hörte ich die »Rollbahnhure« über mir. Oder den UvD, wie der kleine, fast geräuschlose russische Eindecker hieß, aus dem die weiblichen Piloten zu Kriegsbeginn ganz gewöhnliche Ziegelsteine auf die marschierenden Kolonnen geworfen haben sollen. So erzählte man wenigstens. Später leerten sie mit der Hand kleine böse Bomben ab, die auf den Wiesen eigentlich nur einen größeren schwarzen Brandfleck hinterließen, aber eine Million und drei Splitter machten.

Im ersten Dämmern hatte ich Heiligenbeil erreicht und verschwand in einem Kellerloch. Dort saß schon ein eisgrauer Unteroffizier auf einem Sack voll Rüben. Ihm hatte ein Iwan bei einem Nahkampf das rechte Ohr abgehauen. Wie einst der Apostel Petrus dem Malchus.

Er gab mir etwas Machorka, den russischen Krüllschnitt, und wir drehten uns Zigaretten. Als Papier nahm er einen Flugzettel, von denen er eine ganze Menge in der Tasche hatte. Es waren Passierscheine zum Überlaufen, auf denen dem Überbringer persönliches Eigentum, Leben, Gesundheit und Rückkehr nach dem Krieg garantiert wurden. Ich meinte: »Mann, wenn sie aber das Zeug bei dir finden, drehen sie dich schnell durch den Wolf.« Er aber blinzelte nur und sagte: »Holzauge, sei wachsam.« So um acht Uhr rum stöberte uns eine SS-Streife auf. Doch der Gauschimmel zeigte ihnen den Ohrenverband und ich hielt meinen »Stukka«, den geschienten Arm, hoch. Sie sahen auch noch unsere Begleitzettel mit dem roten Streifen an, den jeder um den Hals trug, und ließen es sein.

Gegen Mittag, als ich mich allmählich zur provisorischen Ortskommandantur durchgerobbt hatte und erfuhr, wo unser Klub lag, war auf einmal ein gewaltiges Summen in der Luft. Über zwanzig Me 109 hingen da am Himmel, drehten ein paar Schleifen und entschwanden in Richtung Westen. Einer sagte, der Flugplatz Bladiau sei geräumt worden. Ein anderer meinte bitter: »Die Kraniche des Ibikus.«

Unser bejahrter Kampfgruppenkommandant, den ich gerade dabei antraf, wie er in voller Uniform auf einem Bettrand saß und seine alten Füße in einer Waschschüssel badete, rollte ein wenig mit den Zehen, als ich hereinkam und greinte: »Was soll ich bloß mit euch zerreißen? Kranke, Verwundete und eine Handvoll Großväter! Verbunkern Sie sich erst irgendwo und dann schauen Sie halt mal wieder bei mir vorbei.« »Jawohl, Herr Major«, sagte ich und kratzte die Kurve.

Ich fand am nördlichen Stadtrand ein nettes Einfamilienhaus, komplett mit eingemachten roten Beeten und einem Zettel auf dem Tisch. »Liebe Soldaten«, stand da drauf, »essen dürft ihr alles. Aber verteidigt bitte unser Haus. Es ist unsere Heimat.« Unterschrift: »Margarete und Herbert Glas mit Kindern.«

Gegen Nachmittag gab dann der Iwan seine erste Visitenkarte ab: »Ratsch – bumm«. Die Panzer mußten gar nicht mehr weit weg sein. Und ich bezog im Keller Deckung. Anderntags kam Verstärkung. Im nahen Rosenberg waren Fährkähne gelandet mit ein paar hundert armen Teufeln, die man noch in unseren Kessel transportiert hatte. Genauso gut hätte man sie auch gleich den Russen übergeben können. Die meisten von ihnen waren ganze vierundzwanzig Stunden ausgebildet worden und konnten nicht einmal mit ihren himmellangen Beutegewehren umgehen, die sie an Spagatschnüren quer über dem Rücken trugen.

Ein junger Marschierer, keine 17 Jahre alt, verkroch sich bei mir. Er trug zur Uniform braune Halbschuhe und bat mich, wenn ich jemals in meinem Leben nochmals nach Berlin käme, sollte ich seinen Eltern sagen, er sei gleich übergelaufen. Ich meinte, das wäre doch ein bißchen unvorsichtig, mit mir so zu reden. Aber er sagte nur resigniert: »Zeigen Sie mich doch an.«

Er blieb auch nicht bei mir im Keller, sondern zog in den ersten Stock ins Mädchenzimmer hinauf und legte sich mit der ganzen Montur ins kühle weiße Linnenbett. Nachher kriegten wir schwer Zunder, und der Boden schaukelte. Ich dachte mir: Der hat aber eine Menge Mumm, dieser junge Spree-Athener. Zu der Zeit aber war jener wohl schon über dem Jordan. Denn als ich in der Dämmerung durch das Kellerfenster kroch, sah ich, daß eine Granate direkt den Giebel des Häuschens durchschlagen hatte. Vorne 'rein und hinten 'raus. Von dem Mädchenzimmer und dem Jüngling aber war außer dem riesigen Loch, durch das beide entschwunden waren, nichts mehr zu sehen.

Zwei Granaten ins selbe Loch

Mittags kam dann irgendein Melder zu mir und überbrachte den mündlichen Befehl, zum nahen Lagunenhafen Rosenberg zu kommen. Dort würde gesammelt nach Pillau übergesetzt. Ich machte also wieder einmal »Sprung auf, marsch, marsch«. Am Anfang ging's ja ganz gut, denn es standen überall verlassene Geschütze und Paks herum, und das gab recht ordentliche Deckung. Doch vor Rosenberg war ein Artillerie-Sperrfeuer. Mir lief der Schweiß von dem Gehopse schon bis in die russischen Filzstiefel, die ich noch immer trug, obwohl mir jeder

Landser sagen konnte, daß mir diese Galoschen bei einer Gefangennahme einen prompten Genickschuß eintragen würden.

Endlich war ich etwas aus dem Feuerbereich heraußen und hüpfte in einen großen Granattrichter, in dem schon sechs Mann auf einem Brett saßen, das über zwei dreckigen Munitionskisten lag. Ich verschnaufte hier und hatte nicht besonders viel Bauchweh, weil man doch schon bei den Rekruten gelernt hat, daß eine zweite Granate selten in ein und denselben Trichter fällt. Da mahlte ein Sturmgeschütz vorüber, das eine Acht-acht im Schlepptau mitführte. Das Tempo gefiel mir, und so enterte ich auf die Kanone und hielt mich fest. Kaum aber war ich oben und schaute noch einmal zurück, da sah ich gerade noch das Brett mit den sechs Kameraden hoch in die Luft fliegen. Es hatte also doch noch einmal ins gleiche Loch getroffen. Der liebe Gott war eben leider kein deutscher Unteroffizier.

Im Mondschein übers Haff

Unten am Haff angekommen, erfuhr ich, daß der Herr Major mit dem Sammelbefehl schon übergesetzt war. Da stand ich also mit noch ein paar Lädierten, und wir suchten irgendwo volle Deckung. Ein Pionier mit vier Kumpels organisierte dann ein paar leere Benzinfässer, montierte sie primitiv zusammen, und auf diesem Floß überquerten wir das acht Kilometer breite, aber nur etwa zwei Meter tiefe Haff. Manchmal sahen wir im fahlen Mondschein die aufgetriebenen Pferde und ballonförmige Leichenbäuche so dicht nebeneinander schwimmen, daß es schien, als könnte man auf ihnen zu Fuß über diesen Wasserarm marschieren, in dem bei der Schmelze zehntausend Flüchtende eingebrochen und ertrunken waren. Das war genau am 21. März. An diesem Tage meldete der Wehrmachtsbericht: »Im Frontbogen südlich des Frischen Haffs wurden 108 Panzer vernichtet.« Aber das waren wahrscheinlich die unseren gewesen.

Den ersten Menschen, den ich am Strand von Pillau zu Gesicht bekam, war der Gauleiter Koch. Er stand vor einem wuchtigen Bunker, schüttelte die Faust gegen die russischen Linien hinüber und schrie wie ein Hysteriker: »Soldaten, schlagt den Bolschewismus aufs Haupt. Haltet aus, in drei Tagen ist die Entsatzarmee bei uns. Seid deutsch und treu.« War aber dann ein Flugzeuggeräusch zu hören, so verschwand der wackere Streiter wie eine Maus im Bunkereingang, um gleich nachher seinen Glauben an Deutschland wieder zu finden und weiter zu kreischen. Bis ein blutjunger Leutnant auf ihn zuging und sagte: »Halt jetzt mal deine große Fresse, du Speckjäger, und zieh Leine.« Dem goldverzierten Bonzen blieb buchstäblich das Maul offen, doch dann geiferte er los: »Sie sind verhaftet, Mann, ich lasse Sie erschießen.« Der Leutnant aber schob ihn nur aus dem Weg, während die zwei Landser, die ihn begleiteten, die Läufe ihrer MP's, die sie wie Sonntagsjäger über der rechten Schulter trugen, etwas nach vorn drückten.

In Pillau fand ich zwar nicht unseren Gasschutzmajor im grauen Fell, der uns befehligen sollte, dafür aber meine alte Einheit. Als ich den Kommandeur, Oberstleutnant Schaffer, wieder sah, hatte ich ein gutes Gefühl. Denn dieser Mann, der zwar Berufsoffizier war, aber niemals in den Rock mit dem Pleitegeier gehört hätte, verkörperte einen wirklichen Menschen. Als wir nämlich noch ein paar Fahrzeuge besaßen, belud er sie mit irgendwelchen wertvollen Apparaturen einer Corps-Kartenstelle und ließ dann die ganze verbleibende Einheit antreten. Anschließend sonderte er die vierzig Ältesten, die Verheirateten, Kinderreichen und Verwundeten aus und gab ihnen Marschbefehl nach Danzig. In der Hoffnung, sie könnten den russischen Ring noch passieren, bevor er sich zum Kessel schloß. Nach vier Tagen allerdings war dieses Kommando dann wieder bei uns. Der Iwan hatte vor Elbing die Falle bereits zuschnappen lassen. Und auf der Rollbahn standen quer zur Fahrtrichtung zwei dicke Riesenbrummer. »Liebe zur Heimat« hießen sie wohl. Aus den Luken aber winkten russische Panzerschützen gelangweilt ab und gaben dem Treck zu verstehen, er sollte ruhig wieder kehrtmachen. »Nicht einmal geschossen haben die«, erzählte der Transportführer, ein Stabsfeldwebel. Und nahm wenig später sein goldenes Parteiabzeichen von der Uniform ab.

Oberstleutnant Schaffer nun ließ die fünfundvierzig Mann, die ihm noch verblieben waren, zu einem Hilfskrankenträger-Kurs einschreiben. Dieser fand vor den ehrwürdigen Kasematten von Pillau statt. Allerdings wurde er immer wieder von schweren russischen Fliegerangriffen unterbrochen. Nach drei Tagen erhielt jeder Hilfskrankenträger einen Rotkreuzausweis und einen Marschbefehl in seine Heimatgarnison.

Gleich hinter den uralten Festungsmauern von Pillau fand ich am zweiten Tage ein großes Loch, in dem etwa zweihundert Gefallene lagen. Fast alle ohne Schuhe und Uniformröcke, die man ihnen vorher noch ausgezogen hatte. Das Loch blieb für weitere Kundschaft ständig geöffnet. Etwas abseits im schütteren Wald waren außerdem an die hundert Gruben ausgehoben. Haargenau in der Größe von Gräbern. Drinnen lagen Verwundete auf ein paar Tannenreisern. Das war wohl sehr praktisch. Denn wenn der Arzt morgens Visite hielt und nur noch kalte Füße feststellen konnte, brauchte das Loch nur mehr zugeschaufelt zu werden.

Zu dritt machten wir uns dann auf den Weg in Richtung Heimat. Drunten am Hafen, der unter pausenlosem Beschuß lag, kam ein größerer Parteibonze auf uns zu. Er suchte ein Kommando, das mit einem Schnellboot wieder nach Heiligenbeil rüberfahren sollte, um dort die Waffen von Gefallenen zu sammeln. »Männer«, sagte er, »jeder, der sich meldet, kriegt schon vorher das EK I.« Er kam auch zu mir, deutete auf meine zwei verwaschenen Bändchen und schnarrte: »Könnten Sie doch auch ganz gut gebrauchen, Kamerad. Würde Ihnen gut stehen.« Aber mir waren meine Preiselbeerorden gut genug. Denn ich

37

hatte noch nie besondere Sehnsucht nach dem »Deutschen Kreuz in Birke« verspürt.

Schließlich waren wir am Kai und da lagen auf dem Pflaster wohl an die tausend Schwerverletzte. Irgendein Sani teilte mich gleich ein als Krankenträger und so schnappte ich mir so ein Bündel Elend und legte es mit dem rechten Arm über meinen Rücken. Die Feldgendarmerie, die mit entsicherter MP am Fallreep stand, ließ uns ungehindert passieren. Nachdem ich ein Dutzend teils stöhnender, teils bewußtloser Kumpel an Bord geschleppt hatte, blieb ich auf dem Kahn oben, bis es stockdunkel war. Dann mußte ich wohl eingeschlafen sein. Denn als ich erwachte schwankte der Boden unter mir und droben am stillen Himmel glänzten die Sterne der Ostsee. Ich meldete mich im Sanitätsraum beim diensttuenden Jodonkel, der mir eine Riesenkanne Tee aushändigte für die Verwundeten, die auf den Gängen lagen. Und ich fragte ihn, auf welchem Kreuzer wir denn wären. Der Mann sagte: »Kreuzer, nee. Ist ein alter Kohlenpott. Hört aber jetzt auf den stolzen Namen ›Sperrbrecher Mathias Stinnes‹.«

Morgens kamen die Bomber

Diese Nacht pennte ich in einem kleinen Kasten, in dem eine Menge Ankerketten lagen. Und morgens weckte mich eine Sirene. Aha, dachte ich mir, jetzt gibt's wohl Frühstück. Aber es gab nur Lufttorpedos von einem Pulk sowjetischer Douglas-Bomber. Ich taumelte an Deck und da lagen wohl an die 5000 Figuren neben-, drunter- und übereinander. Lauter Flüchtlinge. Irgend so ein blauer Dienstgrad erklärte nachher, einmal heulen wären Flieger, zweimal U-Boote. Das heißt, bei einmal runter in den Schiffsbauch, bei zweimal wieder hoch. Ich machte diese Freiübung nur viermal mit, weil ich doch mit meiner Flosse kein bedeutender Kletterer mehr war. Da ging's nämlich jedesmal an die hundert Eisensprossen hinab in den eisernen Walfischbauch. Auf dessen tiefstem Grund eine Gruppe gefangener Russen apathisch Karten spielte. Als meine Knöchel wund waren, wie vom Kartoffelreiben, blieb ich auf Deck. Da war auch eine Menge angeschlagen von Krieg und Sieg, vom Verhalten beim Absaufen und wie man eine Schwimmweste anlegt. Davon gab's aber nur zwei Stück. Eine trug ein dicker Hauptfeldwebel über seinem knöchellangen Fahrermantel. Er soff später trotzdem ab wie ein Hundert-Kilometer-Stein. Und die zweite hatte ein schmaler Zahlmeister um seine Hühnerbrust gegürtet.

Im Kielwasser unseres Flagg-Schiffes schwammen noch fünf andere Kähne. Nachdem die Sirenen jedoch etwa fünfzigmal geheult hatten, waren es am anderen Tage nur noch drei. Der Rest war Schweigen. Jedesmal wenn die Heulsuse morgens zum erstenmal erklang, kam ein Rudel von etwa 17jährigen Flak-Kanonieren angerannt, die Hemden vorne offen, zerbissen und zerknutscht. Denn von den paar hundert jungen Mädchen, die nachts auf den Planken lagen, gab es immer wieder welche, die lieber in eine warme Koje krochen. Vielleicht auch, um noch einen winzigen Fetzen Liebe zu erwischen. Die Flak-Soldaten aber kletterten wie die Affen auf ihre kleinen Plattformen und schossen wie die Irren. Sich gleichzeitig außer den Kommandos auch noch derbe Männerwitze zurufend. Es wäre fast wie in einem frisch-fröhlichen Soldatenfilm gewesen, wo gezeigt wird, wie man das junge Material zu ganzen Kerlen schmiedet. Wenn nicht am zweiten Tag die vordere Kanzel weggeputzt worden wäre wie ein Schwalbennest. Nie gekannt und nie gewesen.

Am sechsten Tage dieser christlichen Seefahrt hielt der Konvoi auf der Reede von Swinemünde. Und jetzt gab's außer der gewohnten Packung auch noch Ari-Beschuß. Das war dann manchem Passagier doch zuviel. Und wohl an die hundert jumpten über Bord, weil's doch nur etwa 500 Meter bis zum nahen Ufer waren. Aber keiner schaffte diese Strecke. Nach zwei-, dreihundert Metern gingen sie alle lautlos zu den Fischen. Auch der Submarine-Hauptfeldwebel. Gegen Abend kam ein kleines Schulschiff angezockelt, legte am großen Mathias an und ein Offizier schrie mit der Flüstertüte an Bord, daß er 350 Leichtverwundete übernehmen würde. Da war vielleicht der Teufel los. So viel Blessierte waren nämlich gar nicht aufzutreiben. Aber 5000 Zivilisten wollten wieder festen Humus unter den Sohlen haben.

Keine zehn Meter neben mir schnellte ein junges Bürschchen hoch, das in einem Knäuel von sechs Geschwistern, der Mama, nassen Betten, Stahlhelmen und anderem Kriegsmaterial kampiert hatte. Halb aufgerichtet blieb der arme Kerl am Abzug einer deutschen Maschinenpistole hängen und schoß seine eigene Mutter mitten durch die Brust. Aus, amen und vorbei. Unser Umsteigen erfolgte durch eine Art Schlauch, der von der Reling der »Stinnes« wie ein Müllschlucker auf das Deck des Schulschiffes führte und durch den wir wie Rohrpostpatronen einfach geschossen wurden. Der Abschied vom Mutterschiff fiel uns natürlich sehr leicht, nicht aber den Zivilisten. Sie kamen allerdings am nächsten Abend ebenfalls an Land.

Durch friedliche Wiesen und eine stille Landschaft tuckerte der kleine Kahn in einem Kanal schließlich dem kleinen Städtchen Anklam zu. Das erste, was ich dort las, als mich die Erde wieder hatte, waren riesige blutrote Plakate mit der Aufschrift »Landser, wer fünf Kilometer hinter der Oder angetroffen wird, wird erschossen«. Und daneben klebte eine Anzahl der kleinen roten Versandanzeigen in die Ewigkeit, die mit dem bedeutenden Satz begannen: »Im Namen des Volkes.«

Ein wackliger Stabsarzt und ein paar Karbolmäuschen erwarteten uns hier, und der gute Onkel Doktor meinte »Rechtsum marsch«. Aber ein Fähnrich, der durch die unvorsichtige Handhabung eines »Ofenrohrs« vier Finger verloren hatte, und ich machten uns in stiller Waffenbrüderschaft selbständig. So in der Mitte der Ortschaft hing ein Transparent über die Straße: »SS-Auffangstab.«

39

Ich schaute meinen jungen Mitstreiter an, und der verstand mich sofort. In der Kommandanturbaracke saß ein Obersturmführer auf einem Sessel, balancierte ihn auf zwei Beinen und hatte die erstklassigsten tschechischen Schaftstiefel auf dem Tisch liegen. Er war stinkbesoffen.

Wir legten unsere Papiere vor und dachten: Hopp oder Topp. Aber der sah gar nicht hin und schnarrte bloß: »Können Sie nicht lesen?« Dann deutete er mit einem Lineal auf das Plakat betreffs der Oder. Dann kam noch so ein schwarzer Husar ins Zimmer, und der Obersturmführer sagte zu ihm: »Schon wieder zwei Lebensmüde.« Der Zugwind aber hatte ihm meinen Marschbefehl direkt auf die Hose gelegt. Er nahm ihn mit spitzen Fingern auf und buchstabierte: »Gemäß OKH. Geheim Papalapap.« Aber dann lachte er plötzlich laut und brüllte: »Mensch aus München sind Sie. Mensch haben Sie aber Glück, Sie Weihnachtsmann. Kennen Sie die Perussastraße? Ja? Da ist doch so ein kleines Friseurgeschäft wa? Und da drin ist doch die Lotte. Mönsch, da gehen Sie 'rein zu ihr und sagen, ihr Viktor kommt zwar nimmer. Der geht nach Walhall. Aber 'nen dicken Gruß richten Sie ihr aus. Sie Armleuchter Sie. Und sagen Sie zur Lotte auch noch, bei uns Wikingern gilt immer noch der Grundsatz: Kopf hoch, wenn der Hals auch dreckig ist.« Dann wieherte er noch eine Zeitlang, und nachher klatschte er mir einen riesigen roten Stempel auf mein Dokument. Und damit war für mich das Rennen so ziemlich gelaufen, wie sich erweisen sollte.

Der Fähnrich allerdings kam in Begleitung ins Lazarett. Mal nachsehen, ob unter seinem Verband wirklich keine Finger mehr waren. Und ich wetzte los.

Ein Holzgas-Lkw nahm mich mit bis Neustrelitz. Da sah ich dann auch an einem Alleebaum den ersten Gehenkten. Einen Unteroffizier mit dem Spiegelei, dem Deutschen Kreuz, auf der Brust. Und einem Schild um den Hals: »Auch Orden schützt vor Feigheit nicht!« stand darauf. Sie hatten ihn mit einem Stück Draht, so wie er an Staketenzäunen zu finden ist, erdrosselt. Die Schlinge war gar nicht ganz zu. Und irgend so ein Dreckskerl hatte ihm auch noch die Hosen heruntergezogen. Jedermann sah nun, daß der Schließmuskel bei so was ausläßt.

Mein Magen stieg langsam höher. Nachher kam ein Kapo des Weges und sah sich diese Gemeinheit lange an. Dann löste er vorsichtig sein EK I von der Feldbluse, spuckte darauf und warf es wortlos weit in die Wiesen.

Gegen Abend bekam ich mächtiges Fieber. Ich erwachte zwei Tage später in einem Schulhaus in Eberswalde von einer huschenden schwarzen Schwester bedient. Mensch, war die aber nett zu mir. Sie gab mir später sogar Rotwein und englische Kekse. Am dritten Tag merkte ich, daß sie das kleine Muttergottesamulett an meiner Brust entdeckt hatte, das ich einmal von einer Russin für einen Laib Kommiß bekam. Und tuschelnd gestand die gute Haut schließlich, im Delirium wäre mir manches sehr Garstige über unseren Führer über die Lippen gekommen. Abends wisperte sie an meinem Feldbett selber schlechte Sachen über den Oberbefehlshaber oder »Gröfaz«, wie er bei uns hieß. »Ich habe ihn einmal persönlich gesehen, dieser Mensch ist der Leibhaftige selber. Haben Sie ihn auch schon einmal gesehen?« Ich nickte, denn mir fiel ein, daß ich vor vielen Jahren in dem sogenannten Führerbau Frondienste geleistet hatte. Als Notstandsarbeiter oder wie die nationalen Söldlinge seinerzeit genannt wurden. Wir bauten irgend so eine Entlüftung. Plötzlich stand der geniale Bauherr im Trenchcoat und Schlapphut neben mir. Und er sagte mit ganz gewöhnlicher Stimme: »Wie heißen Sie?« Ich antwortete brav und wollte fast fragen: »Und Sie?« Aber da kam gerade der Architekt und der Spuk war wieder weg.

»Der Iwan ist da!«

Zum Geburtstag Hitlers wurde ich entlassen und nahm sofort die Rückmarschstraße zwischen die Beine. Ich hatte unverschämten Dusel. Denn vor meinem roten Brandmal auf dem Marschbefehl erschauerten sogar die Feldjäger. Schnell war ich in Fürstenwalde und sah dort einen riesigen Lkw vom Heereszeugamt Ingolstadt stehen. Wie ich nach dem Fahrer Ausschau halte, kommt ein völlig verstörter Volkssturmmann angerannt und brüllt in das nahe Café, in dem ein paar Soldaten Zichorie tranken. »Der Iwan ist da!« Da zog doch tatsächlich so ein nationalsozialistischer Amtswalter auch noch seine Pistole und schoß auf den alten Herrn, ohne ihn natürlich zu treffen. »Sie Defätist«, schrie er, »ich geb's Ihnen.« Aber schon war auch der Fahrer da – und ich nichts wie rauf, zwischen Kotflügel und Kühlerhaube, als »Lucki-Lucki«, wie der neuerstandene ehrsame Beruf eines Luftspähers schnell hieß.

Weiter ging's südwärts, und zweimal konnte ich dem Chauffeur rechtzeitig »Jabo-Warnung« geben. Doch auf einmal war der Deckel zu. In einem kleinen Dorf hatten sie nämlich die Panzersperre schon dichtgemacht und so praktisch Nord- und Süddeutschland bereits getrennt. Doch um einen Bauernhof herum erwischten wir die Straße aufs neue. Dort stand ein Fliegerfeldwebel aus dem Ersten Weltkrieg, und wir berieten die Lage. Der Feldwebel hatte ein Damenfahrrad bei sich, und so wurde verabredet, daß wir zwei in die nächste Ortschaft radeln würden. War alles klar, täten wir dort warten. Wenn aber die Schotten auch dort schon dichtgemacht seien, kämen wir wieder zurück. Und wir traten in die Pedale.

Kirchheim hieß der nächste Ort, und ich habe ihn mir gut gemerkt. Denn als wir die Straße frei fanden, kam nach 20 Minuten tatsächlich unser Ingolstädter angebraust. Der Flieger stellte sich lachend mitten auf die Fahrbahn und breitete die Arme aus. Und so walzte ihn der Kamerad aus dem Heereszeugamt über den Haufen. Und donnerte in seiner Panik einfach weiter. Den armen Teufel aber stachen die Brustknochen durch die Feldbluse, und gurgelnd verblutete er auf einem Wirtshaustisch, auf den ihn ein Bauer zusammen mit mir geschleppt hatte.

Mit dem Fahrrad ging's weiter. Durch Torgau hindurch, an dem sich einen Tag später Russen und Amerikaner die Hände reichten. Am 25. April. Und wo sie wahrscheinlich auch mein altes Damenfahrrad erbeuteten, von dem die Kette gerissen war. Nun schwenkte ich gewarnt und orientiert durch Flüchtende nach Pilsen zu ab. Auf einer Anhöhe, die sich immer am besten erwies, um als »Lucki-Lucki« bei den Lkw-Fahrern unterzukommen, traf ich den Gefreiten Gerber. Er stammte aus Innsbruck und hatte einen Rucksack bei sich, der wenigstens 60 Pfund wog.

In diesem Hamsterbeutel waren viele Dosen Butter, fünf Laib Käse, Kaffee, Tee und sonstige Verpflegung, die es ja jetzt fast überall zu erbeuten gab. Auch die Bodenplatte eines Granatwerfers schleppte der brave Soldat noch mit. Ich riet ihm: »Mensch, wirf doch wenigstens das lächerliche Stativ weg.« Er jedoch antwortete todernst: »Kann ich leider nicht, steht ja im Soldbuch.« »Dann allerdings«, sagte ich, »aber in meinem Soldbuch steht beispielsweise auch noch drin, daß ich drei Wochen Urlaub guthabe.« Trotzdem kamen wir gemeinsam bis in die Bierstadt Pilsen. Dort entschwand dann der gewissenhafte Grenadier meinen Blicken. Indem es mir nämlich gerade noch gelang, den Kühler eines röchelnden Fords zu erwischen. Während der Gefreite Gerber, der Mann, der nicht loslassen konnte, verzweifelt winkte und schrie und immer kleiner und kleiner wurde. Ich konnte aus der Ferne aber noch genau sehen, wie ihn eine Gruppe Partisanen einholte, niederschlug und als erstes den Rucksack abmontierte. Der Käse war sein Schicksal.

In einem Pilsner Vorort stieß ich schließlich auf einen besonders seltsamen Heini. Einen alten SS-ler, der einen Landser bei sich führte, den er in Plauen zum Erschießen abliefern sollte. Der Delinquent war stumm und lammfromm, und die zwei hatten bereits eine gewisse Kameradschaft geschlossen. »Aber erschossen wird trotzdem«, sagte der SS-ler immer wieder zu ihm und lachte. Nachts hatte der gerissene Scherge ein eigenes System entwickelt, damit ihm sein Gefangener nicht auskam. Er zog einfach seine Hose aus und dann schlüpfte jeder der beiden mit einem Bein hinein, so daß sie durch die feldgrauen Röhren miteinander innig verbunden waren. Es gelang mir und einem hinkenden Oberleutnant aber endlich doch, den armen Sünder loszueisen. Der Oberleutnant schrieb dem gefallenen Wärter einfach eine Empfangsbescheinigung aus, und da ließ der seltsame Bewacher sein Opfer sofort zufrieden laufen. Der Begnadigte ging schnurgerade die Landstraße entlang und schaute nicht ein einziges Mal um.

Nachts allein am Straßenrand

Über Regensburg und Landshut, das noch am gleichen Tage von den Amis genommen wurde, kam ich in der Nacht zum 1. Mai in München an. Ich suchte mein Haus und fand es nicht mehr. Dort, wo es gestanden hatte, war nur noch ein Stück Dunkelheit.

Keine hundert Meter von jener Stelle weg, wo vor fünfeinhalb Jahren meine Odyssee begonnen hatte, saß ich nun allein in der Nacht auf dem Randstein meiner Straße. Und ich mußte an das Lied denken, in dem es hieß: »Als wir im August hinausgezogen sind, da hast Du mich zum Sammelplatz gebracht.« Diejenige, die das getan hatte, war im Feuerregen längst verbrannt. Und dann dachte ich auch darüber nach, welch eine ungeheure Kette von Glück und Zufall mich wieder nach Hause geführt hatte. Da durfte doch nicht ein einziges schwaches Glied darunter sein. Ich erinnerte mich dabei, wie ich beim ersten Feuerüberfall der Russen beispielsweise meine MP aus dem Beiwagen der 700er BMW riß. Und mich mitten durch die Feldmütze schoß. Oder daran, als ich mit meiner Maschine von Minsk nach Molodetschno fuhr. Und so zum Spaß eine Slalomfahrt machte zwischen kleinen grünen Tannenreisern, die in größeren Abständen in der staubigen Straße steckten. Bis mir der Vorposten in Molodetschno erklärte, diese Zweiglein hätten jene Tellerminen markiert, die sie noch nicht entschärft und ausgegraben hätten.

August 1939. Sigi Sommer wird Soldat. Hier als Rekrut.

Ja, mit was hatte ich das eigentlich verdient, daß ich meine geliebte Stadt noch einmal sehen durfte? Wenn sie auch geschändet wie eine Jugendliebe vor mir lag. Vielleicht weil ich einmal einen alten Juden im Kübelwagen aus Warschau herausschmuggelte? Was ihm gewiß auch nicht viel half. Oder etwa wegen des ertrinkenden Hundes, den ich aus der Düna zog? Recht viel mehr war's doch nicht. Irgend jemand da oben mußte mich also vielleicht ein bißchen mögen. Und ich begriff plötzlich, wie lächerlich es ist, zu glauben, man könnte tun, was man wollte. Es mochte gegen drei Uhr früh sein. Ein paar Tropfen fielen auf meine Hand. Ich schaute zum dunklen Himmel hinauf. Aber es regnete gar nicht.

ca. 1943: Heimaturlaub in München

Der Verserlschmied mit der Maschinenpistole

Auch als Soldat in Russland hörte Sigi Sommer nicht auf zu schreiben. Einmal wurden die Dichter, Musiker oder Maler unter den Soldaten zu einem Wettbewerb aufgerufen. Sigi Sommer schrieb keine Heldengeschichten – er reichte zwei Gedichte ein. Seinem Major gefielen sie nicht – aber dem General. Sigi Sommer wurde Preisträger in der Sparte Literatur. Dafür erhielt er tausend Reichsmark in bar und vierzehn Tage Urlaub. Als er zurückkehrte, fand er seinen alten Haufen nicht mehr. »Der war mittlerweile nach Stalingrad als Alarm-Einheit verlegt worden. Und ich sah mein ganzes Leben lang keinen einzigen Kameraden mehr von ihnen.«

Der Landser

Gottverlassen hockt der Fremde
in dem Beresina-Schnee
schweigsam, lauernd, alt.
Wie ein Hinterbliebener im Weh,
kauert sich die lehmverkrustete Gestalt.
Einsam, eisig und bereit,
starrt er nach dem Wald,
und es schneit
auf den Menschen frosterstarrt und alt.

Vor Moskau 43

Wenn ich fallen sollte,
nur ein deutsches Kreuz aus Birke
möcht' ich gerne,
wie der Franz, mein Freund,
und über mir Napoleons kalte
Schicksalssterne
und Marlenes Song von der Laterne
aus der unvergessenen Vorstadtferne
und den gnadenlosen Winselwind,
der dann ganz vergebens nach mir sucht,
möcht ich gerne.

Reporter in der Schuttlandschaft

1945. München lag in Trümmern. »Die Süddeutsche Zeitung«, im Oktober gegründet, erschien nur zweimal pro Woche. Sigi Sommer stellte sich der Redaktion mit kurzen Geschichten vor. Der erste Bericht, den er unter seinem vollen Namen für die »Süddeutsche Zeitung« schrieb, war 21 Zeilen lang und gab ein Gerücht wieder, das in München kursierte. Zugleich wurde er – auch das ist vergessen – von 1946 an Sportreporter. Archivmappen mit mindestens 200 Berichten über Boxveranstaltungen sind erhalten. Da war er Fachmann. Sigi Sommer hatte selbst geboxt. – 1948 wurde auf der Presseausstellung in München die »Tageszeitung« vorgestellt. Sie sollte modernen Journalismus demonstrieren und erschien täglich. Eine Chance für Sigi Sommer, der unter seine Artikel manchmal die Kürzel »Siso« oder »So« setzte. Jetzt wurden auch seine Plaudereien gedruckt. In erster Linie aber war er Reporter, der die Tagesereignisse verfolgte: für die SZ wie für die »Tageszeitung«, aus der dann die »Abendzeitung« wurde. Hier seine Premiere in der SZ, es folgten erste große Berichte und ein Blick zurück.

Das tägliche Gerücht

Stehen zwei am Bahnhofsplatz vor den bunten Plakatanschlägen. »Sehen Sie, Herr Nachbar«, sagt der eine, »das ist doch direkt ein Witz, diese Glaszuteilung« und deutet auf ein rotes Plakat. – »Wieso?« fragt der andere. – »Na, hören Sie«, entgegnet der erste, »die werden uns doch kein Glas geben, jetzt genügen doch die *Bretter* vor den Fenstern, wo doch sowieso ab Zwanzigsten« – »Na? Was ist ab Zwanzigsten?« – »Was? – Das wissen Sie noch gar nicht? Aber ab Zwanzigsten muß doch wieder *verdunkelt werden.*« – »Ah – –« – »Na ja, freilich – – und was schließen *Sie* daraus?« – »Ich schließe daraus«, sagt der also Aufgeklärte und holt tief Atem, »ich schließe daraus, verehrter Herr, da werden Sie bei sich nicht viel Arbeit haben, denn Sie scheinen ja sowieso ständig verdunkelt zu haben – da oben –, meine ich«, und er deutet mit dem Finger an die Stirn.

Ja, es ist wohl so, daß vielen erst ein Licht aufgehen muß.

Siegfried Sommer

(SÜDDEUTSCHE ZEITUNG, 16. November 1945)

Ehen werden im Himmel geschlossen

In München befassen sich zur Zeit etwa 40 *Heiratsbüros* mit der gewerbsmäßigen Ehevermittlung. 17 Prozent aller derzeit geschlossenen Ehen sollen nach statistischen Unterlagen auf die Tätigkeit dieser *Institute* zurückzuführen sein. Ein seriöses Münchner Unternehmen bringt monatlich unter günstigen Umständen 20 bis 30 Pärchen »unter die Haube«. Die Aussichten, über den Weg durch die gewerbsmäßige Vermittlung in den Hafen der Ehe einzulaufen, liegen bei 80 Prozent.

Grundlegend geändert haben sich mit dem Karussell der Zeit auch die mannigfachen Wünsche bezüglich der »*Tugenden*«, welche die eventuellen Lebensgefährten besitzen sollen. Während des Krieges rangierten die weiblichen Ideale und Ehewünsche etwa in nachstehender Reihenfolge: Fliegeroffiziere, Nachtjäger, Offiziere des Heeres, Gebirgsjäger, SS-Angehörige, Geschäftsleute, *Sportlehrer* oder ähnliches, Beamte, Kriegsversehrte, Angehörige der *NSDAP*, geistige Berufe, Landwirte, Arbeiter, Schauspieler und Künstler. Mit der Person des Auserwählten sollten nach Möglichkeiten noch folgende Dreingaben, Eigenschaften und Voraussetzungen verbunden sein: *Ritterkreuz* oder höhere Orden, eigenes Haus, große *stattliche* Erscheinung nicht über 40, ausgedehnter arischer Nachweis, eigener Wagen, eigene Wohnung, entwicklungsfähige Position, Gewähr für *erbgesunden* Nachwuchs und bei Landwirten Erbhofrechte.

Die männlichen Wünsche bewegten sich ungefähr in folgenden Bahnen: Blonde arische Erscheinung und Hüterin des heimischen Herdes. Einheirat in größeres Geschäft oder Unternehmen. Allgemeines Alter zwischen 25 und 35 Jahren. Gute Köchin und Hausfrau. Schöngeistig, musik- und naturliebend, größeres *Barvermögen* und Grundbesitz und eventuell Witwen mit Wohnung und einem Kind. Nach *Parteizugehörigkeit* wurde von den Männern nur selten gefragt.

Die annähernd 2000 Karteiblätter eines Münchner Heiratsbüros ergeben heute folgendes Gesamtbild: Von den Männern suchen 70 Prozent Frauen bis zu 55 Jahren mit eigener Wohnung. Drei und auch mehr Kinder werden dabei notfalls in Kauf genommen. Einheiraten ohne besondere Wünsche hinsichtlich des Äußeren der Erwählten und Partnerinnen mit größerem Sach- oder Grundbesitz (auf Bargeld wird *wenig* Wert gelegt) sind stark gefragt. 60 Prozent der Männer legen unter diesen Aspekten keinerlei Wert auf Konfession, Staatsangehörigkeit oder rassische bezw. politische »Vergangenheit«. 20 Prozent wünschen eine gute Hausfrau und Kameradin *ohne* materielle Dreingaben. 5 Prozent sind Kriegsversehrte oder Körperbehinderte und wollen eine Lebensgefährtin mit *inneren* Werten heiraten. Nur 5 Prozent wünschen ein ausgesprochenes Liebesbündnis.

Von den Frauen suchen heute 60 Prozent Geschäftsmänner mit größerem Betrieb, 10 Prozent energische *Tatmenschen* (»aber keine ehemaligen Militaristen«), fünf Prozent Landwirte, Haus- und Grundbesitzer oder ähnliches, 3 Prozent Kriegsversehrte, Pensionisten oder Beamte, 2 Prozent Künstler und Schauspieler, 5 Prozent Arbeiter und Handwerker und 10 Prozent Ausländer.

Fast alle Eheanbahnungsinstitute erhielten vor dem Kriege zahlreiche Zuschriften aus dem *Auslande*. Freier aus aller Herren Länder wollten eine deutsche Frau als Lebensgefährtin. Heute wünschen sich viele deutsche Frauen einen *Ausländer*. Der deutsche Mann als Ehepartner wurde »international« von jeher *kaum* gefragt.

(TAGESZEITUNG, 21. Mai 1948)

Schwabing zwischen Abschied und Wiedersehen

Hinter heruntergelassenen Jalousien träumen zerfallene Ateliers ihren Dornröschenschlaf in der tröstenden Frühsommersonne. Es ist still geworden unter den Dächern von *Schwabing*. Verschwunden sind aus dem Straßenbild die Schwabinger *Malweibchen*, die in Reformkleider und weiße Sweaterfutterale eingenäht waren und die Jünglinge, welche in immerwährender geistiger Pubertät mit schwebenden Bewegungen von Kaffeehaus zu Kaffeehaus eilten, die unentdeckten und unverstandenen Talente, die Scharlatane, Künstler, Modelle, Mäzenaten, Pumpgenies, Lebenskünstler und hoffnungslosen Bohèmiens. Verschwunden ist auch das Café Größenwahn in der Türken-Theresienstraße mit seinen sonderbaren Gästen, Reformatoren und Welterneuerern, mit dem ewig Schach spielenden, für tausendundeine Zeitung schreibenden *Roda-Roda* und dem Edelanarchisten Erich Mühsam.

Der »Rote Hund« des Simplizissimus ist aus der Türkenstraße verschwunden und der Schwarze Markt hat den einst so berühmten Schwabinger Modellmarkt abgelöst. Verlassen ist das Erbe der elf Scharfrichter, und die Gestalten von Kathi Kobus, *Ringelnatz*, Bierbaum, Wedekind oder Klabund gehören bereits zu einer längst versunkenen, sagenumwobenen Künstlerdynastie. Die Fassade der Münchener Akademie ist wie von Mottenfraß entstellt und in ihren kühlen Gängen spielen märchenhaft blasse Kinder mit den Köpfen zertrümmerter griechischer Gipsgötter. Fünf Maler- und vier Bildhauerklassen haben seit Kriegsende wieder ein bescheidenes Domizil in dieser einstigen Hochburg der bildenden Künste gefunden.

240 Schüler für freie und 150 für angewandte Kunst bilden die Keimzelle zu einem *neuen* Schwabilon und werden von den Kapazitäten Gött, Troendle, Fuhr und Geiger unterrichtet. Von Montag bis Freitag stellen sich diesen Jüngern die beiden letzten Schwabinger Modelle, die 54jährige Theres und die 60jährige Margret zum tarifmäßigen Sold von einer Mark für die Stunde zur Verfügung. Sehr bescheiden sind zur Zeit die ständigen *Ausstellungsmöglichkeiten*. Maximilianeum, Kunstverein, Pinakothek und Glyptothek wurden zerstört bzw.

anderweitig verwendet, das Deutsche Museum und das Haus der Kunst stehen ebenfalls nur noch beschränkt zur Verfügung.

Die Zahl der in München ansässigen Maler und Bildhauer wurde vor dem Kriege auf etwa 7000 geschätzt. Heute sind es nur mehr einige hunderte, die auf dem »bayerischen Montmartre« leben und doch wird auch hier das Leben über die Zerstörung siegen.

(TAGESZEITUNG, 1. Juni 1948)

Auf der Brücke zum Jenseits

Die polizeiliche Statistik registrierte vom 1.1. bis 31.5.1946 80 Selbstmorde und 96 Selbstmordversuche. Im gleichen Zeitraum 1948 hat sich diese Zahl auf 46 ausgeführte und 50 versuchte Selbstentleibungen *verringert*. Die Motive sind im wesentlichen dieselben geblieben. Materielle und Wohnungsschwierigkeiten, unheilbare Krankheiten, allgemeiner Lebensüberdruß und Liebeskummer. Neben den fast in allen Fällen zurückgelassenen Abschiedsbriefen hat seltsamerweise eine verhältnismäßig allerdings kleine Anzahl der Lebensmüden nicht nur über die Gründe zu ihrem Freitod, sondern auch über dessen Ausführung genaue *Aufzeichnungen* bis zur letzten entscheidenden Sekunde gemacht.

So beschrieb eine 46jährige Frau, die sich aus Schwermut das Leben nahm, die Phasen ihres Leuchtgastodes bis zum Erlöschen des Bewußtseins auf dem Wachstuchüberzug des Tisches, an dem sie das Ende erwartete.

Vor dem Psychiater, von dem Selbstmordkandidaten, die gerettet werden konnten, untersucht werden, erklärt ein 39jähriger Mechaniker, der sich erhängen wollte: »Ich war bei völlig klarem Verstand, als ich zur Ausführung der Tat schritt. Die *Wäscheleine*, die ich am Fenstergriff befestigte, habe ich vorher auf ihre Tragfähigkeit geprüft und die Länge des Strickes bei angezogener Schlinge ausgemessen. Ich hatte nur Angst, daß ich etwa röcheln und um mich schlagen werde, so daß mich meine Wirtsleute hören und vorzeitig abschneiden würden. (Was dann auch geschah.) Allerdings hätte ich mich auch im Keller oder Speicher oder irgendwo im Wald erhängen können, doch davor hatte ich Hemmungen. Als ich mir die Schlinge um den Hals legte, sagte ich laut vor mich hin ›Es wird bestimmt nicht weh tun‹ und dann ließ ich mich fallen. Wenn immer erzählt wird, daß man in solchen Momenten sein ganzes Leben wie in einem Film abrollen sieht, kann ich das nicht bestätigen. Der letzte Eindruck war das verschnörkelte Muster der Zimmertapete.«

Ein 45jähriger staatlicher Angestellter, der sich mit seiner Dienstpistole *erschießen* wollte, erklärte im selben Zusammenhang: »Ich hatte erst den Vorsatz, mich in den Mund zu schießen und schon Tage vorher habe ich den Pistolenlauf mehrfach ohne den eigentlichen letzten Entschluß in den Mund gesteckt. Am Tage meines Selbstmordversuches schrieb ich erst einen Abschiedsbrief an meine Schwester und meine Eltern, dann rauchte ich noch eine Zigarette, holte plötzlich meine Pistole, schob sie unter mein Hemd und drückte ab. Während des Abdrückens habe ich laut geschrien und dachte, die Pistole wird versagen. Dann bekam ich einen gewaltigen Schlag und kann mich noch erinnern, wie ich vom Stuhl stürzte und mich dabei im Fallen mit den Händen aufstützen wollte.«

Wie der Psychiater aus seiner langjährigen Erfahrung erzählt, kehren bei einem verunglückten Selbstmord die Selbstmordgedanken fast immer beharrlich wieder. Sehr bezeichnend ist es, daß der weitaus größte Teil aller Lebensmüden an stürmischen oder regnerischen Tagen sowie bei Föhnwetter Hand an sich legt.

(ABENDZEITUNG, 16. Juni 1948)

Das Kuckucksei

Meine erste Arbeit für die Münchner Abendzeitung im Jahre des Herrn 1948 und im Jahre 3 der amerikanischen Militärregierung wäre bald meine letzte gewesen. Sie hieß: »Das Kuckucksei«. Der kleine Artikel wurde in allen damaligen Gazetten und sogar in der Schweiz nachgedruckt, wofür mir die Eidgenossen in einem Brief zehn Fränkli überwiesen, die ich allerdings nie bekam. Weil diese Postsendungen damals von deutschen Behörden vorsortiert wurden und der Besitz von Devisen verboten war. Das »Kuckucksei« war nur ein paar Zeilen lang, aber es wog ziemlich schwer. Da stand nämlich vor einem Fischgeschäft eine lange Schlange und darunter eine Frau mit einer Henkeltasche, die sie nach einiger Zeit ihrer Nachbarin anvertraute, da sie sich noch bei der »Sauerkrauteinschreibung« einreihen wollte. Doch nach einer knappen halben Stunde bemerkten die Umstehenden, daß es aus der Tasche tropfte. Und als die neugierigen Weiberleute dann hineinschauten, lag ein kleines Negerlein drinnen. Das trugen die Damen dann auf die Polizei. Aus.

Mein Boß, der Werner Friedmann, klopfte mir anerkennend auf die Schulter und brach seine letzte Lucky Strike für mich auseinander. Aber nach drei Tagen brach ganz was anderes über mich herein. Nämlich das Verhängnis. Weil die deutsche Polizei bereits wieder gewissenhaft war und das arme Negerlein registrieren wollte. Doch das Bambino wurde nirgends mehr gefunden.

Im dritten Grade verhört, mußte ich schließlich zugeben, daß die Nachricht von einem hundertprozentigen Gewährsmann stammte. Aber was war damals schon hundertprozentig. Nicht einmal ein selbstgebrannter Obstler. Also legte ich eine reuige Beichte ab. Worauf mein Chef erklärte: »Wissen Sie, Sigi, es gab da einmal einen bekannten Zeitungsmann, und der war sehr witzig und sagte zu einem ähnlichen Fall: Am liebsten ist mir eine falsche Nachricht. Denn die habe ich ganz allein. Und nachher kann ich auch noch ein Dementi schreiben. Und das habe ich wiederum ganz alleine.« Er selbst aber, so meinte der große Zampano, hätte als Journalist für eine solche Art von schwarzem Humor nicht viel übrig. Und wenn ich noch einmal eine gleiche Sensation servieren würde, hätte ich bei ihm mein letztes Komma als Journalist heruntergezittert.

Zwischen steinernen Rittern, Recken und Königen. Sie wurden zur Restaurierung von ihrem Podest geholt. Der Spaziergänger – diesmal als Radler – schmuggelte sich dazwischen.

Und dann bekam ich über lange Strecken eine andere Aufgabe. Über lange Strecken deshalb, weil es damals nur ganz wenig Telefone gab. Die paar, die für Deutsche zur Verfügung standen, hatten hauptsächlich die Sekretärinnen und Vorzimmerdamen der Amis bekommen, damit sie jederzeit zur Verfügung stehen oder greifbar sein konnten. Also wurde ich beauftragt, als kulturellen Beitrag für die Abendzeitung einen täglichen Kinofahrplan zu liefern. Und so radelte ich kreuz und quer durch die hügelige Münchner Schuttlandschaft und schrieb die Speisezettel, die an den bröselnden Wänden der Lichtspielbaracken standen, ab. Diese Zeitungsrubrik mußte dann schon deshalb genau stimmen, weil viele Leser die miserable Angewohnheit hatten, gleich mit einem dicken Hacklstecken in die Redaktionen zu kommen, um den »Schreiberling«, der sie falsch informiert hatte, mit dem »Hoglbuachanen« den rechten Weg zu weisen. Langsam gewann ich dann doch das Vertrauen meines Dienstherrn wieder zurück und ich wurde von der »Strampel-Tour« des Leidens endlich abgelöst. Dafür setzte man mich gegen die verstopfte Münchener Kanalisation an. Und ich inspizierte für eine miserable Gage die Wege des »Dritten Mannes«, den man in diesen Tagen in allen Kinos spielte und der doch auch im Kanaluntergrund lebte. Als ich davon die Nase gebührend voll hatte, sagte der Lokalchef, ein ausgesprochener Schelm, er könnte das sehr wohl verstehen, und er hätte deshalb jetzt für mich eine Story in einem Betrieb, in dem Seife gemacht würde. Freudig machte ich mich auf meinen mit alten Fahrradreifen dickbesohlten Mokassins und landete in der thermischen Vernichtungsanstalt. Das war ein Unternehmen, in dem Tierkadaver »abgedeckt« und das Fett zu Seife verarbeitet wurde. Schlimm, Freunde, ganz schlimm, wenn man zu Hause selber einen heißgeliebten Schnauzer hatte. (Der dann trotzdem überfahren wurde und vermutlich auch in Riegelform gegossen.)

Doch eines Tages erkrankte der Gerichtsreporter und ich durfte den zu einiger Berühmtheit gekommenen Völlenkle-Prozeß wahrnehmen. Eine Totschlags-Geschichte, in welcher eine verzweifelte Frau angeklagt war, ihren verruchten Gatten mit einem Schlosserwerkzeug frisiert zu haben. Worauf dieser wortlos »umstand«. Trotzdem wurde die grobe Person freigesprochen. Worauf die Bevölkerung meinte: »Oiso derf ma des doch doa. 's Ehemandl mit'm Hammal daschlogn.«

In diesen Jahren wurde nach und nach die Zusammenarbeit zwischen Presse und Stadtrat weit persönlicher als heute. Zu vielen gemeinsam aufgeworfenen Problemen, zum Beispiel, ob es auf Abschnitt B/12 der Lebensmittelkarte schwarze Schuhcreme geben sollte oder dreißig Gramm Magerkäse, setzte man sich erst einmal gemütlich zusammen. Nachher trafen dann buchstäblich Waschkörbe voll Leserbriefe ein. Die Zeitungsreporter aber waren den meisten Passanten und Lesern persönlich bekannt und bekamen als Anerkennung für ihre Tätigkeit manchmal sogar ein aufgewärmtes Pilzgericht oder Rübenmarmelade als Prämie für eine gute Nachricht. Aus der kleinen, minderbezahlten aber treuen Kerntruppe dieser Münchner Reporter schälten sich schließlich auch eine ganze Anzahl von späteren Berühmtheiten heraus. So meine Spezl und Leidensgenossen, Ernst Hess, heute als Peter Brügge beim »Spiegel« eine Nummer eins, Anneliese Friedmann, die unerreichte »Sibylle« vom »Stern«, Hans Ulrich Kempski wohl einer der besten Reporter der Welt, Charly Weiß, Jörg Andreas Elten, Edmund Gruber als internationale Auslandskorrespondenten, Will Bertolt, nachmaliger Autor großartiger Filme, wie der Mörder-Story »Nachts wenn der Teufel kam« oder auch der Abendzeitungs-Berichterstatter Gerd Thumser, Dichter des Weltbestsellers »In Hamburg sind die Nächte lang«. Ausweise zur Berufsausübung brauchte von diesen Freunden keiner. Nur die persönliche Gewandtheit, der Witz und die Pfiffigkeit entschieden, ob man an eine gute »Kiste« herankam. So kaufte ich beispielsweise einmal für ein paar Mark die Adresse des sensationellen Wunderheilers Gröning ein, der sich in einer Münchner Villa aufhalten sollte. Der Villenbesitzer wollte mich zwar gleich hinauswerfen und verleugnete den zwielichtigen Scharlatan wie weiland der heilige Petrus seinen Herrn mit den Worten »ich kenne einen solchen Menschen nicht«. Als ich ihm aber klar machte, jetzt wäre ich noch allein, aber für den Abend könnte ich ihm mindestens zweihundert Reporter und Fotografen vor seinem Haus versprechen, gab er nach und ich hatte den Wundermann rasch vor meinem Bleistift. Auch die Amis lernte ich seinerzeit von ganz verschiedenen Seiten her kennen. Einmal wollte ich einen Reisepaß bei dem allmächtigen Mister Urmann beantragen, wurde um sieben Uhr früh ins Hauptquartier bestellt und saß am anderen Tage um die gleiche Zeit immer noch auf demselben Bittsteller-Sessel. Und nur, wie ich später herauskriegte, weil ich auch »Sommer« hieß, wie ein gesuchter KZ-Kommandant. Auf meinen schüchternen Protest erklärte mir der Urmann dann gnädig in bestem Deutsch, er hätte grundsätzlich etwas gegen alle Leute, die Sommer hießen. Paß bekam ich auch keinen.

Als ich viele Jahre später der mir gut befreundeten Elke Sommer diese Geschichte erzählte, schlug sie sich lachend auf ihre geschwungenen Schenkel und meinte: »Das kann doch nicht wahr sein. Meines Vaters Paßantrag wurde damals nämlich auch abgelehnt.«

Anders war die kleine Begegnung mit einem einfachen GI, der abgestellt war, um einen Schuttplatz zu bewachen, auf welchen die empfindlichen Sieger Hunderte von Eierkisten abluden, nur weil sich eine der Columbus-Früchte als etwas anrüchig erwies. Der junge Krieger war schwer bewaffnet und hatte die Aufgabe, zu verhindern, daß sich arme Leute an diese verdorbenen Lebensmittel heranmachten. Es war ein warmer Frühlingstag beim israelitischen Friedhof in der Thalkirchner Straße, als ich den Auftrag bekam, diese Situation zu beschreiben. Und ich stand verlegen herum. Auf einmal gab mir der Stahlhelm-Mann sein Gewehr in die Hand und bedeutete, daß ich die Leute vertreiben solle. Er selbst aber jagte wie ein Schulbub quer über die Wiesen davon, einem Zitronenfalter nach. Den es gar nicht gab. Dann nachdem die Leute tausende von pfenniggguten Eiern weggetragen hatten, kam er lachend zurück und sah mit schlecht gespieltem Entsetzen und vielen lächerlichen Stirnfalten auf die geplünderte Wahlstatt.

Nun, daß sich ein Reporter beruflich schnell durchsetzen kann, während sein Nebenmann nach einiger Zeit abgesponnen hat, und lieber an der Ecke heiße Würstchen an die Passanten verkauft, das wird wohl überall so sein. Es dauert eben seine Zeit, bis man eine gewisse »Marke«, ein kleiner Begriff oder vielleicht auch ein »Peter Fleckerl« vom Rindermarkt in diesem Geschäft geworden ist. Ich persönlich hatte wohl auch etwas Glück. Denn ich konnte eine Glosse schreiben über die hohe Frau Emma Göring, die ich in wallendem Morgenrock und mit blechernen Lockenwicklern im edlen Haar antraf. Auch den großen Rudolf Forster erlebte ich noch im Reichsmark-Look, wie er im Hofbräuhaus scheu um sich blickend einen verwaisten Maßkrug austrank. Dem Träger der Blutfahne, Grimminger, half ich später einmal beim Einsammeln von Brennholz, das er in einem grünen Rucksackl seiner verhärmten Frau heimbrachte. Wobei er mir seine persönliche Geschichte erzählte. Und die reife Magda Schneider beobachtete ich des öfteren in einem kleinen Café auf der Suche nach ihrer verlorenen Jugend händchenhaltend mit einem blond gelockten Märchenprinzen. Freilich den fünf Zigeunern, die mich mit scharf geschliffenen alten Wehrmachts-Bajonetten am Zeitungseingang erwarteten, weil ich beschrieben hatte, wie sie aus einem Neubau die Treppengeländer abmontierten, um einen fetten Hammel darüber zu braten, ging ich jedoch lieber ohne Interview aus dem Weg.

Doch auch die Fröhlichkeit, das Zwanglose und das kleine Schmunzeln der Großen dieser Welt gegenüber bestimmten Zeitungsleuten möchte ich nicht unerwähnt lassen. So ist der bayerische Landesvater Goppel längst nicht mehr erstaunt, wenn ich ihm in Tennisschuhen gegenübertrete. Der Herr Präsident des Bundes grüßt mich mit dergleichen Titulierung, weil ich doch seinem eigenen Stammtisch vorsitze. Und seine Eminenz, der Herr Kardinal Ratzinger scheute sich nicht, bei einem Zwiegespräch meine königsblaue Krawatte mit der Aufschrift »In Treue fest« so lange verliebt anzublinzeln, bis ich ihm den Selbstbinder schenkte, nachdem er durch Handschlag versprochen hatte, ihn bei seinen Spaziergängen ganz bestimmt selber zu tragen.

(Dreissig Jahre AZ, 21. Juni 1978)

Entdeckungsreisen in die Nachbarschaft

Aus-dem-Fenster-Gucken, Brotzeitmachen mit den Augen, Entdeckungsreisen in die Nachbarschaft – das waren von Anfang an Lieblingsthemen von Sigi Sommer. Schon 1948 erzählt er von einem alten Spaziergänger. Noch ist der Name Blasius nicht erfunden.

Spaziergang eines alten Münchners

Die Kunst, spazieren zu gehen, ist eine *Gabe*. Nicht jeder, auch wenn er mit Isarwasser auf den Vornamen Korbinian, Vinzenz oder Franz Xaver getauft wurde, kann sich dieser Gabe erfreuen. Florian Stinglhammer aus der Wurzerstraße aber besitzt sie. Allabendlich nach Feierabend macht er einen »leichten Kontrollgang«, wie er es nennt. Da werden zunächst einmal die *Hosenträger* etwas nachgelassen, damit sie nicht spannen, dann der Haklstecken aus dem alten Kasten im Gang genommen und sodann der ehrwürdige grünschillernde Hut aufs rechte Ohr gesetzt.

»Hob i ois?« fragt dann der Florian gewohnheitsmäßig seine Alte und er zählt auf: »Taschentuach, Goidbeitl, Schlißl«, und erst nachdem ihm die Stinglhammerin mit den Worten »Geh nur zua, oida Hallodri« verabschiedet hat, ist ihm so richtig wohl. Am Eingang zum Englischen Garten, dort wo der Schwabinger Bach zum Vorschein kommt, *verweilt* er ein wenig. Eine Frau mit einem Rehpinscherl, das intensiv an Stinglhammers Beinen schnuppert, kommt vorüber und dann ein *Radler*, der einen Plattfuß hat und schiebt.

»Auweh Zwick«, murmelt der Florian, »do schaugst sauber aus, wannst jetzt do in *Freimann* wohna datst«, und er denkt mit Wohlbehagen an sein nahes Heim. Dann hebt er ein paar *Kieselsteine* auf und läßt sie übers Betongeländer ins Wasser plumpsen. »Obst jetz do no steh kannst, wannst neifallatst«, sinniert er dabei tiefgründig und er beutelt sich innerlich ab, wie er an das kalte Wasser denkt. Alsdann geht er in Richtung *Hofgarten* weiter. Vor einer Schüssel des Tierschutzvereines, die an einer langen Kette befestigt ist, verharrt er einen Augenblick und kratzt mit seinem Haklstecken darin herum. »De is a scho *lang* nimma putzt worn« stellt er fest und spießt mit seinem Stecken zwei Brotzeitpapierl heraus.

Auf die neue Hofgartenanlage wirft er im Vorbeigehen nur einen mißbilligenden *Seitenblick* und das genügt ihm, sich gerade so viel zu ärgern, wie es zu einem Abendspaziergang nötig ist, um ein bissel *granteln* zu können. Nun schlägt Stinglhammer den Weg durch die Marstallstraße ein, der immer besonders *still* ist. Während sein Haklstecken am Gartenzaun entlang klappert, bückt er sich zweimal, um je einen Hosenknopf und eine alte *Sicherheitsnadel* aufzuheben, was mit befriedigtem Schnaufen geschieht.

Bevor er dann in die Maximilianstraße einbiegt, holt er bei der großen Hollerstauden noch dreimal tief Luft. »Weil des g'sund is.« Am Hydranten auf dem Bürgersteig bezieht er *Posten*, sieht nackte Wadl im Großstadtstraßenwind dahineilen, verfolgt interessiert und kopfschüttelnd die lautlos gleitenden amerikanischen Automobile, übersieht aber auch das zerrupfte *Täuberl* nicht, das sich auf dem Lichttransparent eines Obstladens sorgsam putzt.

Wenn Herr Stinglhammer dann die 42 Treppen zu seiner Wohnung hinaufgestiegen ist und ihm seine Amalie auf dreimaliges Läuten öffnet, weil er natürlich den Schlüssel *trotzdem* vergessen hat, ist er mit sich und der Welt *zufrieden*, so zufrieden, wie es viele sein möchten, die den *großen* Freuden des Lebens nachjagen, die *kleinen* dabei aber übersehen.

(ABENDZEITUNG, 21. August 1948)

Fenstergucker

Das Fenstergucken ist eine Leidenschaft wie das Zuschauen bei einem Preßlufthammer, die Isarfischerei oder das Beschwerdebrief-Schreiben. Sie wird vom Parterre bis zum vierten Stock, an Werk- und Feiertagen, in Haupt- und Nebenstraßen, von allen Bevölkerungsschichten, jedoch sehr verschieden ausgeübt.

Am zahlreichsten vertreten ist in München die Gattung der gutmütigen, dicken und phlegmatischen Fenstergucker. Sie sind beiderlei Geschlechts und manchmal so stattlich, daß man den Verdacht hat, sie wären schon vor der Fertigstellung des Gebäudes eingezogen und das Haus mitsamt dem Fensterstock sei um ihre Figur herumgebaut worden. Häufig füllen sie ihre Fenster so vollkommen aus wie der Starnberger See die Bucht von Tutzing. Diese Fenstergukker haben die Fähigkeit, ohne anstrengende Kopfbewegung ihre Äuglein flink auf die Straße auf und ab wandern zu lassen. Männliche Beobachter lassen die Blicke bevorzugt in die oberen Öffnungen von Sommerkleidern fallen, während weibliche Beschauer lieber die abenteuerlichen Kopfbedeckungen ihrer Rivalinnen zerzupfen und mit entblößten Eckzähnen sagen: »P-h!!, a Huad soi des sei, dea schaugt ja aus, wia a banierta Reisewegga!« Wenn sich abends ein Pärchen unter einem solchen Fenster küßt, so wird es erst dann durch ein warnendes Räuspern gestört, wenn die Gefahr einer späteren Unterhaltspflicht unmittelbar zu befürchten ist.

Die zweite Kategorie, die ihre Schaulust mit Geranienstöcken schmückt, tritt vielfach mit Strickzeug, Rehpinscherln, Porzellanpfeifen und Hosenträgern in Erscheinung; diese Ausgucker machen teilnahmslose Gesichter wie Einschreibepackl, obwohl sie oft arg leiden. Sie gehören nämlich meistens zu den sogenannten Hindernisguckern, die ihre Neugier nur unter Zuhilfenahme von Hausrat stillen können und die ihre Lust mit Magendrücken und Wadlkrämpfen bar bezahlen. Gegen abend sagen sie: »Finsta wead's.« Wenn ihnen dann das Gießwasser aus den Kapuzinerkistln der Partei oberhalb auf die Genickwirbel tropft, ziehen sie mürrisch wie preiswerte Weinbergschnecken den Kopf ein und schließen hörbar den gläsernen Aussichtsschalter.

Die dritte Sorte der Fenstergucker sind die gewerbsmäßigen. Als diese bezeichnet man die nimmermüden Rausschauer, die von ihrer Tätigkeit um die Nabelgegend herum stark abgewetzt sind. Sie geben ihre Meldungen über die Schultern an eine im Zimmerdunkel sitzende anonyme Person weiter. »'s gschnappige Meier-Flitscherl schwanzelt wia a g'impfte Henna«, oder »da Alletagrausch-Kastl wead vo seina Oidn wieda abg'schleppt«. Es entgeht ihnen gewöhnlich weder der simple Spaziergänger, der sich unbeobachtet glaubt, und deshalb eine harmlose Entdeckungsreise in seiner Nase unternimmt, noch der ausgerissene Mantelaufhänger des Bankbeamten Wechselfieber, und vor allem nicht der Umstand, daß beim Schreiner Annerl, wenn sie vom Besuch bei ihrer Freundin heimkommt, an der Bluse ein Knopf mehr auf ist, als beim Fortgehen. Diese Partei der Fenstergucker ist zwar noch nicht gemeingefährlich, sollte aber trotzdem jetzt schon in die Genfer Konvention aufgenommen werden.

Leider gibt es dann doch eine Anzahl ausgesprochen bösartiger Fensterspione, die ihre bajonettartigen Nasen und die mahlenden Hirschgrandlzähne hinter dem undurchsichtigen Gerank von Kistlbohnen verbergen. Diese gleichen jenen Zeitungslesern, die Löcher in die Tageblätter machen, um dadurch den lieben Nächsten bis in die Milz hinein zu beobachten. Diesen Hinterhausermittlern und Familien-Secret-Service kommt kein abwandernder Nierenstein aus. Sie tasten alle in ihrem Blickfeld auftauchenden Gegenstände mit Radarblick ab, wenden den Hauseinwohnern in mißtrauischen Gedankeneingriffen sogar den Blinddarm um, und fühlen nachts, wenn durch's Fenster nur mehr die Dunkelheit zu beobachten ist, mit den Fingerspitzen an die Hausabflußrohre, damit ihnen nimmermehr was auskommt. Erfreulicherweise jedoch genießen diese Wasserspeierköpfe nicht die ungetrübte Gunst des großen Fensterguckers, der über ihren Scheiteln manchmal eine Dachplatte lockert oder ihnen auch ohne Bestellung eine Gürtelrose oder Zahnfisteln schickt.

(Süddeutsche Zeitung, 23. Juni 1950)

Brotzeit für die Augen

Überall in der Welt, nicht nur bei Fußballspielen und Weltrekordversuchen gibt es passionierte Zuschauer. Das Zuschauen muß man allerdings können. Es ist ein ganz individueller Genuß und hat nichts mit Sehen oder Beobachten zu tun. Es ist eigentlich ein Brotzeitmachen mit den Augen.

Die besten Schmankerl schaut sich dabei der Münchner beim Straßenaufreißen heraus. Wenn irgendwo in den Eingeweiden der Stadt gewühlt wird, wie zum Beispiel gerade an unserem Marienplatz, ist der eingefleischte Zuschauer unbedingt dabei. Mit Sicherheit steht er dann an jener Stelle, wo er den Fußgängerverkehr am meisten behindert, und denkt mit Standlichtaugen beim Bloßlegen der Kabel an seine eigene längst vernarbte Blinddarmwunde. Während ihm die nervösen Zeitgenossen im Vorbeigehen rasch ein paar schmähende Zischlaute an den Mantel hängen, legt der Zuschauer in den Gefilden seiner Phantasie anstrengende und gewundene Fußwege zurück. »Wenn's den Mo mit dem Bohrer an ganzn Tag so schüttlt, wia werd der nachad auf d'Nacht dahoam sei Suppn essen, damid a ned aus'm Takt kumt!?«

Wenn irgendwo im Stadtgebiet ein Bagger zu rattern beginnt, umstehen ihn gar bald ein paar stille Liebhaber. So wie diese beim Verzehr ihres eigenen Leberkaasscherzels selbst überlegen, welches Bröckerl sie zuerst verspeisen wollen, richten sie auch dem Bagger seine Bissen im Geiste zurecht, und manche schlukken sogar mit, wenn er einen recht üppigen Happen aus seinem Ziegelstein-Menü herausgefischt hat. Mit wohlwollendem Kopfnicken billigen sie die Maßnahmen des Baggerkapitäns, wenn die vorgesehene Portion zu klein ausgefallen ist und er den gußeisernen Kostgänger noch einmal nahrhafter zuschnappen läßt. »Brav, brav, tua nur sauba aufessn!« loben sie den Riesen, wenn er auch das Zusammengekratzte nicht verschmäht.

Manche Schauer sind freilich auch darunter, die sich ausmalen, wie es wäre, wenn so ein Bagger auf einmal eine im Schutt versteckte fette Bombe zwischen die Kiefer bekäme. Sie beginnen plötzlich, scheinbar völlig sorglos, zu pfeifen und halten in der nächsten Umgebung nach einer Deckungsmöglichkeit Umschau, wenn's auf einmal krachen sollte. »Ja, wach muaß ma sei!«

Kein Gelehrter und nicht einmal der zuständige Referent im Ministerium kann erklären, warum viele Münchner das Entleeren der Briefkästen oder das Ausladen von Eisstangen aus den weißgestrichenen Pferdefuhrwerken so fesselnd finden. Fest steht, daß selbst den geübtesten Zuschauern bei solchen Angelegenheiten sofort die Augen einschlafen, wie anderen Leuten die Füße. Es entsteht ein prickelndes Gefühl an den Pupillen, der Blick wird rätselhaft wie das magische Auge eines heißgelaufenen Wechselstrom-Empfängers. Wenn wir aber den Zuschauer nachher fragen, was er denn gesehen habe, so weiß er das nicht mehr zu sagen. Er sieht ja auch nichts, er schaut nur.

(SÜDDEUTSCHE ZEITUNG, 1. März 1951)

ich sie freuten sich
über seine Sprüch´

Empfang bei Joseph Kardinal Ratzinger. In einem Brief schrieb der Kirchenfürst über Blasius, er sei »nie giftig oder böse, wie es leider weithin Mode ist, sondern nachsichtig und manchmal auch ein wenig resigniert, aber so sympathisch menschlich«.
Foto: Alfred Haase

Hier ging´s um Politik: Diskussionsrunde mit Erich Kästner.

Ein kesser Blick, ein vergnügtes Lächeln: Die persische Ex-Kaiserin Soraya trifft 1970 den Spaziergänger im Münchner Restaurant Humplmayr ...

Voller Schwung und Lebenslust: 1968 nach einem Tennis-Match.

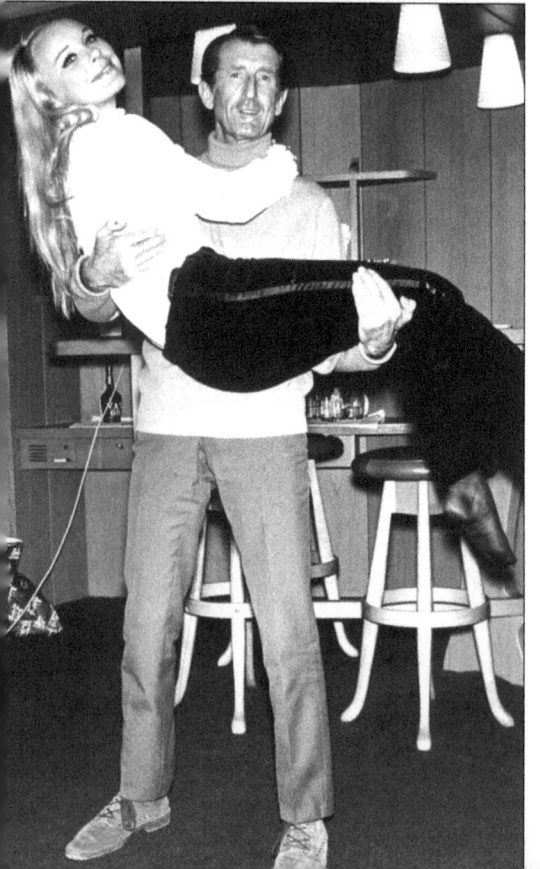

Sigi Sommer interviewt Filmstar Elke Sommer. Der Fotograf bestand darauf: Er mußte sie auf die Arme nehmen.

Wie die Spaziergänger-Kolumne entstand

Blasius hat sogar einen Nachnamen. Er kam am 21. November 1949 in der Süddeutschen Zeitung zur Welt, und zwar als Blasius Blinzl. Der Lokalredakteur jener Jahre, Bernhard Pollak, wollte eine münchnerische Gestalt einführen, die ein bißchen Rückschau auf die Ereignisse der Woche halten sollte. Und da fiel ihm der Name Blasius Blinzl ein – nicht nur des Stabreims wegen. Blinzl sollte auch erkennen lassen, daß sich dieser Blasius augenzwinkernd in der Stadt umschauen würde. Er sollte und wollte kritisieren, glossieren, tratzen und loben, kitzeln, aber nicht stechen.

Eine Aufgabe, maßgeschneidert für Sigi Sommer. Darin war er schon damals Meister. Beim ersten Male ging es um Eier-Preise. Acht Tage später, am 29.11.1949, erschien die zweite Lokalspitze mit Blasius Blinzl in der SZ. Sie schilderte unter dem Titel »Beschwingte Weisen« ein Jazzkonzert und war so gut, daß der SZ-Herausgeber Werner Friedmann sofort zu Pollak sagte: »Den Blasius Blinzl muß ich Ihnen leider wegnehmen, für die Abendzeitung.« Sigi Sommer hatte ganz feste Vorstellungen darüber, was ein münchnerischer Grantler ist. Er dachte an seinen Onkel Ferdinand Sommer, der genau so einen Haklstecken mit sich führte, wie ihn dann der Zeichner Ernst Hürlimann seiner Blasius-Figur in die Hand drückte. Seitdem lief Blasius der Spaziergänger für die Abendzeitung durch die Stadt. 37 Jahre lang. Immer freitags. Samstags schrieb er unter seinem vollen Namen Siegfried Sommer in der AZ eher besinnlichere Betrachtungen.

Die erste Lokalspitze mit Blasius Blinzl in der SZ:
Teure Eier

Der Münchner Bundesbürger Blasius Blinzl steht vor dem Eierstand der Walburga Eisenherz auf dem Viktualienmarkt. »Frische Eier 53 Pfennig das Stück«, liest er auf der Preistafel. Er sagt: »Oha!« »Gor nix oha!« fährt die Viktualienhändlerin hoch, »da zoin mia sowieso no drauf.« Blinzl schreitet zum Stand nebenan und liest auf der Preistafel: »Frische Eier 53 Pfennig das Stück.« »Da braucha's gar net so lang les'n, da ham mia nix davo«, erläutert der Standlbesitzer. »I woaß scho«, erwidert Blasius, »da Baua muaß d'Oar boid soiba legn, damit er net draufzoit, der Großhandla verkauft s' aa nur aus Nächstenliebe und de Marktleit' kemma vor lauta Defizit direkt vom Fleisch.« – »Da Schlögl müassat hoit ausländische Oar reilassn«, meint die Eisenherzin, »des druggat an Erzeigerpreis.« – »Wenn i bloß begreifat, wer den Erzeugerpreis festsetzt, vielleicht da Gockl für sei Arbeit oda vielleicht de Regnwürma, wo von de Henna gfressn wer'n! A so an Oa hat doch net mehra als wia dreißg Gramm und des kost' dreiafuchzg Pfenning – nacha miaßat a ganze Suppnhenna mit ara vier Pfund – wartn s' amoi – *siemadreißg Mark* kost'n, daweil kost aba oane grad *acht Markl*, des is ja nacha direkt g'schenkt!« – »Freili, Herr Nachbar«, dienert die Standlfrau, und Blinzl erklärt: »De is kafft!« – Er schlägt zufrieden, mit der gerupften Eierfabrik unter dem Arm, den Heimweg an.

(SÜDDEUTSCHE ZEITUNG, 21. November 1949)

Blasius Blinzls zweiter Auftritt.
Und da wurde er von Werner Friedmann entdeckt.

Beschwingte Weisen

Der Bundesbürger Blasius Blinzl kriegt eine Eintrittskarte für ein Konzert geschenkt. »Die Musik beflügelt den Geist«, sagt man zu ihm und Blasius meint, »des ist wahr«. Außer Blinzl sitzen nur einzige drei Platterte in dem von Jugendlichen überfüllten Saal, was ihn schon etwas mißtrauisch macht. Auf dem Programmzettel steht »Jazz-Conférence« und die Namen Louis Armstrong, Dizzie Gillespie und Sidney Bechet. »Von dene ist ma koana bekannt«, sagt Blinzl.

Das Konzert geht damit an, daß der Kapellmeister seinen Kopf schüttelt, als ob er ihn loswerden will. Dann blasen die Trompeten. »Da muaß freili da Verputz von de Mauern von Jericho ab'bröckelt sei, wenn ma a so einiblast«, stellt Blasius fest. Besonders ein Trompeter mit einem langen Salamihals, an dem der Adamsapfel auf- und absteigt wie eine Jo-Jo-Scheibe, bläst alle andern in Grund und Boden hinein. Auf einmal rutschen sämtliche Musikanten auf den Stühlen hin und her und krümmen sich wie die Schulbuben, wenn sie zwei Finger heben.

Ein Neger erscheint und singt, selber gerührt, ein Lied von einem Flamingo auf englisch. Sein Mund wird abwechselnd klein und groß wie der Schlitzverschluß von einem Photoapparat. Man sieht ihm manchmal bis in den Magen hinab, in dem ein halber Apfel und eine Semmel liegen. Laute Pfiffe werden hörbar. Von einer unsichtbaren Hand wird der Schlagzeugmann geschüttelt, als wäre er eine Personenwaage, in der das Zehnerl steckengeblieben ist und wieder heraus möchte. Aber zum Zeichen, daß wirklich kein Zehnerl in ihm drin steckt, öffnet er den Mund und sagt laut »a–a–a–h«. Und gleich machen es die anderen nach, obwohl man sie gar nicht verdächtigt hat. Ein Mann neben Blasius erklärt, wenn einem diese Musik nicht gefällt, dann sei er halt ein Nazi.

Dann ist Pause und die Trompeter stecken eine Hülse auf ihr Trompetenmundstück, damit während der Brotzeit keine Töne verlorengehen.

Nach der Pause macht ein Musiker 100 Kniebeugen vor der Trommel. Und auf einmal ist die Hölle los. Es beginnt damit, daß der Klavierspieler versucht, seine Krawatte aufzuessen. Die Trompeter heben ihre Rohre zum Himmel, der Schlagzeuger zerschlägt sein Geschirr mit splitternden Schlegeln, während der Cellist die Darm-Saiten um den Geigenbogen wickelt. Irgendwo zerkracht ein Stuhl und Coca-Cola-Flaschen knirschen unter ekstatischen Kreppsohlen. Ein sympathischer Herr auf der Galerie will über die Brüstung springen. Ein Gurgeln geht durch den Lautsprecher, denn der Sänger hat die allgemeine Verwirrung benutzt und das Mikrophon, das er immer schon anzubeißen versuchte, verschluckt.

»Des ko do net in de Not'n steh!« staunt Blinzl und blinzelt nach dem Notausgang. Hüte fliegen empor und werden in der Luft zerrissen, Brillen zerschellen auf dem Parkett, Gummimäntel zerfetzen und von Sakkos platzen die Knöpfe ab, wie Kastanien im Herbst. Hinauf mit euch auf die Buchsbäume. »Ih-ih – jh-jh.«

Blasius Blinzl erreicht mit Not das Freie. Draußen fragt ihn der Reporter einer bekannten Wochenzeitung: »Nun, Sie sind doch mal so 'n richtiger Münchner – wie hat Ihnen det Ding jefallen?« »No, recht guat!« sagt der Blinzl. »Schad, daß koa Bier-Ausschank dabei war, sonst hätt'n s' vielleicht aa no mit de Maßkrüag zuag'schmissn. Nacha waar 's erscht zimpfti worn!«

(Süddeutsche Zeitung, 29. November 1949)

Blasius-Premiere in der AZ:

Irrwege auf dem Amtsweg

Knarrend fällt die schiefhängende Eingangstüre des Anwesens Rochusstraße 6 hinter Blasius zu. Im ersten Stock betritt er einen niederen Saal mit neun Schaltern, von denen aber nur zwei ihre Klappen hochgezogen haben wie Guillotinen, die nur darauf zu warten scheinen, daß ein biederer Antragsteller seinen Kopf ins Schalterfenster hineinsteckt, um ihn zu enthaupten. »Damid amoi a Rua is mit dem lästign Bublikumsvakehr«, ergänzt Blasius laut seine stille Betrachtung. Zwei einsame Beamte suchen mit blutleeren Fingern stumm und blicklos zwischen den Blättern einer riesigen Kartei. »Vielleicht suachas de vierzehn Punkte vom Wilson«, meint Blasius, aber die zwei Beamten murmeln nur in einem fort vor sich hin: »Bis zum 31. März verlängert, bis zum 31. März verlängert ...« Blasius kommt durch einen Gang mit vielen Bürotüren. Er versucht die Klinken. Zimmer Nummer 1 ist geschlossen. Zimmer Nummer 2 ist geschlossen. Zimmer Nummer 3 ist auch geschlossen. In Nummer 4 schält ein Mann mit einem Beamtengesicht mit viel Liebe einen Apfel. An der Türe Nummer 5 hängt ein Schild: »Stellvertretender Amtsvorstand«. Die Türe geht auf, aber das Zimmer ist ohne Inhalt. An Zimmer Nummer 6 steht: »Beschwerdestelle«. Blasius öffnet und stellt andächtig fest: »Das Schweigen im Walde«. Nummer 7 beherbergt die Poststelle sowie ein dralles Fräulein mit rotem Pullover, das sich zwischen verstaubten Akten ihr Süpplein wärmt. In Nummer 8 atmet der Amtsvorsteher persönlich, ist aber gerade nicht anwesend. Büro Nummer 9 ist fest verschlossen, an der Tür fehlt die Klinke, und Nummer 10, von dem eine Tafel behauptet, daß darin die amtliche Kokszuteilung haust, ist ebenfalls dicht wie eine Luke vom »Fliegenden Holländer«. Kommt Nummer 11, das die »Prüfabteilung« beherbergt, die anscheinend gerade auf Urlaub ist. In Zimmer Nummer 12 trainiert eine Stubenfliege auf dem leeren Schreibtisch für die kommende Olympiade. Bei Tür Nummer 13 gibt die Klinke so rasch nach, daß Blasius fast in eine Amtshandlung platzt, die darin besteht, daß ein Mann mit einem Bündelholzdraht seinen Kamm reinigt, wohl im Hinblick auf die kommenden lausigen Zeiten. Bevor Blasius in den zweiten Stock hinaufklettert, liest er noch ein großes Schild, auf dem mit schwarzen Lettern steht: »Arbeitszeit Montag mit Freitag von 8.15 Uhr bis 12 Uhr«.

Im zweiten Stock ist es noch bedeutend stiller. Auf der ersten Tür steht geschrieben: »Kein Eintritt« und auf der zweiten abwechslungshalber: »Eintritt verboten«. Auf der dritten Tür steht gar nichts, dafür ist sie um so fester verschlossen. »Vielleicht is des des Zimma vom Ritta Blaubart, des wo de Wissenschaft schon so lang suacht«, meint der Blasius und klettert wieder erdenwärts. Parterre stößt er mit dem Hakelstecken noch eine Pforte auf, die in einen großen, kahlen Raum mündet, in dem jeder Schritt widerhallt: Blasius übt zweimal »la – la«, bevor er alle drei Strophen von dem Lied: »Oh, wie ist es kalt geworden« absingt, weil das Echo im Zimmer so rein ist. »Grod wia des Haus von da Ladi Algwist«, meint Blasius im Gehen. Als er aber noch einmal umschaut, bemerkt er mit Staunen die Aufschrift an der Eingangspforte: »Städtisches Wirtschaftsamt, Abteilung Brennstoffe«.

(ABENDZEITUNG, 2. Dezember 1949)

Blasius Nr. 2 – von jetzt an auch gezeichnet:
Unwirsch durch die Stadt

Schon eine ganze Zeit lang beobachtet Blasius eine kleine Gruppe von Halbwüchsigen, die unter dem Torbogen der Hauptbahnhof-Einfahrt miteinander tuscheln. Auf leisen Sohlen walzt er näher. »Aha, a nei's Kartnschpui.« Nein, es ist doch keines. Es sind Ansichtskarten, die da anscheinend besichtigt werden. »Gruß aus Oberbayern« steht in Goldbröserl-Schrift über einem buntgemalten Holzhaus, das auf der Vorderfront drei Fenster mit verschlossenen grünen Fensterläden hat. »Jetz do schaug, de Fenstaläd'n ko ma ja aufmacha.« Parterre »linksrheinisch« schaut ein blondes Trutscherl raus und rechterhand ein oberbayerischer Bua mit Jägerpfeife und Gamsbart. Ja und im ersten Stock? Blasius tritt noch einen Schritt näher. »Ja do legst di nieda, was sieht mein gerötetes Spaziergänger-Auge?« Blasius stellt seine Haidhauser Schnurrbarthaare auf wie ein Angorakater, – »des is ja da Adi.« Ja, er ist es. Er schaut aus dem Ansichtskartenfenster mit Hanomag-Augen auf Blasius' obersten Mantelknopf, der wieder einmal nicht zu ist. »Ko ma so a Kartn net hab'm?« Rasch verschwinden die »Grüße aus Oberbayern« in bauschigen Manteltaschen. Nein, man wird Blasius keine verkaufen, was will er auch damit anfangen. »Diese

Diese Figur, gezeichnet von Ernst Hürlimann, begleitete Blasius 37 Jahre lang.

Karten sind Souvenirs für die Ami!« wird dem Spaziergänger in reinem Schriftdeutsch erklärt. »Wenn's wenigstens ›Grüße aus Breiß'n‹ drüba g'schrieben hätt's« grollt Blasius und sein Sinn ist sehr unwirsch, als er die Schritte hinüberlenkt zum Botanischen Garten. Dort erregt die neuartige Einfriedung der Anlagen seinen heftigen Mißmut. Erst ist in halber Mannshöhe ein starker Draht um die Grünflächen gespannt, dann folgt einige Meter dahinter scheinbar als besondere Kennzeichnung der behördlichen Hauptkampflinie auch noch ein Stacheldrahtzaun. »Sehr originell und stilvoll«, meint Blasius. »An ois denga unsane Behörd'n. Do ham jetz wenigstens de arme Teif'n, de wo sie im Somma vielleicht amoi auf d' Wies'n leg'n tatn, die Gewißheit, daß ungestört schlaffa kena. Freile für Bankdirektoren oda Aufsichtsrät is des a bissal unbequem, de tatn se a z' schwaar, bis üba den Schtacheldraht nübakamatn.« Auch in der Neuhauser Straße stößt Blasius wieder auf eine Stacheldrahtfestung. Gleich drei Meter hoch ist der Parkplatz für amerikanische Kraftfahrzeuge neben dem Café Fürstenhof mit einem dornenvollen Band umschlungen. »Ob jetz do de Ami deshoib an Dreimeta-Zaun o'gschafft hab'm, damit ma koan Packard in Rucksack ei'bagga und mit eahm üba'n Zaun kraxln ko, oda ob de Schtadtverwoitung ihre Bürga für lauta Bazin hoit, de wo Tag und Nacht bloß Ami-Wäg'n schtoin woin?« fragt sich der Spaziergänger. »Einfach, aber geschmacklos und siecht doch nix gleich« konstatiert Blasius und reißt sich am Drahtzaun noch schnell ein Loch in die Hose.

(ABENDZEITUNG, 6. Dezember 1949)

Ernst Hürlimann erinnert sich ...

»Der Sommer Sigi wollte damals von mir eine Figur für den Blasius. Den stell' ich mir vor wie meinen Onkel, hat er gesagt, mit Goggs auf dem Kopf, Blume im Knopfloch, Spazierstock auf dem Rücken. Ich hab' ein paar Entwürfe gemacht. Genauso war er, hat er gesagt ...«

(Gespräch im November 1986)

Am beliebtesten Blasius

Der beliebteste Mitarbeiter der »Abendzeitung« ist nach einer Umfrage des Instituts für Demoskopie in Allensbach »Blasius, der Spaziergänger«. 75 Prozent aller »Abendzeitung«-Käufer lesen ihn ganz. An zweiter Stelle steht »Voluntas« mit 64 Prozent der Käufer, die ihn ganz lesen. »HUNTER notiert« wird von 54 Prozent aller Leser, und »Ganz privat« von 49 Prozent aller Leser gründlich studiert.

(ABENDZEITUNG, 21./22. Juni 1958)

Blasius über Blasius

*H**ier plaudert Blasius ein bißchen aus der Schule. Er sagt uns, warum er schreibt, wie er schreibt, weshalb er beim Schreiben so grantig ist. Und was die Leute so sagen, wenn sie ihn sehen ...*

Wenn ich spazieren gehe ...

»Schau, Fannerl, des is der Blasius, gib erm schee d'Hand«, sagen manche Erwachsene zu ihren Kindern, wenn sie mich auf der Straße sehen. Und die Mädchen knicksen dann mit schiefen Bauchwehblicken wie vor dem bösen Nikolaus. Und andre wieder meinen enttäuscht: »Was – dees is a, der schaut ja aus wia a Vortänzer von a Ramathismus-Abteilung.« Wieder andere kommen aufgeregt angezokkelt und flüstern im Beichtstuhltenor: »Sie, seit fünfavierzge liegt a haufa Dreck vor unserm Haus, da muaß i jeden Tag vierzehn Schritt Umweg macha. Dees müassns amal schreibm, dees wolln d'Leit lesn.« Oder es drohen welche im Vorbeigehen mit mangelhaft gereinigtem Zeigefinger: »Sie schreibms mi fei net nei, sonst laß i amal an Artikel los gega Eahna, ha ha ha.« Und es wäre doch ihr geheimster Lebenswunsch, einmal »drin« zu stehen. Manchmal murmeln auch ein paar geschmähte Figuren in drei Meter Abstand und Zwischenraum: »Der hat's nötig, dem müasst ma sei Dreeckschleudern amal gscheit herafotzn.« Aber dann mach ich ein kühnes Invasionsgesicht und zwanzig mittelprächtige Hans-Albers-Schritte und dann werden sie meistens wieder bedeutend stiller.

(ABENDZEITUNG, 23. April 1954)

Warum ich schreibe ...

Schreiben tu ich, weil ich muß. Erstens, damit der Schornstein raucht, und zweitens damit er auch gewissen anderen raucht. Denn der Journalist lebt nicht nur vom Honorar alleine.

Wenn ich schreibe, bin ich grundsätzlich grantig, denn das ist der Ur- und Idealzustand des Münchners. Granteln, damit die anderen Leute denken »Auweh zwick, der drogt sei Packl«. Und sich dabei mit Weiß Ferdl sagen: »D' Leit ham a rechte Freid, weis bei mir so weit feit. Aber d' Leit wiss'n an recht'n Dreeg – so weit feit's bei mir net.«

Manche Kollegen brauchen vielleicht ein Kaffeesüpperl, wenn sie schreiben müssen. Ich brauch ein Ärgernis, um in druckreifen Groll zu kommen. Einen neuen

»Ich schreibe leider nicht sehr gerne. Auch schreibe ich sehr klein, weil da mehr
Bosheiten in einen Artikel hineingehen. Etwa tausend auf ein Kilo.« Hier der Anfang
der Geschichte »Saison in Hinterpfuideifi«.

Straßenaufriß, zum Beispiel, einen frischgelifteten Bierpreis oder drei pelzige Radi hintereinander im Bierkeller. Weil ich aber das herumliegende Ärgernis, das man laut Bibel nicht geben soll, wenn man nicht einen Mühlstein um den Hals will, mit meinem spitzigen Bleistift aufspieße und einsammle, stehe ich eigentlich im öffentlichen Dienst. Als geistiger Müllschlucker sozusagen. Und deshalb soll man von mir auch keine Steuern nehmen, indem das unmoralisch ist.

Ich schreibe leider nicht sehr gerne. Auch schreibe ich sehr klein, weil da mehr Bosheiten in einen Artikel hineingehen. Etwa tausend auf ein Kilo. Ferner schreibe ich alles vorher mit der Hand. Und kann es meistens nachher nicht mehr lesen. Sehr gerne schreibe ich lediglich Spesenrechnungen. Wenn sie dem Chef zu hoch sind, sage ich einfach: »Eine Kuh, die wo man melken will, muß man auch grasen lassen, wo sie will.« Das könnte von Landwirtschaftsminister Hundhammer sein. Ist aber von mir. Mittelgerne schreibe ich auch noch über den Münchner Oberbürgermeister Thomas Wimmer. Ich finde ihn so lustig. Einmal habe ich geschrieben: »Für dasselbe Geld, wo wir dem Wimmer zahlen, hätten wir auch den Grock gekriegt. Aber der Wimmer Damerl ist leider besser.« Herr Heizler, der Chefredakteur, hat mir das allerdings wieder gestrichen, und ich weiß bis heute noch nicht warum. Jetzt probiere ich es noch einmal, weil auf dem Rundschreiben an mich stand, »ich solle anläßlich des AZ-Jubiläums ein paar Zeilen darüber schreiben, was ich gerne einmal geschrieben und gesagt haben möchte«.

Am erstliebsten aber ist mir halt doch das Unterschreiben der Gehaltsquittung. Das kann ich auch weitaus am besten, sagt die Dame von der Kasse. Wenn sie das aber vielleicht boshaft meint, nehme ich glatt in Zukunft kein Geld mehr von ihr an. Und laß' es mir dann lieber überweisen.

(10 Jahre AZ 21./22. Juni 1958)

Die Ballade vom faulen Lohnschreiber

Manche Leute meinen, das einsamste Geschöpf auf der Welt sei vielleicht ein geschiedener Einsiedler-Krebs auf der Spitze eines Eisberges. Oder auch etwas garstiger »ein alter Neger, der Kommunist ist und dazu auch noch ›anders herum‹«. Die lebende Faust Amerikas, der ehemalige Schwergewichtsweltmeister Jack Dempsey wiederum war der festen Überzeugung, ein Boxer im Ring sei der verlassenste Mensch des gesamten Universums. Während Blasius schon immer behauptet hat, das einsamste Wesen der Erde ist ein Lohnschreiber vor einem leeren Blatt Papier. Und deshalb kommt dem Spaziergänger ein unbeschriebener DIN A 4-Bogen auch manchmal vor, wie das weiße viereckige Auge Belzebubs.

Weil aber ein Hund, den man auf die Jagd tragen muß, nichts wert ist, so muß sich Blasius an solchen Tagen selber den Hintern brutal aufreißen bis zum dritten Halswirbel hinauf. Deshalb gibt er zuerst seinem inneren Schweinehund einmal die Sporen. Doch der verweigert einfach, wie ein ostzonaler Großmarkthallen-Esel, dem man zumutet, er sollte über die Berliner Mauer springen. Und ein bisserl muß der Spaziergänger dabei auch immer an den Kapitulations-Vers der Claire Waldorff denken, die von einem ausgeflippten Liebhaber so schön sang: »Immer wenn ich glaub, jetzt will er, will er wieder nicht.«

Ha, endlich läutet nun wenigstens zum ersten Mal das Telefon; das wird gewiß die Staatliche Lotterieverwaltung sein, jubiliert Blasius bereits innerlich, die ihm seinen Sechser fernmündlich vorankündigen will. Aber irgendeine erzürnte Halswehstimme nuschelt ihm bloß zornig ins Ohr: »Melden Sie sich doch wenigstens ordentlich, Sie Trottel.« Und dann fällt dem getadelten Fernsprechteilnehmer auch ein, daß er heute noch gar nicht an den anderen Apparat rangegangen ist. Nämlich an den Rasierapparat. Na ja, und das ist doch ganz klar, einen barbierten Poeten küßt natürlich die Muse viel lieber als einen stinkfaulen stoppeligen Bleistiftspitzer.

Mit dem Notizblock unterwegs. Blasius, der Spaziergänger, beobachtet die Teilnehmer des AZ-Fußmarsches rund um den Starnberger See.

Nun, was wäre denn eigentlich mit der Post? Die schmachtet doch längst unten im Hausgang und bringt ihm sicher viel Schönes. Was – nur einen »Binnen«-Brief vom Verleger; »Wenn Sie nicht binnen acht Tagen Ihren Vorschuß zurückgezahlt haben ...«

Nun ja, was die guten Verleger sind, die kennt man ja schließlich. Manche Kollegen meinen, das seien jene Leute, die ihren Sekt aus den Hirnschalen der ausgesaugten Schreiberlinge trinken. Doch für den Spaziergänger sind sie hauptsächlich nur komisch. Denn ist es etwa nicht komisch, daß sie beispielsweise einen ganzen Forst abhakken, um daraus einen schönen Prospekt und ein paar Hunderttausend Broschüren gegen die Zerstörung des schönen deutschen Waldes zu drukken. Ha ha ha!!

Nachher jedoch strengt sich der faule Lohnschreiber endlich so verbissen an, daß ihn dabei die Vorstellung überkommt, seine Gedanken müßten jetzt so scharf sein, daß sie ihm bestimmt von innen die Haarwurzeln abbeißen würden. Doch auf dem weißen Bogen finden sich selbst dann immer nur dieselben Worte, die allesamt mit »Esszeha« beginnen.

Schließlich aber kramt er unter seiner alten Makulatur einen Gedankensplitter hervor, den er vielleicht doch noch zu einem Artikel ausbauen kann. Es handelt sich dabei um ein Gedicht, das folgendermaßen beginnt »Die Träne keucht, es zuckt der Lump ...«. Nun ja, meint Blasius, man könnte diese Zeile möglicherweise noch mit einem Ausspruch aus seiner Kinderzeit kombinieren, der so gelautet hatte: »Mechst jetz Du a Pferd sei, wennst recht reich warst?« So was könnte man vielleicht sogar dem Städtischen Kunstausschuß verkaufen. Womöglich für den Beuys. Als Einlage unter sein verschwitztes Hutband.

»Und leise rieselt der Kalk ———« Nein – noch nicht aus der zerschundenen Gedächtnis-Konserve des hoffnungslosen Buchstabenverteilers. Sondern weil das zwei Zentner schwere »Betthupferl«, das über dem Spaziergänger wohnt, nun ihre täglichen Joga-Übungen macht. »Rums-Dibums«. Immer näher kommen die Einschläge. Da kann doch der Frömmste nicht in Frieden schreiben, wenn es dem bösen Nachbarn nicht gefällt. Das ist zweifellos höhere Gewalt. Und ganz gewiß ein Fingerzeig des Schicksals. Oder wie der Valentin sagen würde: »Das schlägt ja dem Faß den Boden ins Gesicht.«

Und Blasius ist deshalb jetzt auch tödlich entschlossen, die kleine Flinte mit der wässerigen Tinte endlich ins Korn zu werfen. Oder noch besser. Er will sich ganz einfach in den eigenen Kugelschreiber stürzen. Wie einstmals der Legionär-Hauptmann Varus in sein Schwert, als er im Teutoburger Wald vom Hermännchen seine Arsch-Pritsche bekam.

Und in der Abendzeitung wird dann halt statt der Ankündigung »Sie lesen Blasius am nächsten Freitag wieder ...« diesmal stehen »Sie lesen den Spaziergänger leider nicht mehr in den Gazetten. Sondern nurmehr im Waldfriedhof (Straßenbahnlinie 16). In dem ungeweihten Eckerl aller Verzagten.« »Uff – Uff«

(ABENDZEITUNG-BEILAGE vom 30. September 1980)

*So sahen ihn Kollegen:
1966 im Büro.*

Kurze Pause im Café »Ganz privat«, das einst ein Journalisten-Treffpunkt war.

Sigi Sommer 1968 mit seiner Tochter Madeleine.

Voller Pflanzen und Erinnerungen.
Sigi Sommers Büro in der Abendzeitung.

Blasius ganz privat

Nach dem Krieg hatte Sigi Sommer einiges nachzuholen. Wie alle seine Zeitgenossen. Plötzlich war er über zwei Zentner schwer. Und als er in den Spiegel sah, gefiel er sich selbst nicht mehr, weil er so zugenommen hatte. Hier erzählt Sigi Sommer, wie er sein Übergewicht los wurde, warum er bescheiden in einem 1-Zimmer-Appartement in der Wurzerstraße wohnte und was es mit dem mächtigen Sessel auf sich hatte, den er im Büro benutzte und der heute in der »Monacensia« steht.

Die große Hungerkur

In jener Zeit, als Blasius im feldgrauen Fell steckte, kam der Spaziergänger infolge eines größeren Eisengehaltes auch einmal in die sogenannte Genesungskompanie. Diese bestand aus etwa vierzig grabähnlichen Löchern, in einem rachitischen Föhrenwald bei den Kasematten von Königsberg. Die Verpflegung bestand aus den abgepflückten Knospen von Bäumen und Sträuchern, die zusammen mit einer fünfmal ausgekochten Pferderippe ein recht nahrhaftes Süppchen ergaben. Dazu plapperten ein paar russische Maschinengewehre ein langweiliges Tischgebet, und anschließend spielte dann meistens auch noch die Stalinorgel ein bißchen was von Bach. Ach.

In diesen Stunden der inneren Einkehr hatte sich der Spaziergänger oft geschworen, wenn er jemals wieder zurückkommen würde zu den bayerischen Reistöpfen, dann würde er genau so leben wie jener alte Karpfen, von dem Ringelnatz dichtete: »Er fraß und fraß – bis er die ganze Welt vergaß.« Blasius stellte sich dabei in seinem Kiesmatratzenbett immer wieder vor, wie er dann jedem warmen Leberkäs eine zackige Ehrenbezeigung erweisen würde und vor jedem Surhaxl strammstehen wollte, bevor er es verschlang – wie der Krieg die Soldaten.

Nun, das Schicksal spuckte ihn tatsächlich leicht angebissen wieder aus. Und siehe da, nach einigen Jahren kam der Spaziergänger wirklich »ran an die Bouletten«, wie sein Potsdamer Raupenschlepper, der Herr Major Kneese, immer sagte, wenn der Iwan eiserne Graupen servierte. Da meinten dann die Spezl vom Blasius bald scherzend: »Du werst dei Muadda aa nimmer lang seng. Weil dir nämlich demnächst d' Augn zuawachsn.« Sie hatte nicht ganz unrecht, denn man konnte damals den Spaziergänger kaum noch anschauen, ohne ein Stück Brot in die Hand zu nehmen. Und wenn er eine Treppe hinunterstieg, dann begann seine Brust sofort zu zittern, wie die beiden Partisanen der Sophia Loren kurz vor der Her- und Hinrichtung. Nachts aber stand er aufrecht im Bett und das Herz drückte ihn, als hätte es einen Einberufungsbefehl von Professor Barnard bekommen, was doch damals noch gar nicht möglich war.

Da beschloß der Spaziergänger dann eines Tages, seinen inneren Schweinehund brutal zu schlachten. Gesagt, gehungert. Und von da an ließ sich Blasius sein Mittagessen nur mehr in einer Haftschale servieren. Und abends aß er dann das, was vom Mittag noch übriggeblieben war.

Nun gibt es natürlich viele Abmagerungssysteme. Die Punktediät beispielsweise, bei der die Leidtragenden immer nur mit dem Rechenschieber essen dürfen. Oder eine Schrothkur, einen Heilschlaf oder ein Rohkostmartyrium. Der Spaziergänger jedoch wählte das Primitivste, aber todsicher Wirkende. Er beschloß, seinen Hühnerfriedhof einfach schrumpfen zu lassen wie einen bäuerlichen Kleinbetrieb. Und langsam reduzierte der Magen tatsächlich seine Wünsche wie eine alte Jungfrau ihre Vorstellungen von der Liebe.

Allerdings wurde Blasius auch immer gereizter und mürrischer. Bis er schließlich so böse war wie ein Abszeß in der Nase. Seine Rede kam aus dem Halse heraus wie das Flehen einer siebenköpfigen Bandwurmfamilie. Dazu roch er auch noch aus dem Mund wie ein Sechstagefahrer aus den Schuhen. Längst waren Frohsinn, Fröhlichkeit und Freunde dahin. Wahnvorstellungen verfolgten den fiebrigen Fakir. Er sah auf den Bäumen statt der Äpfel nur mehr roten Geheimratskäse wachsen. Die Blätter verfärbten sich zu gelben Omeletten, aus denen die Marmelade tropfte. Und sogar die spitze Schnüffelnase seines Hausmeisters verwandelte sich in eine gebratene Debreziner Wurst.

Blasius ging barfuß durch die Hölle. Denn der teuflische Kilogrammtyrann im Bad mit seinem dünnen, drohenden Zeigefinger war unerbittlich und schlug schon nach rechts aus, wenn der Spaziergänger auch nur nachts zu fett geträumt hatte. Doch nach zwei Jahren war es geschafft. Der Preis der Herrlichkeit war allerdings schrecklich. Der Kopf vom Blasius sah aus wie ein Stück altes Klosterbrot. Und die Spezl tuschelten sich heimlich zu, wie lange doch ein Mensch mit einem unheilbaren Magenkrebs leben könne. Noch nie hatte der Spaziergänger so viele mitfühlende Hände geschüttelt, die ihm »alles, alles Gute« wünschten, aber in echter Freundschaft zur Winterszeit auch zu ihm sagten: »Jetzt derfst uns fei ned schterm, jetzt san d' Bleamen grod so deier.«

Runde achtzig Pfund waren weg. »Des san ungefähr acht fette Weihnachtsgäns, die i nimmer midschleppa muaß«, argumentierte der Spaziergänger seinen dicken Freunden gegenüber. Aber die schüttelten nur milde lächelnd die Köpfe. Und als ihnen Blasius stolz erklärte, er wäre jetzt so dünn, daß er ohne weiteres in einem Strohhalm Platz finden würde, da sahen sie ihn alle mitleidig wie einen Nervenkranken an und meinten: »Ja, wer wui denn scho in an Strohhoim nei. Mir san doch heilfroh, wenn ma im Augustinerkeller no an Platz kriang.« Womit sie vielleicht nicht ganz unrecht hatten.

Trotz seiner ungeheueren Jahresbestleistung im Darmnackeln möchte aber Blasius alle Neugierigen vor dem sogenannten »völlig neuen Lebensgefühl« warnen. Im Geiste laufen nämlich ständig die acht fetten Gänse hinter dem Spaziergänger her. Und sie schnattern bei jedem Bissen warnend und drohend: »Mager werden ist nicht schwer, mager sein dagegen sehr.«

(ABENDZEITUNG, 12. Juli 1968)

Nix Kultura

»Oh je«, sagen die meisten von jenen Figuren, die hin und wieder in den dürftig möblieren »Turm« des Spaziergängers in der Innenstadt hinauflatschen. »Oh je, dieser Zeilenschinder Blasius haust ja fast noch schäbiger als ein versprengter Kümmeltürke.« Und andere gar behaupten gleich, »in dem seiner Rumpelkammer schaut's ja direkt aus wie in einem Holzwurm-Sanatorium. Nix Kultura.«

Zugegeben, möchte Blasius zu dieser Kritik vielleicht sagen. Noch einfacher wäre es wohl gewesen, wenn er seine paar Sperrholzklamotten gleich direkt an die Wand gemalt hätte. Immerhin aber blinzeln dem Besitzer dieser Wegwerf-Einrichtung wenigstens ein paar gute Bilder verschwörerisch ins rot umränderte Auge. Wohl schon deshalb, weil sie sich nicht in irgendeinem Museum oder einer Galerie die teure Ölfarbe von der gefirnißten Leinwand glotzen lassen müssen.

Im übrigen hat der Spaziergänger seine »lange Reise durch die Damenwäsche« auch schon so ziemlich beendet. Und er läßt sich deshalb seinen Bratkartoffel-Frieden auch nicht gerne von irgendwelchen böse lächelnden Emanzen gefährden. Auch von jenen nicht, die sich vielleicht mit fadenscheinigen Argumenten in seinem Hoheitsgebiet niederlassen möchten. Wie seinerzeit die Holländer in Sumatra. »No Sir.« Denn bei solchen Invasionen denkt er immer wieder an jenes herrliche Zeitungsinserat von Karl Valentin: »Suche Zugehfrau – die auch wieder weggeht.«

Und was seinen sonstigen Hunger nach kleinen Sensationen anbelangt, da nimmt er noch am liebsten mit dem sogenannten »Augenschmaus« vorlieb. Und dazu braucht er sich bloß ein bißchen vor das Weltstadthotel stellen, das nur einen matten Steinwurf von ihm entfernt ist. Oder an die Prachtstraße, in welcher das sogenannte Leben immer wieder das »ganze Füllhorn seines lächerlichen Sinnes« ausschüttet.

Gerade jetzt beispielsweise in den Festwochen. Denn da findet schon am späten Nachmittag immer der »Aufmarsch der Walküren« statt. Oder wie Blasius diese bildungshungrige Karawane auch noch nennt: die »Naphtalin-Polonaise«.

»Mit langsam abgemessenen Schritten ...«, wie es in den Kranichen des Ibikus heißt, kommen da die »Herrschaften« die Maximilianstraße hoch und streben mit ihren quälenden Klamotten der gräßlich in deutschem feldgrau gestrichenen Komödien-Kaserne zu. Ihre Dividenden-Wiegen und Prostata-Schaukeln haben sie nämlich unter Aufsicht der Acht-Zylinder-Dompteure irgendwo am Isarufer stehen lassen müssen.

Auch sonst säumen diesen Weg zum Münchner Mimen-Mausoleum noch zahlreiche unsichtbare Statisten. Nämlich halbtot schikanierte Mieder-Verkäuferinnen, völlig lebensmüde Friseusinnen, seelisch zerstückelte Dienstmädchen und verzweifelte Visagistinnen. Denen es einfach nicht gelang, trotz der Verwendung von schlagfesten Bootslack den chronischen Mißmut der überreifen Ladies und den lebenslänglichen Verdruß um ihre harten Salami-Lippen zu bannen.

Manche der viel zu kurz gekommenen Matronen ziehen dabei die in schwarze Trauerhäute eingewickelten Ehegatten auch noch so energisch hinter sich her, als hätten sie den angetrauten Öchselchen den »Ring der Nibelungen« vorher schon persönlich durch die Nase gezogen.

Dem Spaziergänger aber drängt sich bei der Beobachtung dieses nach höherem Streben lechzenden Lindwurms die Vermutung auf, daß alle jene, die von dem »Wagner Richardl« so leutselig reden, als hätten sie mit ihm schon einmal zusammen schwarze Mastschweine gehütet, sicher so unmusikalisch sind, daß sie selber nicht einmal auf einem Hausschlüssel pfeifen können. Und manchmal sogar den Karajan mühelos mit dem Vogeljakob verwechseln.

Kurz vor Erreichen der riesigen Eingangstüren muß die lächerliche Kulturprozession dann auch noch an jenen Türen vorbei, an der viele Stunden lang ein paar echte Träumer und Idealisten an der grindigen Klagemauer verharren. Nein, die warten natürlich nicht aus reiner Bosheit »auf Godot«.

Und lehnen auch nicht an den Fundamenten der Oper, damit das Haus der Hindemich-Heuchelei nicht umfällt. Sondern sie stehen sich unverdrossen ihre Beine in die eigene Leber, damit sie vielleicht noch einen jener Plätze ergattern, wo sie zwar die anfallenden Töne mit dem Trommelfell filtern können, aber von der Handlung auf der Bühne auch nicht mehr sehen als ein farbenblinder Neger bei Kurzschluß um Mitternacht im St.-Gotthard-Tunnel.

Und seltsamerweise entdeckt der Spaziergänger auch manche junge Schönheit unter diesen vergessenen Verdi-Verehrern. Aber denen ist halt womöglich ein einfacher Violinschlüssel immer noch lieber als vielleicht der flache »Sperrauf« für das verschwiegene Appartement eines verschwitzten bremsigen Brahms-Bockes.

Deshalb muß Blasius auch daran denken, daß mancher alte Götterdämmerungs-Galan, wenn man ihn fragen würde, ob er jetzt tatsächlich vier Polstersesselstunden lang knapp vorbeiblinzelnd an dem leicht gesträubten Damenbart seines »Drachens« der Nibelungen Not und Leid erleben möchte. Oder lieber eine ganze Nacht lang bloß hinter der anstehenden jungen Norne deren Nackenflaum bewundern will. So würde ein solcher Kunstgenießer sicher mit Wonne die Kehrseite der kühlen Blonden wählen.

(ABENDZEITUNG, 12. Juli 1985)

Der Patriarch aus dem Regina

Insgesamt hat Blasius etwa dreitausend Stunden darin gesessen. Nämlich in dem alten Lehnstuhl, vor dem er jetzt leise lächelnd steht. Es ist kein klassischer Ohrenbackensessel oder Barockstuhl. Sondern eher ein Mittelding zwischen Chippendale und Isartal. Seine Armstützen sind vorne blank wie die Nasen der beiden Löwen vor der Residenz. Und der linke vordere Fuß, der auch dem Spaziergänger immer als Startklotz diente, wenn der Stehgeiger seinen Pferdeschwanzbogen ergriff, ist eine Prothese, die mindestens schon fünfmal erneuert wurde.

Wohl ein Vierteljahrhundert lang hat der Spaziergänger bei jedem Fünfuhrtee in diesem Katapult der süßen Erwartung gehockt. Und dann war nach dem Kriege dieser Schleudersitz aus der Zeit seiner Kirschen plötzlich überflüssig geworden. Weil das Regina-Palast-Hotel in den Besitz eines Bürokonzerns überging. Und dort wo Blasius und alle seine Spezl, die längst der Wind der rauhen Jahre verweht hat, einst den sanften Irrsinnstanz der Derwische aufs Parkett legten, legten nachher die Beamten einer Versicherungsgesellschaft ihre sterilen Aktenstöße hin. Statt der Wehmutsschalmeien eines Teddy Stauffers geben schrille Telefone den Ton an. Und ein ungeheuer geistreiches Schwachstromgeflüster erfüllt den einstigen Walzersaal. »Ja bitte, hier spricht die Lebensversicherungsgesellschaft ›Letzter Hieb‹«. Ach und auch an den braven Oberkellner Schmählich muß der heimatlos gewordene Tango-Jüngling heute zurückdenken. Jenen herzensguten Domestiken, der den Arbeitslosen – mit einer falschen Perle im Schlips auf Mylord gequält – immer eine volle Dose mit Zuckerstückchen hinstellte.

Meister Schmählich selber trug dann das magere Trinkgeld mit Windeseile hinüber zum nahen Buchmacher, um es auf jene Pferde zu verwetten, die mürrisch und stur immer hinten nachliefen. Statt an der Spitze des Feldes zu sein, wo sie nach Meinung des alten Kaffeekulis dringend hingehörten. Wenn aber einer von der Tafelrunde der Nichtsnutze und Gigerl Glück hatte, so bekam er vielleicht sogar einen Biß bei der kleinen großäugigen Kuchenverkäuferin Susi oder der Zigaretten-Lili. Und dann hinterließen sich diese Liebesleute auch immer ein paar hochinteressante Zeilen auf der hölzernen Platte des kleinen

Café-Tischchens. Da stand dann nämlich unter der weißen Decke vielleicht so eine rätselhafte Mitteilung wie diese: »Tante Rosa kommt einfach nicht. Was tun?«

Auch ein recht trauriges Abenteuer ist zu vermelden. Da gab es nämlich eine Fünfuhrtee-Schönheit, die sah genauso aus wie Winnetous Schwester, und sie wurde deshalb auch nur Nscho-tschi genannt. Angeblich wohnte sie sogar im »Regina«. Und weil Blasius damals gerade das graue Fell vom Gehsportverein A. H. tragen mußte, versuchte er es bei ihr einmal mit einer schwermütigen Siegfriedmaske, indem er ihr andeutete, er würde ja wahrscheinlich sowieso bald nach »Walhalla« müssen. Und tatsächlich. Eines Tages schien ihn die schweigsame rote Prinzessin erhört zu haben, denn sie versprach ihm, eine kleine Nachricht hinter den Polstersitz seines Sessels zu stecken. Doch dann fielen gerade an diesem Abend viele bösen Sachen auf die schöne Stadt München und auch auf das »Regina«. Erst ein Jahr später, als er wieder auf Urlaub kam, erfuhr er, daß es seit dieser Nacht auch Winnetous

Einst stand er im Regina-Palast-Hotel: Sigis Sessel

Schwester nicht mehr gab. Der alte Sessel aber stand noch immer da. Und im Polsterschlitz steckte ein zerknitterter Zettel mit dem etwas theatralischen Satz vom Alten Fritz: »Tadelt nie die Taten der Soldaten. Leute, die da sterben sollen, sollt ihr lassen, was sie wollen. Laßt sie trinken, laßt sie küssen. Wer weiß, wie bald sie gehen müssen.« Und darunter noch ein kleiner Zusatz: »Montag, 11 Uhr, Zimmer 204, Nscho-tschi.«

Noch eine makabre Geschichte wußte auch das Personal von dem wackligen Sitzveteranen zu erzählen. Da war im vierundvierziger Jahr nämlich eine Versammlung von Ritterkreuzträgern im »Regina«. Und wieder gab's Fliegeralarm, worauf ein Oberst seine hochdekorierten Recken um sich versammelte, um sie in einen Splittergraben der gegenüberliegenden Anlage zu führen. Nur ein junger Leutnant hatte sich absondern können und vertraute sein Geschick dem vierfüßigen Kameraden an. Und dann fiel abermals die Hölle vom Himmel und wischte die versammelten Helden der großen Nation in ihrer Erdritze einfach weg. Nur der kleine »wurschtige« Leutnant im Lehnstuhl blieb übrig. Und der »grüne Heinrich«.

(ABENDZEITUNG, 14. Februar 1996)

Bei Durchsicht meiner Stunden ...

Zu den ältesten Träumen der Menschheit gehört zweifellos auch die Vorstellung, daß man die Zeit stillstehen lassen kann, wenn nicht gar zurückdrehen. Und alle die Träumer und Konstrukteure seit dem großen Leonardo da Vinci haben wohl schon überlegt, wie man eine Zeitbremse konstruieren und was man damit alles anfangen könnte. Denn es müßte doch ungeheuer spannend sein, den Augenblick des Glücks bei einem Liebespaar für Stunden oder gar Tage zu bannen oder das Triumphgefühl des Siegers mit so einem Apparat konservieren zu können.

Weil es aber den Menschen, wenn irgend etwas weit zurückliegt, schon meistens recht schwer fällt, sich überhaupt daran zu erinnern, geschweige denn das entschwundene Gefühl noch einmal hervorzuzaubern, setzt man sich eben manchmal ersatzweise hin und kratzt das, was noch übrig bleibt, wenn man zurückblickt, von Zeit zu Zeit zusammen.

Solche Momente der Beschaulichkeit hat der gehetzte Bürger vielfach im Krankenbett, in Zeiten großer Einsamkeit und auch dann, wenn der Kalender die Tage der Einsicht, wie am Heiligabend, auf Silvester oder einem großen, runden Geburtstag anzeigt.

Und so ein zwangloser, unlogischer oder scherzhafter Rechenschaftsbericht »bei Durchsicht der Tage« schaut dann etwa so aus: 320mal nach Mädchen umgedreht. Etwa zwanzig Millionen Worte gesprochen. Zweimal schwarze Johannisbeeren gepflückt. Fünfmal jemanden den Vogel gezeigt (nämlich neugierigen Fremden den Münchner Oberbürgermeister). 810 Maß Bier getrunken und einen Liter Wasser geschluckt (beim Baden im Starnberger See). 712mal die Zähne geputzt und einmal Studentenfutter gegessen.

Des weiteren: sieben Meter Fingernägel geschnitten. Zweiunddreißig Stunden Hunde gestreichelt. Zweiundsechzigmal die Trambahn verpaßt (macht bei einer durchschnittlichen Wartezeit von sechs Minuten runde sieben Stunden aus). Achtmal auf zwei Fingern gepfiffen. Sechsunddreißigmal versucht, das Aussterben der Menschheit zu verhindern (Simultanversuche).

An die Jugendzeit gedacht (unentwegt). Achtundvierzigmal »Merde« gesagt (auf deutsch). 964mal die Kanalisation strapaziert. Einundzwanzigmal im Traum das Fliegen probiert (dreimal beinahe geschafft). Bei Parkplatzsuche zehn Megatonnen Energien verbraucht. Siebenmal einem Preußen den falschen Weg zum Hofbräuhaus gezeigt. Zweimal Handküsse gegeben (Ausschlag gekriegt). Einmal vier Richtige im Lotto gehabt, dreimal einen Strafzettel gekriegt und 41 Grad Fieber. Vierzig Kreuzworträtsel gelöst und drei feste Verhältnisse. Insgesamt 212 Pfund beim Tennisspielen abgenommen und 214 im Bierkeller zugenommen.

Ferner 1251 Telefonnummern gewählt und einmal die falsche Partei. Im April das Finanzamt betrogen und im August die Helga. Achtunddreißigmal beim

Friseur gewesen und zwei Pfund Haare gelassen. Einmal den Bügel einer Sonnenbrille zerbrochen, die so teuer war, daß man dafür auch einen Blindenhund bekommen hätte.

Das also, denkt der stille Träumer, wär's in etwa gewesen, was das letzte Jahr ausgemacht hat. Doch beim wiederholten Addieren aller dieser Einzelposten fehlen ihm immer wieder drei Stunden, die er einfach nicht unterbringen kann. Bis es ihm schließlich doch einfällt, was er in dieser fraglichen Zeit getan hat: Nämlich darüber nachgedacht, was er in der anderen Zeit gemacht hat.

(ABENDZEITUNG, 2. Januar 1970)

Zum sechzigsten Geburtstag: Blasius wird am Viktualienmarkt mit Gemüse und Obst aufgewogen. Das Grünzeug stiftet er für Kinder.

Die Nachkriegsjahre

*A*ber der Spaziergänger sah auch Not. Er wurde zum Chronisten einer schweren Zeit. Blasius schildert das Elend der Flüchtlingslager wie die Armut in den Wohnküchen der Münchner. Weihnachten 1947 druckte die SZ eine kleine Betrachtung von ihm, die Karl Valentin zu Tränen rührte.

Die Bescherung

»Papa, da Franzl schaugt scho wieda durch's Schlüsselloch«, greint das siebenjährige Hannerl, aber nur um selbst einen Blick in das Zimmer zu erhaschen, wo schon seit einer halben Stunde das Christkindl rumort. Der Vater ist gerade dabei, das frisch abgezogene Fell eines Stallhasen auf einen Kistendeckel zu nageln. Da ertönt das Bimmeln einer Fahrradglocke und die Tür geht auf. »Aaaa« sagen die Kinder und ihre Augen glänzen noch mehr als der dürftig geschmückte Christbaum, auf dessen Spitze eine winzige Kerzenflamme mit der Zugluft kämpft. Die Zweige sind mit Silberfäden behangen, welche die Mutter aus dem Stanniolpapier der Käsezuteilungen geschnitten hat, und auf dem untersten Ast baumelt, noch aus Großmutters Zeiten herübergerettet, ein Pappschiffchen mit Watterauch. Strahlend nimmt der Franzl das vom Vater gezimmerte »Radlrutsch« in Empfang und das Hannerl drückt die frisch angestrichene Puppe, die das Christkind vor sechs Wochen plötzlich geholt hat, und nun neu eingekleidet wieder brachte, an ihre schmale Kinderbrust. »Und des is für di, Vata«, sagt die Mutter und schiebt ihrem Mann drei Paar Einlegesohlen und ein Paar selbstgestrickte Pulswärmer zu. »Geh zua, Walli, des hätt's aber doch net braucht«, bedankt sich verlegen das Familienoberhaupt. Er dreht umständlich das alte Trichtergrammophon und legt die Weihnachtsplatte »Stille Nacht, heilige Nacht« auf. Leise singt das Hannerl mit. Der Franzl hat einen Fuß auf dem Radlrutsch und hält sich mäuschenstill. Durch die angelehnte Küchentür dringt der angenehme Duft von »Hasenjung« herüber.

(SÜDDEUTSCHE ZEITUNG, 24. Dezember 1947)

Brief von Karl Valentin

Planegg, 25.12.47

Sehr geehrter Herr Dr. Somer,
Ihr Artikel in der S.Z. »Die Bescherung« zeigte in so wenigen Zeilen unser armes Deutschland. – Ich habe darüber mit 66 Jahren geweint wie ein kleines Kind. Nur ein Schriftsteller mit einem guten Herz kann so etwas schreiben.
Alles Gute zum neuen Jahr
Ihr Karl Valentin

Der aufgewertete Kunde

20. Juni 1948: Die Reichsmark wird abgeschafft. Jetzt kommt die Deutsche Mark ... Und die Schwarzmarkt-Preise steigen. Unmittelbar vor der Währungsreform versuchen viele noch, das alte Geld loszuwerden. Für die neue Mark gibt es plötzlich wieder alles zu kaufen, was knapp oder ganz aus den Läden verschwunden war. Sigi Sommer schildert die Tage des Übergangs ...

Es gab am Wochenende nur wenige Geschäfte, die nicht von *riesigen Schlangen* belagert wurden. Es wurden die unsinnigsten Einkäufe gemacht. Am *Samstag* mittag war nichts mehr zu bekommen. In den Apotheken verlangten manche Kunden für Hunderte von Mark Kopfwehpulver, Badesalz, Einmachtabletten oder Rattengift. Eine Hausfrau erwarb u. a. einen Karton mit »Dr. Oetkers Tortin, ein bewährtes Triebmittel für Tortenböden«, das, wie uns der Drogist versicherte, für die Zubereitung von etwa *2800 Torten* reicht. Aus den Kunstgewerbe- und Ramschläden schleppten die Leute stoßweise gerahmte Wandsprüche, getrocknete Blumen hinter Glas und Topfuntersätze. Ein Kauflustiger keuchte unter der Last einer etwa eineinhalb Zentner schweren Gartensäule mit Büste, ein anderer hatte bei einer Tändlerei einen großen Sack mit Rehgeweihen erstanden.

An den *Kinos*, bei denen der Vorverkauf gewöhnlich um halb zwölf Uhr beginnt, gab es schon ab halb neun Uhr riesigen Andrang. Die *Straßenbahnen* waren zum Brechen voll, und es hatte den Anschein, als ob ein Teil der Fahrgäste Dauerrundfahrten machte.

Wer noch Briefe zu schreiben hatte, erledigte dies ebenfalls noch mit den alten Postwertzeichen. Samstag abend war in den Gaststätten kein Bier mehr zu haben. Dafür feierten in manchen Nebenzimmern die Schwarzmarktsnobs die »Reichsmarkdämmerung« bei Schnaps und Wein und zündeten sich ihre Zigaretten mit Fünfzigmarkscheinen an. Nachts sah man *viele Betrunkene* nach Hause schwanken.

Sonntag vormittag waren die Straßen fast menschenleer, da zwei Drittel der Bevölkerung vor den Verteilungsstellen anstanden. Der *Hauptbahnhof* jedoch glich einem brodelnden Kessel. Tausende von Fremden aus Garmisch, Mittenwald, Oberstdorf und vom Tegernsee strebten ihren zuständigen Ernährungsämtern zu.

Zaghaft kamen am *Montag* früh die ersten *unbewirtschafteten Waren* auf den Markt. In einem großen Radiogeschäft der Innenstadt hatten bis 12 Uhr mittags insgesamt 20 Personen wegen Ankaufs eines Radioapparates vorgesprochen. Ein Familienvater von fünf Kindern konnte sich bereits einen leisten. In einem Juweliergeschäft wurden prächtige Junghans-Armbanduhren für 95 Mark feilgeboten. In vielen Bäckereien konnte man Weißbrotpyramiden und Kuchen sowie Tortengebäck hinter den Auslagscheiben liegen sehen. Auf dem Viktualienmarkt und in vielen Gemüsegeschäften waren Kopfsalat, Rettiche, Blumenkohl, grüne Erbsen und Gurken reichlich vorhanden. Bezeichnend war jedoch die Beobachtung, daß an jenen Verkaufsständen, die zwei Stück Kopfsalat um 30 Pfennig verkauften, der Andrang sehr groß war, während an den Ständen, die 20 Pfennig für einen Kopfsalat forderten, die auffallend freundlichen Marktfrauen ihre Waren umsonst anpriesen.

Die Kaufhäuser waren leer. Ein Warenhaus im Rosental verkaufte am Montag von 8 Uhr bis 12 Uhr lediglich ein kleines Fläschchen Haaröl. Durchwegs wurde noch mit *alten Einmarkscheinen* und Zehnpfennigstücken bezahlt. An den *Theaterkassen* und Vorverkaufsstellen waren Eintrittskarten in jeder Preislage zu bekommen. Ebenso waren die Schlangen vor den Lichtspielhäusern verschwunden. Der Straßenbahnbetrieb hatte bereits etwas abgenommen. In den Wagen hingen wieder Plakate mit der Überschrift »An unsere verehrlichen Fahrgäste«.

Vor dem Münchner Pfandhaus an der Augustenstraße, das vorerst noch geschlossen bleibt, fanden sich bereits die ersten Kunden ein. Auf dem Arbeitsamt herrschte rege Nachfrage nach *freien Stellen* »gleich welcher Art«. Viele der zu reichlichen Zeitschriften-Abonnements wurden abbestellt. Die Gaststätten und Speiselokale waren teilweise auch zur Mittagszeit leer. Einige Gastwirte erließen Rundschreiben an ihr Personal unter dem Motto: »Unser oberster Grundsatz heißt nunmehr wieder ›Seine Majestät der Gast‹.«

Nach der Währungsreform füllten sich die Schaufenster. Aber für viele blieb die Armut unverändert. Bis 1950 suchten 70 000 Flüchtlinge und Heimatvertriebene Zuflucht in München. Tausende hausten damals noch in Baracken, Notunterkünften, Massenquartieren, in Lagerräumen von Fabriken. Für alle, die frieren mußten, richtete die Stadt Wärmestuben ein. Blasius sah sich bei jenen um, die kein Wirtschaftswunder kannten.

Der Arme-Leute-Lindwurm

Als Blasius an einem Freitag, spät abends noch durch Münchens stille Straßen latscht, sieht er eine seltsame Prozession an einer hohen, kahlen Mauer am Viktualienmarkt stehen: Vermummte, frierende Waberl, halbwüchsige Bürscherl aus dem Heinrich-Zille-Album, alte Klapperbeine, denen ihr verspieltes Leben aus glanzlosen Augen rinnt und einige Sozialrentner, die durch ihre Hungerunterstützung und die alten Wehrmachtswindjacken gerade noch notdürftig zusammengehalten werden.

Blasius stellt sich stumm zum Zwecke der gewissenhaften Berichterstattung am letzten Glied dieses Arme-Leute-Lindwurms an. Sein Vordermann, ein abgerackerter Sechziger mit einem kahlen Truthahn-Hals, den er in einen schäbigen blauen Kinderschal gewickelt hat, unterhält sich halblaut mit einem alraunenhaften Persönchen, das auf einem Feldstuhl an der Hausmauer sitzt und ihr blaugefrorenes faustgroßes Gesicht – als wollte sie es daran erwärmen – hingegeben in das gelbe Licht der Bogenlampe hält.

»Wissen's, wenn i hoid fria gnua dro bin, nachad griag i oiwei a Paar Markknocha extra vom Freibankmetzga. Wissn's, füa de kloa Bobbi vo unsana Hedwig, dera ihra Ami is doch iatz aa wegga kema, – ja, do soin se's seng, wia's do in dem Supperl plantscht, wissn's des gibt hoid a Süpperl, Herr.« Der Mann mit dem Truthahnhals nickt apathisch und fühlt vorsichtig nach seiner Thermosflasche, die, in Zeitungspapier gewickelt, aus seiner rechten Sackltasche schaut. »S' Kind ko ja nix dafüa, daß d'Hedwig a weng a Flugga* is – wissn's Herr Nachbar, was woaß denn so a Kind, aba de Knocha gebm a Süpperl her, da soin's de Kloa amoi seng.« Wieder nickt Blasius' Vordermann, nimmt einen Schluck aus der Flasche, wickelt sie aber schnell wieder ein, als hätte ihn der Trunk gereut. Blasius wird es aus den allgemeinen Gesprächen endlich klar, daß die Klagemauer, an der diese Leute warten, der Eingang zur Münchner Freibank ist, und daß manche der Wartenden bis zu 15 Stunden anstehen, um einige Pfund verbilligtes, weil von der Gesundheitsbehörde beanstandetes Fleisch zu bekommen.

»Ja, aber warum steht's denn do bei Nacht und Nebel oo?« fragt Blasius die Leute und er erfährt, daß das schon Jahre so geht und daß eben die Stadtverwaltung nur eine Verkaufsstelle für Freibankfleisch genehmigt hätte und überhaupt hätten sich die 50 Stadtväter wegen dieser Zustände schon wiederholte Male am Grünen Tisch versammelt und ihre ehrenamtlichen oder besoldeten Charakterköpfe zusammengesteckt und dann immer wieder aufschnaufend konstatiert: »Nicht zu lösen, das Freibankproblem, nicht zu lösen. – Auf Wiederseh'n im Grützner-Stüberl, Herr Kollege.«

Blasius schaut sich den Bau an und kommt zu der Überzeugung, daß in dem schmutzigen Gebäude wohl schon die Merowinger ihre Marschportionen zerwirkt haben müssen und daß diese Burg für Rotlauf-Schweineleichen deshalb wohl aus Pietäts- und Traditionsgründen noch nicht durch ein modernes, auch den Arme-Leute-Bedürfnissen entsprechendes Gebäude ersetzt werden konnte. Nicht auszudenken, wenn es eine Bombe getroffen hätte.

Um ein Uhr fängt es an zu schneien. Wie tausend kleine Ohrfeigen klatschen den Wartenden die naßen, talergroßen Schneeflocken ins Gesicht. »Wenn's wenigstn's a gloans Dacherl do an da Wand entlang, wo man oschteht, himacha

---

* Flugga: Leichtsinnige Person

dadn«, jammert das Rapunzelchen, das auf die Markknochen wartet, »bloß a so a üwahängats Dacherl und vielleicht a Bank, des kostat do an Teife net.«

Gewiß, den Teufel nicht, aber ein paar hundert Mark, nur von woher nehmen? Man hat so wie so unnütze Ausgaben genug.

Man denke an den Druck der Fleischmarken, die für den heute allein noch verwendbaren Zweck allerdings etwas zu klein sind, die Stadt aber bisher in jeder Versorgungsperiode noch 8000 Mark kosteten. »Sehn Sie, das ist ein Geschäft – –«

(ABENDZEITUNG, 13. Januar 1950)

Speisesaal der Armut

»In den Krisenjahren um 1930 nahmen rund 32 000 bedürftige Münchner täglich ein Suppenschulmenü zu sich«, läßt sich Blasius von städtischer Seite berichten. »Heute sind es erst schäbige 1000 – aber was nicht ist, kann ja noch werden!«

Der Spaziergänger hat zwar nicht erwartet, daß ihn ein goldbetreßter Portier empfangen wird, als er eine dieser Speiseanstalten besucht, aber ein kleines Schild an dem Gebäude, das eine gewisse Ähnlichkeit mit der Bastille hat (Erstürmung Juli 1789), wäre schon zweckmäßig gewesen. So stolpert Blasius über zerbrochene Dachplatten, Dreckhaufen, Eisengitter und sonstige Fußangeln auf eine Gasschleusentüre zu, durch die er in den Speisesalon gelangt. Dort ist es allerdings peinlich sauber, frisch geweißt, auf den Tischen liegen Wachstuchdecken, aus Einmachgläsern ragen Tannenzweige.

Die Gesichter der auf Abfütterung wartenden Erwerbslosen und Wohlfahrtsunterstützten sind grau und verwaschen wie alte Ausgußsockel, die Augen stumpf. Ein kleines Kind mit einem aufgetriebenen Trommelbauch nagt mit kariösen Zähnen die Innenseite einer Orangenschale ab. Die Mutter, die ein Pelzgehänge trägt, das eine Ähnlichkeit mit zwei gedörrten Bücklingen hat, stäubt sich mit einem Inhalationsapparat eine grüne Flüssigkeit in den Mund. Jetzt wird der Ausgabeschalter geöffnet. Ein hochgewachsener, grauhaariger Herr mit einem Asketengesicht hat die Lippen krampfhaft verkniffen. Als er sich jedoch dem Schalter nähert, beginnt er heftig zu schlucken und mahlt mit den Zähnen.

In einer Ecke auf der hölzernen Bank sitzt ein Pärchen. Ihm schaut ein blecherner Suppenlöffel aus der oberen Sakkotasche, sie hat ein aufgeschwemmtes, verweintes Gesicht. »Iatz wead dera scho wieda schlecht«, schimpft der Kavalier ganz laut. »Des sog i dia glei, bei mia griagst koan Breis. Do muaßt hoid a Fuaßbod nehma und an Rotwein saufa mid Nelken.« Neben den beiden macht sich ein dicker rotbackiger Kahlkopf breit, der seine Glatze, die sicherlich mit Bohnerwachs eingelassen ist, unter lustigem Zwinkern mit einem gelben Staublappen bearbeitet.

Es gibt Fleischsuppe mit Leberknödeln, zwei Stück pro Person. Neben einem alten Mann mit gelber Blindenarmbinde sitzt eine krankhaft blasse Frau und zerteilt ihm das Essen. Als der Alte fertig ist, aber noch in der leeren Brühe nach Knödelbrocken fischt, legt sie ihm rasch die Hälfte von ihrer Portion in die Suppe und sagt: »Do Max, heid hod's drei geb'm, iß nur« und der Max brummt zufrieden, während die Frau wegschaut.

Nun tritt ein Mädchen in den Raum, das auch in jedem Luxusrestaurant bedient worden wäre. Schlankes rassiges Gesicht, durchsichtige Schläfen, lange schwarze Locken, peinlich saubere Kleidung. Wie sie ihren Suppentopf auf das Schalterbrett stellt, verrutscht ihr Kleiderärmel und man sieht am Unterarm die eintätowierte blaue KZ-Nummer. Abgewandt von den anderen Gästen speist ein Herr in unendlich abgetragenem Cutaway. Er speist – und zerlegt die Leberknödel wie eine getrüffelte Poularde. Bei jedem Bissen verdreht er entzückt die Augen. Einen Anstandshappen von der Mahlzeit läßt er in der Schüssel liegen. Wieder ein anderer Besucher breitet vor dem Essen ein Zeitungspapierl vor sich aus, auf dem er eine junge »Millidistel« klein zerhackt. »Det is eisenhaltich« erklärt er seinem Gegenüber, einem massiven Bauarbeiter, der grimmig scherzt: »Do kenna's eahna ja glei a bor rostige Nägl neibrogge.« »I woaß an Frisör, do schneid't oan da Lehrbua d'Hoor umasunst, bloß daß as leant«, erzählt einer der Wartenden und zeigt ihnen sein schrecklich mißhandeltes Genick. Am Tisch des Spaziergängers läßt sich seufzend ein Invalide nieder und schnallt verstohlen unter dem Tisch seine Beinprothese ab.

Als Blasius diesen Speisesaal der Armut verläßt, schreit ihm von der anderen Straßenseite ein Würstlbrater zu: »Die saftige Riesenbratwurst nicht übersehen, meine Herrschaften!« Auf dem Standlbuffet häufen sich goldgelbe Schinkenhaxen und üppig belegte Wurstsemmeln. »Freilich ja, freilich ja – aber nicht für jeden!« singt ein Bäckerstift, der gerade auf dem Radl vorbeifährt.

(ABENDZEITUNG, 24. Februar 1950)

Das Hotel der Gestrandeten

»Hör mal zu, Luise, nu ham wa keen Freier, nu müss' ma die olle Zicke von da Mission aufs Kreuz schmeissen«, hörte Blasius eine verwelkte Großstadt-Orchidee zu ihrer mit giftigem Rot betuchten Freundin sagen. Die beiden schrägen Mädchen begeben sich mit schaukelndem Kamelgang zu einer traurigen Holzbaracke am Hauptbahnhof-Südbau. »Übernachtungsheim der Bahnhofsmission«, das Hotel der Gestrandeten, Gestrauchelten, der Halb- und Vierfünftelverhungerten, der Käuflichen und Unverkäuflichen, der Arbeitsscheuen und Arbeitsuchenden, der menschliche Schuttabladeplatz und Komposthaufen einer zivilisierten, überkultivierten, überbevölkerten Großstadt. Vor dem Barackeneingang sieht Blasius allerlei Dreigroschenoper-Gestalten und Figuren aus Maxim Gorkis Nachtasyl. Mehrere Mädchen, welche bei jedem vorbeigehenden Jüngling die rechte Augenbraue hochziehen, zwei vergrämte Schutzleute, ein junges Ding ohne Arm und eine beinamputierte Frau, einen Betrunkenen mit Gesichtsfalten wie ein alter Geldbeutel, zwei Frauen, die ein Kind in einem Wäschekorb mittragen und schließlich einen jugendlichen Streuner, der auf zwei Ziegelsteinen sitzt und immer wieder mit einem langen Speichelstrahl auf die Schaftstiefel der Schutzleute zielt ...

Es beginnt leise zu regnen und die Obdachlosen stauen sich an der Barackentür wie Treibholz an einer Schleuse. Im Vor- und Anmelderaum, den man in dem feinen Hotel vis-à-vis Foyer nennt, riecht es hier nach Läusepulver, Malzkaffee, Schweißfüßen und dem 4712 der armen Leute, nach Lysol.

»Flüchtlinge 7, Evakuierte 4, Frauen mit Kindern 3, obdachlose Münchner 4, Grenzgänger 2, einzelne Kinder 2«, registriert das freundliche Schalterfräulein im Gästebuch und antwortet auf die Fragen des Spaziergängers: »Ja, ja, geklaut wird natürlich hier – manchmal bringen die Mädchen auch Freiersmänner mit – manchmal haben wir im Frauenschlafzimmer, in dem 20 Betten stehen, auch schon Männer unter den Decken gefunden, die sind durchs Fenster eingestiegen – ja 80 Prozent der Schlafgäste erzählen Märchen über ihr Schicksal, arme Teufel aber sind sie alle.«

Blasius wird von einem Mädchen mit gelber Fadennudel-Frisur um den Rest seiner Zigarette angeschnurrt. Die Kleine nimmt die Kippe, hebt dann ungeniert ihren Rock hoch und klemmt ihren Strumpf mit einem Pfennig am dunkelweißen Strapsband fest. Eine Frau, in deren Gesicht die Nerven zucken, weint haltlos in ihre Brotsuppe. »Dieser Verbrecher, mein Mann, rausg'schmiß'n hod a mi aus meina Wohnung, der oide Heislbruada. Sei Vatta war scho im Zuchthaus und er hod soiba aa scho vier Johr Knast owagriß'n.« Die Frau wird vom Weinen gestoßen, daß der Blechlöffel zwischen ihren Zähnen klappert. Dann wird ein kleines Kind hereingeführt. »D' Tant' haut mi oiwei, jetz bin i iahra davoglaffa.« Mutter tot, Vater vermißt, eine entfernte Verwandte hat das Mädel widerwillig aufgenommen. Prügel gab's viel und dann gab's auch noch solche Sachen zu hören und zu sehen, die das elfjährige Mäderl längst nicht mehr an den Storch glauben lassen, erfährt Blasius. Das Kind kann für die Nacht bleiben, morgen wird es in die gütigeren Hände des Stadtjugendamtes kommen.

Um 21 Uhr liegen 25 krumme Gestalten auf den amerikanischen Feldbetten im Frauenschlafsaal. Zerrissene Strümpfe, Schuhe mit Notausgängen für eindringendes Wasser, speckige Aschenbrödelkleider und Reisekoffer mit der

Aufschrift »Persil« liegen und stehen auf dem Boden herum. Bald soll diese Elendsbaracke abgerissen werden. An ihrer Stelle wird auf dem freigewordenen Gelände ein Luxushotel mit fließendem kalten und warmen Wasser, Haustelephon, Entlüftungsanlagen, einem Lieferanteneingang und einem Portier, der fünf Sprachen spricht, entstehen. Freilich für eine andere Kundschaft.

(ABENDZEITUNG, 14. April 1950)

Warte nur bald ...

Blasius geht durch ein Flüchtlingslager. Seit die Menschheit den indirekten Beschuß, die doppelt-geheime Staatspolizei, die Wahrheitsspritze und die vier großen Freiheiten erfunden hat, sind auch Flüchtlingslager notwendig. Das Lager, das Blasius besucht, ist ein sogenanntes Durchgangslager, was besonders dadurch bestätigt wird, daß die meisten der modernen Kulturnomaden, die es bewohnen, schon seit Jahren in diesen Baracken hausen müssen. Um das Lager herum ist immer noch das zackige Liebesband von Röchling und Co., ein Stacheldraht, geschlungen. Dieser Stacheldraht ist sicher deshalb dort, damit die Not nicht aus dem Lager heraus kann, sonst könnte sie vielleicht auch einmal zu denen kommen, die an ihr schuld sind.

Am Ende des Elendsdörfchens ist ein Kinderspielplatz. Dort vergnügen sich die frühreifen Kleinen mit den Produktionsabfällen unserer Zivilisation. Ein putzwollhaariges Mädchen, dem die alte Rittmeisterhose, die es trägt, bis zu den Ohren geht, hat einen Gasmaskenfilter auf dem nahen Schutthaufen gefunden und bläst »Hänschen klein« darauf. Ein Bub mit bloßen Brikettfüßen zieht an einer Schnur den Henkel eines Nachtgeschirrs hinter sich her und sagt »Hü« dazu.

Vor den Lagertoiletten warten zwei Frauen bis sie drankommen, denn vom Flüchtling kann man verlangen, daß er sich seine Bedürfnisse einteilt. Ein Flüchtling der es zu etwas bringen will, hat überhaupt sein Innenleben bis auf die Nieren in der Gewalt.

Blasius betritt eine der traurigen Sperrholzhöhlen. In einem Raum, halb so groß wie das Vorzimmer eines Wohlfahrtsreferenten, hausen vier Familien mit zwölf Personen. Ein unendlich alter Mann, verwittert wie der Kilometerstein 16 kocht auf einem OT-Ofen ein graues Süpplein. Über dem Öferl hängt eine großdeutsche Unterhose zum Trocknen und in gleichmäßigen Abständen tropft es von dieser in die Wallach-Bouillon. Der Mann trägt einen seltsamen Havelock, in dem er ausschaut wie ein Kaffeewärmer. Er mußte den Schnitt seines Kleidungsstückes leider dem Wohlfahrtsamt überlassen, hat aber zur Zierde den Kragen mit einem Pelz besetzt. Blasius erkennt ihn klar. Es ist ein Bisamschwanz.

Im gleichen Raum wäscht sich gerade ein 17jähriges Mädchen die Füße, ihre Freundin färbt sich die Wangen mit Kornfrankpapier, und eine Frau, die guter Hoffnung ist, lobt laut ihren Mann, der an einem fünfstrangigen Expander zieht. Die anderen Aftermieter und die Kinder kommen erst abends heim. Zwei von den Baracken-Bambinos wurden in diesem Raum geboren. Die Ballade vom Storch ist ihnen unbekannt.

Mit Bitternis liest Blasius den Küchenzettel der Durchgangsflüchtlinge. Da hat schon doch ein Ministerialsekretär mit einem eigenen Tagesverpflegssatz von zwölf Mark einwandfrei errechnet, daß ein Flüchtling mit 1,10 Mark im Tag für Essen auskommen kann. Die Lagerinsassen müssen sich halt nur hübsch ruhig halten und dürfen sich nicht zuviel rühren, damit die staatlichen Kalorien nicht nutzlos vergeudet werden. Das ist auch ganz gut so, wenn man den Heimatverjagten nicht so viel Betriebsstoff gibt, sonst laufen sie dauernd auf die Ämter und belasten den Behördenapparat. Aber mit 1,10 Mark kommen sie nicht einmal bis zur Trambahn und entwickeln auch keine aufwieglerischen Gedanken, weil sie dauernd Schlaf haben.

Blasius möchte nicht mehr weiter erzählen von diesen menschlichen Schuttabladeplätzen unserer großartigen Staatsmänner. Nur ein Vers wäre noch zu berichten, den ein unbekannter Flüchtling mit einem Kalkbrocken an die Wand einer Baracke gekritzelt hat. Er behandelt in holprig trostlosen Worten das Gemeinschaftsschicksal der Vertriebenen und schließt mit den fröstelnden Zeilen:

» – – Die Baracken sind kalt
warte nur bald
flüchtest auch Du.«

(ABENDZEITUNG, 2. November 1951)

Wärmestube mit Musik

In 30 Wirtschaftsnebenzimmern gibt die Stadt München während des Winters an tiefgekühlte Steuerzahler gebührenfreie Wärme ab. Blasius besucht eines dieser Lokale, in denen sich die unverschuldet in Kohlennot geratenen Kalten Bürger um die Weiße Wamsler-Walze scharen. Gleich am Eingang sitzen drei abgenutzte Invalidenrentner und spielen mit einer vollfetten Karte (40 Prozent Fett i. T.) Schaffkopf. Einer davon hat gerade ein Solo gewonnen und wackelt darüber freudig mit dem Kopf wie die Reklamefiguren bei den Würstlverkäufern. Sein Gegenüber raucht aus der Pfeife des letzten Mohikaners Teile eines Rokokosofas oder die Reste eines Kokosläufers. Über seinem Kopf auf einem Plakat steht zwar, »Lieber eine Roxy«, doch der alte Armenhäusler will diesen

Hinweis wohl aus purer Bosheit nicht befolgen. Der dritte im Bunde ist die graue Eminenz der Wärmestube. Alles an ihm ist grau, die Haut, die Pulswärmer, die Zukunft. Auch die einäugige Stadelheimer Gedächtnissuppe, die er ansaugt wie ein halbverstopfter Ausgußgully die letzten Reste des Abspülwassers, hat diese Lieblingsfarbe der Armen.

Der Perpendikel eines braunen Regulators über den Köpfen der drei, zerhackt ihnen ihren armseligen Lebensabend. In einer Ecke sitzen vier Frauen mit verschwimmenden Formen und stopfen Strümpfe, die durch das dauernde Flicken schon mindestens um zwei Nummern größer geworden sind. Eine, die noch die romantische Schneckenfrisur unserer Großmütter trägt, verarbeitet einen dreiringeligen Infanteriesocken zu einer Bauchbinde für ihren Untermieter Felix.

Die zweite Frau trägt einen Kulihut von der Form der öffentlichen Luftschutzsirenen, und die dritte löffelt die aufgeweichten Brocken eines Mohnzöpferls aus einer henkellosen Kommuniontasse. Da beginnt die Frau mit der Bäcker-Seidl-Frisur den interessanten Lebenslauf von dem belgischen Riesenhasen ihres Zimmerherrn zu erzählen: »Aba auf Weinachtn kimmd a dro«, eröffnet sie den drei lauschenden Kolleginnen. »As Hosnjung gibts am Heiligen Abend, und aus de Fiaß und am Bauch macht da Felix an Hasnlebakös. Den soin S' amoi probieren«, frohlockt sie im Vorgeschmack und öffnet den zahnlosen Mund, der so leer ist wie der bewußte Kassenschrank vom Arbeitsamt.

Dann betritt ein Mann den Raum, der von den Anwesenden als Herr Professor begrüßt wird. Er trägt einen alten Gehrock, von dem Schwänze abgeschnitten sind, einen Boogie-Woogie-Ringelpullover und an den Beinen die Skigamaschen eines italienischen Bersaglieri. Sein Bart ist fransig und bleich wie Porreewurzeln, und das Gesicht vom Lebenskampf liniiert wie ein Schnittmusterbogen. Er setzt sich auf die lange Fensterbank, auf der mehrere Spitaler in das trostlose Dezembergrau dämmern. Die Augen dieser Männer sind stumpf und abgegriffen, wie die Kugeln auf alten Bonbongläsern. Sie schauen in demütiger Wartesaalhaltung ratlos auf ihre krummen Überstundenfinger, durch die ihnen ihre freudlosen Tage rinnen.

Ein Mann mit einer Wolchowmütze kommt herein und bietet ein Paar alte Schuhe zum Verkauf an. Die Absätze hat er selbst aufgerichtet mit Metzeler Halbballon, und die Ausbuchtungen für die Frostbeulen sind im Preis bereits inbegriffen. Die Schuhe sind so steinhart, daß man die Zunge auch gleich als Schuhlöffel hernehmen könnte. »Mi griangs nimma zum Barras«, verkündet drohend ein völlig ausgehöhlter Sozialrentner, der stark nach RIF-Seife riecht. Eisenhower wird auf ihn verzichten müssen.

Nachmittags um fünf Uhr kommt eine Schrammelkapelle. Der Zitherspieler singt mit seinem von der Stadtverwaltung bezahlten Tenor »Du schwarzer Zigeuner«, und der Kriegsdienst-Verweigerer ergänzt witzig: »Kumm geh' a weng eina.« Als niemand drüber lacht, zieht er eine Brotrinde, an der viele Wollwukkerl hängen, aus seiner handgetriebenen Manteltasche und beginnt beleidigt zu lutschen wie ein Säugling. Bei den Paul-Lincke-Melodien kriegen die Alten Zuckergußaugen, und die Dame mit den berechtigten Leberkäs-Aussichten singt leise den Refrain mit »Eventuell – eventuell«. Mit zwei abgewetzten Suppenlöffeln begleitet ein Gast die Musik, indem er auf einem Stuhlsitz mittrommelt. Wenn es Beifall gibt, verbeugt er sich stolz mit der Kapelle.

»Sie, kenna S' a des Kenig-Ludwig-Liad«, fragt ein verbogenes weißhaariges Männchen und beginnt vorzusingen, »Doktor Gudden der wollt' helfen ...«, als er aber merkt, daß seine Stimmbänder schnarren wie ein schlecht aufgezogener Taschenwecker, fängt er an, lautlos zu lachen und setzt sich ganz nahe zum Ofen, wo es ihn noch lange stößt.

(ABENDZEITUNG, 14. Dezember 1951)

Ihre Heimat ist der Güterwagen

In dem morschen Eisenbahnwaggon mit der verwaschenen Frontleitzahl hauste schon immer das Unglück. Einst wurden Granaten darin befördert, dann Verwundete, Tote, Gefangene. Heute steht der Güterwagen ohne Räder auf einer großen Wiese am Stadtrand. Eine Herberge des Elends.

Ziegelbrocken beschweren die rostigen Blechfetzen auf dem Dach, eines der schmalen Schlitzfenster ist mit Brettern vernagelt, das krumme, dünne Ofenrohr ragt wie ein verschüchterter Zeigefinger in den grauen Dezemberhimmel. Es führt kein Weg zu dem Wrack. Eine magere Frau mit russischen Filzstiefeln trägt langsam zwei Wasserkübel durch den Morast. Es ist ein Bild wie am Wolchow. Die Frau wohnt mit ihrem Mann und dem kranken Sohn seit 1950 in diesem Güterwagen. Zum dritten Male »feiern« sie hier das Weihnachtsfest.

Eine gemütliche Vierzimmerwohnung hatte die Familie D. in Deblitz. Der Mann war Bäcker, die zwei Kinder und die Frau waren gesund. Nach dem Kriege wurde Herr D. aus seiner Arbeitsstätte und der Wohnung vertrieben. Er sollte in ein Bergwerk. Das Unglück brach über die Familie herein. Der Bub Karl verletzte sich das rechte Bein, das dann im Wachstum zurückblieb. Die kleine Edeltraud bekam eine Wirbelsäulen- und Knochentuberkulose. Zwei Oberbetten, ein paar Wäschestücke und ein kleines Säckchen mit Mehl und Fett hatten die Flüchtlinge in ihren Bündeln, als sie 1950 illegal die Zonengrenze nach dem Westen passierten.

Vier Wochen schliefen sie in Münchner Bunkern. Dann bekam Herr D. Arbeit als Kohlenträger. In Freimann entdeckte der Bub auf einem Abstellgeleise den ausrangierten Waggon. Sie schrieben ein Gesuch, und die Bahn erklärte sich bereit, den rollenden Invaliden für 200 Mark an die Obdachlosen zu verkaufen. Der damalige Arbeitgeber des Herrn D., der Kohlenhändler Leidmann, stiftete das Geld. Eine Zugmaschine beförderte das Vehikel auf die Laimer Schäferwiese. Für zehn Mark Monatspacht stellte der Besitzer den Platz zur Verfügung. Der Wagen wurde mit Pergamentpapier ausgeschlagen, mit einer Decke abgeteilt, und die Familie zog ein. Aber das Unglück zog mit.

Karl, der 16jährige, mußte sich am Hüftgelenk operieren lassen und kam 14 Wochen ins Krankenhaus. Sein rechtes Bein blieb kürzer als das andere. Er sitzt seit Wochen zu Hause und liest zum dritten Male das selbe Buch. Wenn es regnet, stellt er alte Büchsen auf, in denen das Tropfwasser das monotone Lied der Armut spielt. Edeltraud liegt seit Mai in der Klinik in Harlaching. Wenn sie die Mutter besucht, geht sie meistens zu Fuß. Hin und zurück knappe fünf Stunden. Der Vater arbeitet bei einem Altpapierhändler. Auch Frau D. hat das eine Zeitlang versucht. »Aber der Doktor sagt, jetzt habe ich Wasser«, sagt die Frau mit dem ausgelaugten Gesicht, und dann hustet sie trocken; der Bub deutet verstohlen auf ihre Brust. Von der Decke hängt eine nackte Glühbirne. Doch der Stromanschluß ist 40 Meter entfernt. Deshalb brennt sie nie.

Um Viertel nach sechs Uhr geht der Vater täglich in die Arbeit. Wenn es kalt ist, gefriert der Kaffee in der Kanne. Dann sticht er mit dem Messer die Eisrinde heraus und füllt den Rest in ein Bierflaschl, für mittags zum Warmmachen. »Wenn ich bloß meine Traudi zu mir holen könnte«, sagt die Frau, »aber hier erfriert sie mir ja.« Ihr Mund und die Augen werden ganz schmal, als ob sie weinen wollte. Aber sie hat keine Tränen mehr.

(SÜDDEUTSCHE ZEITUNG, 1. Dezember 1952)

Blick zurück in leiser Wehmut

Zu allen Zeiten, im Krieg wie in den turbulenten Jahren nach 1945, träumte sich Sigi Sommer zurück in das alte München seiner Kindheit. Wie kein anderer hat er mit fotografischer Genauigkeit die winzigen Freuden und den Alltag des sogenannten kleinen Mannes liebevoll geschildert. Ja, das gab es wirklich: Eine Zeit, in der es ganz selbstverständlich war, daß sich der Familienvater am Ausguss in der Küche rasierte und dabei immer die gleichen Ermahnungen seiner Frau zu hören bekam ... und ein Medizinkastl findet sich heute noch in jedem Haushalt.

Das Medizinkastl

Wer ein echter Münchner werden will, kränkelt bei Zeiten. Jeder g'schtandne Bürger, der etwas auf sich hält, legt sich deshalb frühzeitig genug ein gangbares Leiden zu. Mit diesem spielt und protzt er dann wie mit den Grandl'n an seiner Uhrkette, er hegt und pflegt es, verteidigt es gegen herabmindernde Nachrede und hat im Stillen nur den einen Wunsch, wenn er tatsächlich daran sterben sollte, daß er all denen, die an seinem Märtyrertum zweifelten, in letzter Minute noch zurufen kann: »So, jetz' habt's es! Ganz recht g'schiecht's eich – warum habt's es nia glaabt!«

Die beliebtesten Krankheiten des Münchners sind die, von denen er am weitesten entfernt ist. Auch bevorzugt er Leiden mit romantischen Namen und solche, die auf ein gutbürgerliches Leben schließen lassen. Mit unästhetischen oder ansteckenden Krankheiten ist am Stammtisch nur wenig Staat zu machen. Dagegen sind Herz und Leber, Magen, Blutdruck und Atemnot populäre und ergiebige Gesprächsthemen. Sehr taktlos ist es, wenn man einem wunschkranken Münchner seine Leiden auszureden versucht oder gar von seinem blühenden Aussehen spricht. Mit beleidigter Stimme wird er stets darauf antworten: »Des is's ja grad, was mi a so unglücklich macht, weil des a so deischt! Alle Leit sag'n, i schaug aus wia da Schoin-Kini, dawei is da Wurm drin in mia! De foisch'n Verdächtigunga bringa mi no ins Grab!«

Es gibt wohl keine Gegend in ganz Deutschland, wo es mehr Apothekerkastl gibt als in München. Den Maßkrug, den Dreifuß zum Schuhdoppeln, seinen Kanari und das Medizinschrankerl wird der Münchner immer, vor seiner Alten und dem Muskatnußhaferl mit dem Gas- und Lichtgeld, aus seinem brennenden

Haus retten. In einem vorschriftsmäßigen Apothekerkastl findet man zahlreiche Stranitzen mit ausgerauchtem Tee, essigsaure Tonerde in einem Bierflaschl, ein Schachterl mit übermangansaurem Kali, dessen Inhalt ausreichen würde, um das Rote Meer blau zu färben sowie unzählige Glasröhrl und Büchserl mit Aufschriften, die kein Mensch lesen kann. Der Hang des Münchners, seine angewohnten Krankheiten selbst zu kurieren, war schon immer bares Geld. Davon hatten die alten Münchner Originale, der Balsam-Beni, der Natur-Ingenieur Werner von der Kreuzstraße, der Wurzelsepp und viele Kräuterweiberl gesunde Tage. Die neuzeitlichen Tabletten-Industriellen können auf die eingebildeten Kranken sogar wuchtige Hypotheken aufnehmen und ihre Villen und Rentenhäuser damit abdichten.

Die augenblicklichen Treffpunkte aller Leidenden sind jene Apothekerauslagen, in denen als neuester Reklameschlager und heimlicher Krankheitserreger ein Sperrholzmensch ausgestellt ist, an dem man den ganzen Blutkreislauf verfolgen kann. Erschauernd steht der Sterbliche vor diesem Menetekel, auf dem zu lesen ist, wie viel Blut das Herz in einem Tag pumpen muß – und daneben die bange Frage: »Und was tust Du für Dein Herz?«

Schwer lasten da die inhalierten Salvator- und Wiesenmaßen, die Virginias und das übermäßig geschlürfte Kaffeesüpperl auf dem Gewissen der Umstehenden, die sich gegenseitig in die Iris schauen und in Kollektivschuld zunicken. Die Augen und Ohren einwärts gerichtet, überprüfen sie in angstvoller Selbstkontrolle ihre Innereien. Unheilbar seufzend löst sich schließlich der Kreis der Schaufensterkranken auf. Nach ein paar Schritten schnauft jeder kräftig durch, wirft noch einen scheuen Blick auf die Verbliebenen und zitiert endlich dankbar den berühmten Ausspruch Weiß Ferdls: »D' Leit ham a rechte Freid, weil's bei mia so weit feit! Aba d' Leit wiss'n an Dreeg, – soweit feit's bei mia net!«

(SÜDDEUTSCHE ZEITUNG, 24. Februar 1951)

Morgenstund ...

Um sechs Uhr scheppern die Milchkannen, um sechs Uhr zehn das Rollo des Grünzeughändlers Isemann, um sechs Uhr zwanzig schreit die alte Zieglerin ihrem Mastdackel »Geeest du her«, und wenn die Zeitungsfrau am Briefkasten klappert, steht die siebenfache Mutter Riegelsam auf. Zuerst muß sie »Schpaa« machen. Wenn die Bündelholzscheite einen Ast haben, stöhnt sie ganz leise. Dann tönt der monotone Kornfrank-Walzer der Kaffeemühle durch das halbwache Haus. Die Schlafzimmertür geht auf und der Vadda kommt mit dem Wecker in der Hand. Dieser geht seit zehn Jahren genau um 14 Minuten vor und darf nicht richtig gestellt werden.

Der Haushaltungsvorstand wäscht sich am Ausguß, und kaum hat er den ersten Spritzer getan, kommt die Riegelsamin schon mit dem Putzlumpen. Seit einem Vierteljahrhundert sagt darauf er: »Marie, i hob das scho tausendmoi gsagt, du soist ma ned oiwa zwischn de Fiaß rumschliaffa.« Die Marie aber erwidert seit derselben Zeit: »O mei Alois, a jeds konn hoid de Nässn ned seng.« Dann nimmt der Vadda das Rasierhaferl vom Gas, und beim ersten Schaber schimpft er. »Hod de Liesl scho wieda mein Apparat fia ihre schpinnad'n Aug'nbraun herg'nomma.« Die Mutter macht »d, d, d« und nimmt den kleinen Edi in Empfang, der mit geschlossenen Augen und dem einarmigen Bären Wumba in der Küche eintrifft. »Wia sogt ma denn«, mahnt sie und schlägt mit den Augen eine Brücke vom Edi zum Pappa. »Gud mojng, Pappa.« Die Fanny und das Hannerl kommen und der halbwüchsige Peppi, der den Edi waschen muß. »Deats ned gor so pritscheln«, bittet die Mama, und der Edi kreischt wie eine Trambahn, weil ihm der Peppi das rechte Ohr schadenfroh schon zum zweitenmal wäscht. Ein Schrei geht durchs Zimmer: »D' Muich lafft üba.« Die Mutter streut Salz auf die Ofenplatte.

Aus dem Stiegenhauskammerl, wo der ältere Bruder schläft, hört man schweres Schnaufen. Der Max liegt auf dem Kammerlboden im Liegestütz, nur mit der langen Unterhose bekleidet. Er ist im Athletenverein »Ursus« und wurde beim letzten Wettstemmen Vierzehnter. Auf Ostern will er mindestens den achten Preis gewinnen. »Heit bin i dro«, triumphiert das Fannerl und reißt das Kalenderblattl ab. Sie liest vor: »Mannesmannröhren sind vollkommen nahtlos«, denn es ist ein Reklamekalender. Mit falsch eingeknöpftem Leiberl steht der Korbinian auf dem Kanapee und weint. Das Annerl zieht ihm mit einem sechszahnigen Kamm einen Triangelscheitel. »Schnoi, hoi bei da Frau Seidara an Waschhausschlüss'l«, sagt die Mutter, und das Annerl hüpft im Dreisprung davon. Da kommt der Peppi jammernd vom Gang herein. »Mama, i kon wieda ned nei, da Max sitzt scho drei Stund drin und liest sein Wallasch-Roman.«

Die Mutter schneidet, von sechs Untersuchungsrichterblicken begleitet, das Pausebrot und streicht »das Marmalad« auf. Dann rührt die ganze Familie rechts herum in den Kaffeehaferln. Der Edi sitzt vor dem Schuhbankerl, auf dem seine Schüssel steht. »Nimm dein Löffel gscheit«, tadelt der Pappa. Mit unruhigen Blicken verfolgt der Peppi, wie sich der große Bruder Max ein Kunsthonigbrot aufstreicht. Jeden Tag schreibt der Max mit der Gabel seinen Namen in die obere Würfelfläche. Aber der Peppi hat den süßen Klotz geschickt von unten her ausgehöhlt, und jeden Augenblick kann die Oberfläche einbrechen. »Mama, d' Fanny trinkt scho wieda an Kaffee aus'm Untersatz«, ratscht die Anni. Der Korbi probiert es auch heute: »Oan Zugga, Mama«, und er platscht mit dem Aluminiumlöffel heftig in seinem Emailleschüsserl. Aber die Mutter bleibt hart. »Is scho drin, Korbi, rühr nur fest um.« Schließlich legt der Vater den Alpakalöffel, der auf einer Seite schon halb aufgegessen ist, weg. Der Aufbruch beginnt.

Die Mutter zupft dem Marktaufseher Riegelsam noch schnell ein Flinserl vom Mantelkragen und fragt mit guten Augen: »Hast ois, Pappa, d' Schlüss'l, Trambahnkart'n, 's Daschntuch, 's Goid?« Dann murmelt der Vater: »Oiso pfiad eich.« Er hört das Antwortecho noch auf dem Gang, und wie die Mama wieder hereinkommt, sagt sie mit einem ahnungsvollen Blick auf ihre Sippschaft: »O mei, kummt da Doog, bringt da Doog.«

(ca. 1952)

Stöber-Bazillen

So wie der Samum über das Betschuanaland im Lenz die geheimnisvolle Beri-Beri-Krankheit bringt, so trägt der Frühjahrswind den gefährlichen Stöber-Erreger (fummelus rasus) in die Münchner Stadt. Er befällt mit Vorliebe die im allgemeinen grundgütigen Hausfrauen zwischen 35 und 65. Die sichersten Anzeichen der bevorstehenden Erkrankung sind ein unruhiges Flackern der Augen, ein schlecht eingesäumtes Lächeln in den Mundwinkeln sowie das gesteigerte Verlangen nach Mottenkugeln, Stahlspänen und Emaillelack. Am Tage der Krise binden sich die betroffenen Frauen zum sichtbaren Zeichen ihres Leidens weiße Tücher um den Kopf. Dann vertreiben sie ihren treusorgenden Gatten, mehrere eingeschüchterte Kinder und den Familienkater Jakob mit hocherhobenem Ausklopfer aus der beschlagnahmefreien Drei-Zimmer-Wohnung und beginnen mit einer rabiaten Stöberhilfe ihr Reinigungs- und Zerstörungswerk.

Zuerst wird der unverwüstliche Boucléteppich aufgerollt und im Hof von zwei Seiten so vernichtend geklopft, bis sich das persische Blumenmuster erschöpft auflöst. Sodann werden die Kästen trotz ihrer splitternden Vorderfüße gewaltsam in den Gang gerückt und die Küchenottomane auf den Kopf gestellt. Mit Sicherheit stößt dabei der Stöberstoßtrupp an den Beleuchtungskörper, dessen schicksalhaftes Perpentikelschwingen mit angehaltenem Atem verfolgt wird. Schließlich holt die Hausfrau eine kleine Staffelei, zwickt sich beim Aufklappen zwei Brombeerblasen knapp neben die Lebenslinie und beginnt, die Schlacht bei Ampfing hinter Glas, ein dürrgewordenes Blumenstilleben und zwei verkümmerte Hirschgrandl von der Wand zu nehmen. Wie sie die dahintersitzende mürrische Spinne entdeckt, sagt sie ahnungsvoll: »Spinne am Morgen, Kummer und Sorgen.«

Nun fallen die beiden im Liegestütz über den Boden her. Durch den Stiegenhaus-Geheimmeldedienst hat die Senftlin erfahren, daß die Schwengelbergerin vom Parterre den schönsten Boden von der ganzen Mondstraße hat. Diese Jahresbestleistung muß unter allen Umständen überboten werden. Zischend vermischen sich die Schweißtropfen der zwei Stahlspan-Aktivistinnen mit der scharfen Lauge, die sich behaglich bis in die Mittelhandknochen hineinfrißt. Gegen Mittag treffen sie, rückwärtsarbeitend, in der Zimmermitte mit den Holzschuhen aufeinander und kochen sich aus Anlaß dieser Äquatortaufe einen Kaffee. Schade, daß die Senftlin im allgemeinen Durcheinander statt der Tüte mit dem Staubzucker die Sodastranze erwischt.

Am Nachmittag werden die Fenster ausgehängt und auf der sorgfältig ausgebreiteten Sonntagsbeilage zusammen mit dem Unterarm weiß gestrichen. Der Gott, der Eisen wachsen ließ, vergaß auch nicht, die Silberbronze zu erschaffen, mittels welcher das Ofenrohr mit einem glänzenden, etwas batzeligen Anstrich versehen wird. Mit dem Rest wird auch dem »Hansi« sein Eigenheim bronziert. Leider kommt der Kanari dabei aus, er bleibt aber bei seinem versuchten Start ins Freie auf dem frisch angemalten Fensterbrett pappen.

Wenn wieder alles halbwegs eingeräumt ist, geht es noch schnell in den Keller. Dort wuchern die engerlingfarbigen Triebe der letzten Kartoffeln um den Hackstock, denn nicht nur die Bäume schlagen im Frühjahr aus. Eine weiße Strafraumlinie zieht sich vom Kübel mit den Kalkeiern zum Kerzenleuchtereck hinüber. Das übrig gebliebene kleine Häuflein Kohlenstaub, das sich geniert, weil es nur so einen geringen Heizwert hat, schaufelt die Senftlin in eine alte Schuhschachtel und gibt es dem Bruder Ofen, zusammen mit dem Papier vom Fensterstreichen, zum Abendessen. Mit stetig nachlassendem Blutdruck steht sie dann neben der entlohnten Zugehfrau im Zimmermittelpunkt, betrachtet zufrieden ihr Werk, und langsam siegen die weißen Blutkörperchen wieder über den rätselhaften Bazillus der Stöberzeit.

(SÜDDEUTSCHE ZEITUNG, 3. April 1952)

Über das Benehmen am Ausguß

Jeder kennt die Gebote Gottes. Es waren ihrer zehn. Gleich hinterher haben die Menschen in ihrem emsigen Bestreben, es dem Herrn gleichzutun, zusätzliche Verbote, Gesetze und Vorschriften ersonnen und erlassen. Es sind ihrer Tausende. Neben diesen amtlichen Tellerminen der Bürokratie, die den Lebensweg des Erdenbürgers säumen, haben sich die lieben Mitmenschen aber auch noch gegenseitig zahlreiche Fußangeln, Mausfallen, Knallfrösche und Legbüchsen auf ihren schmalen Trampelpfad gestreut. Das sind die ungeschriebenen Gesetze über Anstand und Benehmen. Es sind ihrer ungezählte. Viele davon regeln unsere Umgangsformen im trauten Heim, rings um den häuslichen Herd, inmitten unserer Lieben. Der kluge Mensch befolgt sie um des lieben Friedens willen. Wir haben eine Anzahl dieser Anordnungen, Hinweise, Empfehlungen und Forderungen, die im Laufe eines Tages in einem Münchner Durchschnittshaushalt anfallen können, notiert:

Pritschl fei net so am Ausguß! Des viereckate is d'Handsoafa! Bleib doch endlich auf'm Blech steh und tritt net mit de nassn Fiaß ins Gwachste! Paß halt a bißl auf mit'm Zahnpasta, da ganze Bodn is schon weiß, und verspritz an Schpiagl net a so! Des blaue is as Hand-Handtuach, des weiße ghört fürs Gsicht! Drah doch as Gas kloana – muaß's denn oiwei übers Haferl nausbrenna z'wengn dein Rasierwassa! Wenn de oa Flamma schon brennt, brauchst doch koa neis Zündhölzl net, spar doch a bisserl! Loan di doch net a so an d'Herdstanga, muaßt as denn ganz runterreißn! Paß auf, daß d'net de ganzn Haar vom Kampe an Bodn wirfst! Ziag's Überhandtuch wieder vor! I hab da's scho hundatmoi gsagt, des is da Schpuilumpn, des is da Ausgußlumpn, des is da Herdlumpn, und an den konnst die Rasierklinga hiputzn, merk das doch amoi! Knöpf doch deine Hemadbindl auf, wennst neischliafst! D'Krawattn hast aa wieda net aufgmacht! Mach koa Fuaßbad beim Kaffeetrinka und bresl net a so! Nimmst scho wieda an feichtn Kaffeelöffl für'n Zucka! Schlürf doch net gar a so! Muaßt in aller Herrgottsfriah schon raucha!? Legs Brot richtig auf'n Tisch, mit da Moihseitn nach obn! Beim Eßn tuat ma d'Zeitung weg! Wickl d'Hausschlüssel ins Taschntuach, damitst net alle Taschn durchbohrst!

Host da d'Fiaß o'putzt? Schliaf fei glei in d'Hausschuah nei! Muaßt as wieda hint nuntadretn, schliaf hoid gscheit nei! Tua an Regnschirm aufgspannt in d'Badwanna, wenn a naß is! Den naßn Huat und an Mantl schüttelst fei im Stiagnhaus aus, aba net an d'Wand hischlenzn! Häng fei an Mantl an Kleidabügl! Jedsmoi nimmst den mein, der rotghäklte is doch da deine! Mach doch d'Schuahbandl auf, wennst as ausziagst und stell d'Schuah am Gang naus, aber gscheit nebaranand! Sitzt scho wieda auf'm Plotz von da Kloan!

Tua doch net so vui Soiz nei ins Eßn, des muaßt no amoi biaßn! Ißt wieda's ganze Fleisch zerst! Kratz net a so mit'n Messa! Vertrenz d'Tischdecka net! Trink net oiwei unters hoasse Eßn nei! Iß ganz aus, 's Sach is ois mit Butta gkocht! Legst die scho wieda mit de Schuah auf d'Otteman! Drah doch wenigstens as Kißn um! 's Sackl hot a aa wieda übern Schtui ghängt! Machs Liacht am Gang aus, wennst ins Bett gehst! Jetzt lest a scho wieda de ganze Nacht! Jetzt schnarchst scho wieda – leg die hoit auf d'Seitn!

(SÜDDEUTSCHE ZEITUNG, 24. April 1953)

Kleine Gassenbuben-Chronik

Zusammen mit den Tonnenpferdln, den alten Laternenanzündern, den Hofsängern und dem Warschauer – der uranschweren Fünferltorte – ist auch der Münchner Gassenbub fast verschwunden. Er hat dem sachlichen Holiday-Boy Platz gemacht, der mit genieteter Leinenhose an der Ecke steht und mit so einem Ferientag nicht viel mehr anzufangen weiß, als ihn gelangweilt anzubeißen und dann wieder wegzuschieben. Er wartet wohl nur darauf, bis er halbstark und kinoreif ist. Nur noch wenige Buben zwischen sechs und zwölf kennen aus der Überlieferung ihrer unkompliziert aufgewachsenen Eltern die Freuden und Wonnen der Sommerfrische auf Münchens Straßen.

Sie begann immer damit, daß der Zampe am ersten Vakanztag ein Fuchzgerl bekam, das in einen Zettel eingewickelt war, auf dem »Haarschneiden« stand. Der Familienfriseur wußte dann schon wie. Er winkte dem jüngsten Lehrbuben, und der scherte zuerst einmal mit Maschine III eine radikale Einbahnstraße in die verfilzte Brunnenwasserprärie, damit kein Protest mehr möglich war. Entsetzt starrten die Delinquenten nachher auf ihre kahlen Lauskugeln und das zum Vorschein gekommene Gelände mit den jähen Tälern und unvermuteten Buckeln. Zufrieden aber lächelte die ganze männliche Verwandtschaft, und kein Onkel ließ es sich nehmen, dem Buben in sanftem Erinnerungsschauer in Gegenrichtung über das weite Stoppelfeld zu streichen. Dies löste zwar eine leichte Gänsehaut aus, aber auch fast immer ein Fünferl Lustbarkeitssteuer. In den ersten totalen Plattentagen wurde vielfach der entstandene Vollmond wegen des Grinsens der Sonne und der Mädchen gerne mit einem an den vier Ecken geknüpften Taschentuch abgeblendet.

Der Wonnen größte aber war das Barfußlaufen. Denn ein Barfüßler war nicht nur wegen der fehlenden fünf Millimeter Schuhsohle der Erde bedeutend näher. Er spürte mit nie wieder empfundener Lust die warmweiche Teerstraße seine Zehen kosen, er konnte mühelos Steinchen, Steckerl und fremde Schusser mit den Naturgreifern aufheben, und mancher hochbegabte Amateurakrobat brachte den strapazierten Haferlschuhdäumling sogar bis in den Mund. Die Barfuß-Saison begann im frühen April mit den Argumenten: »Mama, bittscheen, glang hoid an Bodn o! 's Pflasta ist ja scho ganz warm, und i bleib ganz g'wiß ned schteh. Und an Haufa Schuah schparn ma doch aa!« Die Saison endete erst spät im Oktober mit einem hartnäckigen Katarrh. Nur ungezogene und reiche Kinder durften nicht barfuß laufen.

Die restliche Kleidung eines Gassenbuben bestand meistens aus einer Ledernen. Diese war hart und wellig wie die Rinde eines Apfelstrudels und kurz unter den Achselhöhlen des Trägers mit einem vierzehnlochigen Hosenträger befestigt. Denn außer den luftgekühlten Kinderlenden mußten ja auch noch die kommenden sechs Jahre drin Platz haben. Bei jüngeren Jahrgängen war die Leiberlhose sehr verbreitet mit Falltüren hinten und vorn, von denen der schlampige Kastellan meistens eine offen ließ. Als besonderes Zeichen solider Familienabstammung galt keineswegs ein neues oder fehlerfreies Futteral, sondern der exakt und viereckig eingesetzte Hosenboden. »Ois was recht is, aber sauber hod s'es beinand ihre sechs Kinder, de Hacklin«, lautete dann der anerkennende Kommentar.

Verstummt ist heute in den Vorstädten das lärmende Scheppern selbstgebauter Radlrutsch auf sommerwarmen Droddoar, der mauerbröselnde Fassadenruf, der auf die eisernen Miethauskanzeln hinaufkletterte: »Bittscheen, Mama, schmeiß ma a Brod 'runter!«, oder die bange Dämmerungsfrage: »Sie, bittscheen, wiavui iss'n scho?«. Und vergessen ist bei den meisten Kindern wohl auch die schlichte Kunst des Grashalmzirpens, das Pfeiferlschnitzen und der Gebrauchswert von Ahornpropellern als Nasenzwicker. Wer von den veredelten Nachwuchsmünchnern glaubt noch an die Handvoll blanker Erde als bestes Mittel gegen tückischen Bienenstich? Wer kennt das alte Hausmittel, beim lästigen Schnackler an drei Kahlköpfige zu denken, und wer weiß, daß man Brennessel gefahrlos pflückt, indem man nicht schnauft?

Die einst so harten Asphaltsöhne Münchens sind verweichlicht. Kein hochkarätiger männlicher Schorf ziert mehr ihre käsigen Shortsknie. Die Wadl sind kraftlos und dünn vom leimigen Herumlehnen, und mit ihrem zarten Gebiß vermögen sie gerade noch das keimfreie Pop-Corn zu knacken, aber nimmermehr eine wilde Haselnuß. Und wenn so ein Kümmerling einen Trip zu Mami 'rauf macht, so ist diese schon selig, wenn Karl-Heinz wenigstens ein paar Tabletten Traubenzucker zu sich nimmt. Einst aber lautete die sorgenvolle Mahnung der Vorstadtmutter an ihren heißgelaufenen Sprößling: »Micherl, Micherl – renn' doch net sovui umanand – sonst konn i di überhaupts nimma dafuadan!«

(SÜDDEUTSCHE ZEITUNG, 18. August 1956)

Tag des alten Mannes

Das erste, was der alte Mann jeden Morgen, wenn er aufwacht, erblickt, sind die gelben Regenflecken auf dem Plafond des dämmrigen Schlafzimmers. An manchen Tagen, wenn der einsame Mensch ein bißchen fröhlich ist, erinnert ihn dieses triste Gemälde an ein Porträt des Indianerhäuptlings Tecumseh, von dem er in seiner Jugend viel gelesen hat. Aber wenn sein unguter Magen drückt, als hätte er die Wackersteine des bösen Wolfes am Abend vorher gegessen, starrt ihn von der Decke der grinsende Gottseibeiuns persönlich ein.

Das Aufstehen geschieht immer auf die gleiche Weise. »Horuck«, sagt er da ein bißchen heiser und bleibt stocksteif weiter liegen. Erst ganz langsam krabbelt er dann unter dem bleischweren Plumeau hervor, setzt sich auf die Kante seines polierten Mitternachtskahns und schaut eine Zeitlang in den gläsernen Reflektor des Spiegelschrankes, der ihm sein vertrautes abgewetztes Gesicht widergibt.

Manchmal grüßt er den verknitterten Herrn in der Scheibe auch freundlich und sagt fröhlich: »Habe die Ehre, oide Schiaßn, laß die griaßn.« Manchmal aber steckt er ihm auch die Zunge heraus oder macht dem Konterfei mit seinen fünf verschrumpelten Fingern eine lange Nase. In Hausschuhen und langem Cäsaren-Nachthemd schlürft er schließlich in die kleine Wohnküche. Wahrlich kein Anblick für Götter. Aber er ist ja auch kein Gott, sondern der Rentner Michael Fingerle. Verwitwet, neunundsechzig und laut Vertrauensarzt »ohne Befund«.

Von der Kanapeeseite schaut ihm seine gewesene Mathilde aus goldenem Oval mit gemütlich rundem Gesicht zu, wie er das Haferl mit den Saubohnen von gestern aufs Gas stellt. Kaffeebohnen wären ihm vielleicht schon lieber gewesen. Aber der Rentner Fingerle lebt halt, wie so viele seiner Genossen, nach dem einfachen Motto: »Für unseroana duads es scho.« Wie er nachher in seinen Fischgrätenmantel schlüpft, scheint die Mathilde selig sogar ein bißchen zufrieden zu lächeln. Der Aufhänger ist immer noch abgerissen. Da hat er also doch noch keine andere gefunden, die ihn angenäht hat.

Drunten im Hausgang trifft er die kleine Mimi Gieselher, die ihn artig grüßt, wie's ihr die Mama bei allen Erwachsenen aufgetragen hat. Als der friedliche Pensionist jedoch um die Ecke ist, trällert sie in kindlichem Singsang vor sich hin: »Der Fingerle, der Fingerle, das ist ein rechter Schlingerle.« Indes findet der gemächliche Wanderer vorne an der Ecke eine ganz frische Orangenschale und befördert sie mit der Spitze seines Haklsteckens umständlich in den Straßengulli. Weil doch auf solchen Schalen gerne ältere Leute ausrutschen und sich dann einen doppelten Beckenbruch holen. Oder einen Schenkelhalsbruch. Er hat das gelesen. Danach fällt ihm auch noch ein, wie er als Bub immer das Weiße unter der Schale der »Orantschen« mit den Zähnen herausgenagt hat wie ein Haserer.

An der Plakatsäule buchstabiert er lange die neuesten Anschläge. Da kommt der Schnauzer Witzig vom Gemüsehändler und hebt ein Bein ausgerechnet über der Ankündigung: »Spülerinnen dringend gesucht«. Auf der frühwarmen Anlagenbank sitzt noch niemand, drum geht der alte Feierabendgast ins nahe Amtsgericht hinüber, um sich auf der hintersten Zuhörerbank die ungemein wichtige Verhandlung »Seitz gegen Singer wegen Beleidigung« anzuhören. Aber schon nach den Personalien schläft er sanft und friedlich ein.

Zwei Häuser weiter vorne an der Gerichtsvollzieherei studiert er am jungen Nachmittag die Versteigerungsangebote, findet jedoch nichts, was er brauchen täte. Außer vielleicht der angebotenen Spargelschälmaschine. Da stelzt er zum Standesamt weiter, um die Aufgebote zu kontrollieren.

Nein, kein bekannter Name ist darunter. Jetzt spürt er auf einmal unter dem dritten Westenknopf ein Gefühl. Das müßte eigentlich der Hunger sein. Also ist es um drei Uhr rum. Der nahe Kirchturm gibt ihm recht. Und der Alte freut sich sehr, daß er so eine genaue Uhr hat, die er nie aufzuziehen braucht.

Nach einer halben Stunde landet der Wanderer schließlich in der Schwemme des großen Bräuhauses. Eine Lunge mit Knödl ißt er im Stehen. Zur Kellnerin, die ihm einen Stuhl geben will, sagt er abwinkend: »Aber na, i nimm Eahna doch koan Platz net weg.« Nachher wischt er seinen Teller mit weichem Semmelmark sauber aus und trägt ihn selber zurück.

Auf seiner Stammbank ist aber heute schon gar nichts los. Nur die böse Zenzin sitzt dort mit noch so einer Beißzange. Der Schwägerl ist krank, und den Wastl Wurm sieht er auch schon ein paar Tage nimmer. Wird doch nichts Ernstes sein mit ihm. In der Dämmerung kehrt der alte Mann wieder heim. Und trifft auch die kleine Mimi wieder, die ein blaues Milliküberl schlenkert. Lange und sinnend horcht das Kind den Schritten des guten Onkels nach. Und auf einmal weiß sie es. Der Fingerle-Vater wohnt deshalb im vierten Stock, damit er einmal nicht mehr so weit in den Himmel hat. Das muß sie aber gleich ihrer Mama erzählen. Aber als sie heimkommt, hat sie es natürlich längst schon wieder vergessen.

(ABENDZEITUNG, 27./28. November 1965)

Daheim in seiner winzigen Küche: »Ich koch´ mir gewaltige Sachen. Alles was es gibt, Rehragout, Ochsenschwanzragout, Tellerfleisch, alles, was meine Mutter gemacht und mir gschmeckt hat ...«

Sigi und der Sport

Alte Freunde: Box-Idol Max Schmeling 1984 bei einem Scheinkampf mit Sigi Sommer, der einst selbst geboxt und in seinen Anfängerjahren viele Berichte über Sportveranstaltungen geschrieben hat.

Der Sportsmann 1954 bei einem Wettschwimmen mit der FDP-Politikerin Hildegard Brücher. Sie war die Schnellere. Im Hintergrund Martin Rüff, Direktor des Stadtamts für Leibesübungen. Auch er wurde besiegt.

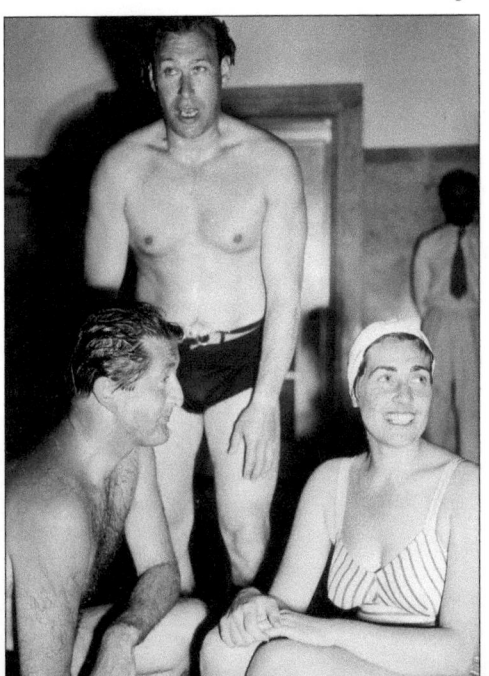

Sein Lieblingssport: »Im Tennisspielen bin ich ziemlich gut. Aber der Polizeipräsident und der Peter Vogel – der Schauspieler – haben gesagt: Was ich spiele, ist kein Tennis, sondern Rollhockey.«

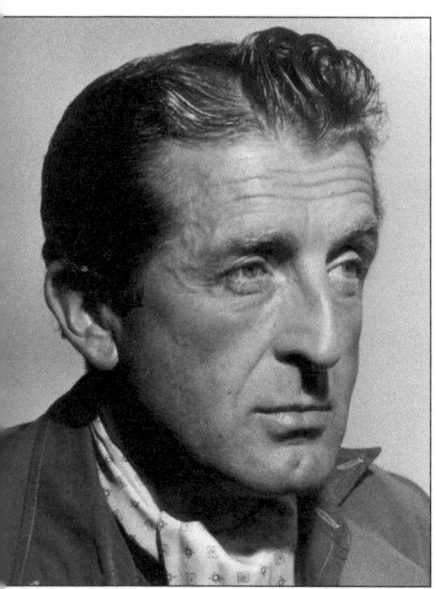

1953 als Erfolgsautor. »Er sieht Hans Albers entfernt ähnlich«, schrieb die Abendzeitung damals über ihn.

1980 auf der Buchmesse

Das Geheimnis des Lederkapperls: Er trug es so gerne, weil ihm im Alter die Haare lichter wurden.

Sigi Sommer entdeckt Europa

Ich möcht' nicht mehr weiter fort von München, als ich notfalls zu Fuß zurück kann.« Das hat man oft von Sigi Sommer gehört. Oder er zitierte Valentin, der auch nicht verreisen wollte: »Da siehg i ja's Rosental nimma!« Und doch: Einige Male lockten ihn Aufträge quer durch Europa. Hier Beiträge aus dem Jahr 1951.

Kontrollgang durch das Abendland

Blasius geht durch Europa. Am ersten Tag seines Kontrollganges durch das kapitalistische Abendland trifft der Spaziergänger in dem kleinen Schweizer Städtchen namens Brunnen ein. Ei, welch ein lieblicher Kurort. Es ist Abend und der vollfette Schweizer Mond steckt zur Hälfte im Züricher See wie das Zehnerl in den Reklame-Sparbüchsen der Münchner Girokassen. Ein Portier mit einem Kopf wie eine eingeweichte Riesensemmel nimmt Blasius in Empfang und führt ihn in ein Hotelzimmer, in dem früher einmal die Lady Alquist gehaust haben muß. Kriminalroman-gruslig knarrzen die Dielen, aus dem dunklen Loch einer um mehrere Tage nachgehenden Holzuhr krächzt Blasius ein modriger Kuckucks-Vogel entgegen und das Bettplümo ist so schwer, daß der Spaziergänger, sollte ihn die Auferstehung des Fleisches in diesem Pfuhl überraschen, bestimmt liegenbleiben muß.

Zum Abendessen serviert man Blasius zuerst einmal eine Suppe für Magenkranke mit einer geheimnisvollen Einlage, die sehr wohl von Scholls Fußpflegehaus sein könnte. Vielleicht meinen die Schweizer, man dürfte die deutschen Gäste nicht so kräftig menagieren, sonst werden sie wieder kriegslüstern. Das nachfolgende Hauptgericht allerdings füllt das Innenleben des Spaziergängers aus, wie einen Lebensmittelgroßhändler die satte Gewißheit der gehorteten Zuckersäcke.

Nach dem Essen kommt Blasius auf der Hotelterrasse mit einem Schwyzer ins Gespräch. Der achtbare Rütlisohn hat einen Bauch wie der Kuglerwirt selig. Hals und Kopf bestehen aus einem Stück und sind schlagflüssig. Unterhalb seines Nabels schaukelt träge eine daumendicke goldene Uhrkette im kühlen Abendwind und auch im Munde trägt der Wackere ein gutes Kilo Edelmetall.

Mit herzneuroser Stimme erklärt er dem Spaziergänger, so könne es mit der Schweiz nicht mehr lange weitergehen, das graue Gespenst der Not schleiche bereits aus der Appenzellergegend heran. Man müßte ein Kommunist werden, wie er. Dabei ballt er seine blasse Riesenfaust, daß der eingewachsene Brillantring drohend im bleichen Mondlicht funkelt und schläft mit schmollenden Lippen rasch und weithin vernehmbar ein. Blasius meint, daß für diesen Fanatiker vielleicht schon ein Löffel Natron zur Behebung seines politischen Sodbrennens genügt hätte.

Mittlerweile hat man dem Spaziergänger mitgeteilt, daß heute ein großer Nationalfeiertag sei – mit viel Heiterkeit und Lust. Ein Feuerwerk würde abgehalten, Tanz sei in allen Gassen und die Schwyzer Jungfern dürften sogar zur Feier des Tages den obersten Knopf ihrer kugelsicheren Blusen öffnen. »Jucheissa sassa.« Wie Blasius an den Seestrand kommt, ist dort in der Tat bereits die Lustbarkeit ausgebrochen. Ein paar wuchtige Eidgenossen zünden zwei bis fünf Knallfrösche an und wenn's kracht, zuckt ein mit mehreren Orden verzierter Schweizer Grenzschutzveteran jedesmal so zusammen, daß sein Seitengewehr auf dem Straßenpflaster scheppert.

Ein paar überreife Tellsbräute brechen in gackerndes Gekicher aus und schauen sich dann erstaunt über ihre eigene sündhafte Ausgelassenheit erschrocken um. Auf einem Tanzboden verlustieren sich drei zusammen gut 200 Jahre alte Pärchen zur Melodie »Guter Mond« in einem tollen Ischias-Swing und kommen sich dabei bis auf 20 Zentimeter näher. Gegen elf Uhr nachts hat dann diese Völlerei ein plötzliches Ende und die Straßen sind leer als wäre die Gürtelrose ausgebrochen.

Der Hotelportier erklärt dem Spaziergänger in schwyzer Deutsch energisch, jetzt müsse aber wieder für 50 Jahre eine Ruhe sein.

Wie Blasius dann noch vom Schlafzimmerfenster hinabschaut bringen zwei Schweizer Alpenjäger gerade den Feuerwehr-Grenzschutz-Helden nach Hause. Sie haben ihn in ihre Mitte genommen, auf seine Handfeuerwaffe gesetzt und heißen ihn einen »Chaibi Siach«. Der Stier von Uri scheint auf seinen Knallfrosch-Schrecken entschieden zuviel getrunken zu haben, denn das gebrauchte Bier und eine Portion Kartoffelsalat sind ihm aus dem Gesicht gefallen und verunzieren arg sein bundesstaatliches Wams. Ausdruckslos wie die dunklen Löcher in einem Emmentaler Käse starren seine Augen aus dem gelben Gesicht und weithin hallt der Gleichschritt seiner Waffenbrüder durch die hohlen Gassen der lieblichen Ortschaft Brunnen.

(ABENDZEITUNG, 17. August 1951)

Am Lago Maggiore

Blaugefleckt als hätte man einen Tintenbleistift hineingespitzt ist das Wasser des Lago Maggiore. Blasius läßt sich von einem alten Fischer mit einem einsamen Schneidezahn auf die sagenhafte Insel Isola Bella hinüberrudern und ist maßlos enttäuscht. Ein Gebäude, das ausschaut wie eine Zweigniederlassung von Stadelheim, und fünf rachitische Zypressen sind neben einem kleinen botanischen Garten die ganze vielgepriesene Herrlichkeit des Zauber-Eilandes. Blasius warnt Neugierige.

Wie der Spaziergänger wieder an Land ist und das Geldpackerl nachzählt, das ihm der Signore Einzahn herausgegeben hat, muß er auch noch feststellen, daß ihn der schurkische Ruderknecht mit Erfolg gelöffelt hat. Geschickt gefalzt befinden sich nämlich zwischen dem Hundert-Lire-Deckblatt nur kindische Fünflire-Scheine. Blasius stiftet daraufhin dem heiligen Borromäus, der für diese Gegend zuständig ist, einen größeren Bargeldlappen mit dem Auftrage, er möge den betrügerischen Fährmann für die Dauer der Fremdensaison eine mittlere Krätze schicken. Man müßte ihm dann die Hände in Gips legen, damit er eine Zeitlang nicht mehr geldwechseln kann.

In Genua geht Blasius auf der Suche nach Laster durch das Hafenviertel. Kinder, Katzen und Kuppler füllen die engen Gassen. In den Hauseingängen ist es dunkel und glitschig, wie in den Gedärmen einer Kuh. Eine uralte Frau Jahrgang Garibaldi mit bleichem, gerunzeltem Angilotti-Kopf ruft Blasius aus einem Fensterloch zu »Prima Madam, Signore« und sie klopft mit dem Zeigefinger auf ihre spindige Käsekuchenbrust. Vor einem Metzgerladen sieht Blasius ein Stück Fleisch hängen, und er meint, es wäre ein niederbayerisches Geräuchertes, weil es so schwarz ist. Wie er aber näher hinschaut, stellt er fest, daß das Schwarze nur Fliegen sind, die auf dem Angora-Filet sitzen. Im Laden selbst hat der Herr des langen Messers gleich neben seinem Hackstock ein Bett aufgeschlagen und da schläft er mittags darauf. »Oh Fallada – wenn das der Stadtrat Weiß sähe, das Herz im Leib tät ihm zerspringen.« Dafür hat man aber in dieser Gegend auch seit einem Menschenalter noch nie etwas von einer Fleischvergiftung gehört.

In einer Tavernina ißt Blasius zu Mittag. Es gibt wie überall die kurzen Makkaroni, die man Wadelstrümpfe oder auch Knieschützer nennt. Der Spaziergänger wird von einer bügelkohlenäugigen Signorina bedient, die barfuß geht und an den Füßen jene römische Edelpatina trägt, die man in Bayern auch Bamhackln heißt. In dem ganzen Lokal ist der Schmutz so gleichmäßig verteilt wie ein Ölfarbenanstrich. Nach Ansicht der Einheimischen dichtet der Dreck ab, er wärmt und isoliert. Wie sich der Spaziergänger von seinem Stuhl erheben will, bleibt er daran mit der Hose pappen, wie die alten Bayern früher bei der Starkbier-Probe. An der Hafenmole beobachtet Blasius noch ein ganz besonders schmackhaftes Idyll. Zwei Piccolo Bambinos fischen kleine Krebse, die in schneckenhausähnlichen Schalen sitzen. Wenn sie zwei gefangen haben, ziehen sie mit dem naßen Finger einen Strich über das Pflaster und schlagen die Gehäuseschalen auf, worauf die kleinen entblößten Tierchen wie wahnsinnig zu Laufen anfangen. Jener Krebs, welcher zuerst die nasse Ziellinie erreicht hat, ist Derby-Sieger ums Blaue

Band der Adria. Der Inhaber des erfolgreichen Salzwasser-Trabers ißt daraufhin als Preis zuerst das zweitplacierte Viecherl und dann auch sein eigenes Haustier lebend und deutlich schmatzend auf. Die Geschmäcker sind halt überall verschieden, würde der Münchner dazu sagen. »Katz frißt d' Mäus – i mog's net.«

(ABENDZEITUNG, 24. August 1951)

Nichts geht mehr

Blasius sitzt auf dem Dachgarten des Spielkasinos von San Remo und lauscht dem Schluchzen der Geigen. Unentwegt streicht der salatölwellige Paganini das Melodienschmalz auf seinen musikalischen Pfundwecken wie andere die Sanella aufs Frühstücksbrot. »O Bella Tangalita« tuten zwei mit schweren Kalibern bestückte Riviera-Zerstörer, die mit einem Bratfischküchen-Gigolo eine Tanzeinlage geben. Die Italiener haben den Spaziergänger mit ihrer Seelenmasche schon längst so weich gemacht, daß er finanziell am Stecken geht. Wie ein U-Boot-Schnorchel wittert Blasius bei seinen Spaziergängen immer wieder hinter den appetitlichen Maßjungfrauen her. Zweimal rumpelte Blasius im Soge der Leidenschaft bereits mit seiner sinnlichen Stirne an einen borstigen Palmenstamm, da er den Blick nicht lösen konnte von diesen Lustbarkeitsraketen, welche eine erstklassige Reklame für die italienische Heimarbeit sind. All jene Früchte, welche die Isartaler Maiden züchtig unter ihrer rosaroten Wellblech-Unterwäsche verbergen, werden an der blauen Küste, nur oberflächlich verpackt, dargeboten. Allerdings darf sie nur der laue Südwind umkosen.

Auf dem Parkplatz vor dem marmornen Spielkasino, dessen Wände Blasius interessehalber beklopft, wobei er feststellen muß, daß alles hohl ist, stehen die fünf schwarzen Cadillac von König Faruk. Voll scheuer Ehrfurcht betrachtet der Spaziergänger die zwei ausgedehnten Mulden, welche das imponierende Hinterquartier seiner Durchlaucht auf den Sitzpolstern zurückgelassen hat. Blasius hätte gerne seinen Hut davor gezogen, aber den hatte ihm ein gewinnsüchtiger Lazarroni tags zuvor geklaut. Den Beherrscher der Krokodile und Fellachen selbst sieht Blasius am Baccarat-Tisch sitzen und mit bleichen Gelatinewangen und ballonbereiften Hüften seine wichtige Hauptregierungstätigkeit ausüben. Drunten an der Hafenmole von San Remo liegt das Schiff seiner Majestät. Blasius ist arg ernüchtert, als er diesen Kahn sieht. Er heißt »Fakhr el Behar«, schaut aus wie ein verwahrloster Ammerseedampfer und ist mit rostfarbigen Matrosen bemannt, die sich an allen erreichbaren Stellen wütend kratzen, als hätten sie den Sendlinger Beiß. Auf dem Bug steht drohend ein vergrößerter Stopselrevolver und ein verknitterter Wüstensohn übt an ihm »Auge auf – Finger lang – Kopf hoch«.

Erstaunt steht der Spaziergänger im Touristen-Spielsalon von Monte Carlo, der ihn entfernt an den Wartesaal des Starnberger Bahnhofs erinnert. Schon um zehn Uhr vormittags klappern hier die Celluloid-Jetons um die 36teilige Schwungscheibe der Leidenschaft. Abgebrannte Hasardeure aus allen Teilen der Welt sitzen bereits um elf Uhr auf den Wandbänken mit den starren Augen und der ausgelaugten Haut von geräucherten Bücklingen.

»Zigarren, Zigaretten« offeriert ein uniformierter Boy, und Blasius möchte ergänzen »Cyankali – Handgranaten – schöne Kaibistrickerl«. Dabei gibt es gar keinen Selbstmörderfriedhof in Monte Carlo. Allerdings, draußen im Campo Santo liegen gar manche Spieler und zittern nicht mehr, weil sie vier Kubikmeter feinen Riviera-Sand auf der Brust haben. Für diese waagrechten Glücksritter wird in den Kasinosälen alle 60 Sekunden als schwacher Trost der Gedächtnisreim wiederholt »Rien ne va plus« – nichts geht mehr.

(ABENDZEITUNG, 31. August 1951)

Drei Millimeter von der Ewigkeit entfernt

Höher geht's nimmer. Die französische Luftverkehrsgesellschaft Air France hat Blasius zu einem Flug nach Paris eingeladen, und so wird der Spaziergänger auch noch zum Spazierflieger. Kurz nach dem Weißwurstläuten steht er also auf dem Flugplatz Riem und schaut mit leisem Bauchweh auf den wohlbeleibten Aluminiumvogel, der ihm gemütlich zuzuzwinkern scheint. Heidemarie Hatheyer, die Geier-Wally, und zwei alte Charakterdarstellerinnen, denen unter den heißen Jupiterlampen die Köpfe runzlig geworden sind, sind auch unter den Fluggästen.

Bangen Fußes klettert Blasius schließlich in den Unterleib der blitzenden Himmelsroulade und wird vom zweireihigen Steward in drei Weltsprachen aufgefordert, sich am Sitz festzuschnallen. Neben dem Spaziergänger hat eine semmelhäutige Tante mit einer gutgefüllten Nichte Platz genommen. Das besorgte Tantchen stranguliert ihre spätere Alleinerbin beim Anschnallen wie einen Ansbacher Preßsack und zwängt der Widerstrebenden sanft zweierlei Spezialtabletten gegen Höhenfieber zwischen die zartrosa Kiefern.

Dann schüttelt sich der fliegende Omnibus energisch, die Motoren beginnen zu musizieren als würde der Lehrergesangverein auf den Tragflächen mitfahren. Blasius sieht aus dem Flugzeugfenster noch den fransigen Scheitel eines Bodenmonteurs und schon schwingt sich der Spaziergänger in die Lüfte.

Fünfzig Meter über Ramersdorf, wo es nach Dampfnudeln und Ungezieferverteilungsmitteln riecht, macht die schwebende Trambahn eine Schleife und sofort legt sich die Tante mit ihrer Verwandtschaft wuchtig in die Kurve. »Jetzt, wenn dea Fliega in an Glosscherbn neifahrn dad«, sagt der Hintermann des Spaziergängers, ein rauhbäuchiger Niederbayer, der wohl mit den Christbäumen aus dem Hofoldinger Forst hereingeschmuggelt worden war.

Kurz darauf sieht Blasius die liebe kleine Welt um den Alten Peter zum erstenmal von oben. Der Spaziergänger malt sich aus wie es wäre, wenn er jetzt herunterfallen würde wie ein Klavier, vielleicht auf das mißglückte Freibankdachl oder in eine Geheimsitzung des Stadtrats hinein, direkt auf den Tisch des Hauses.

Da kommt der Steward mit einem Tablett voll Essen, wie für einen Rußlandheimkehrer. Blasius erlebt in 2000 Meter Höhe endlich einmal das Wunder, daß ein Messer auch schneidet, und aus dem Salzbüchserl tatsächlich echtes Salz herauskommt. Wie die besorgte Tante das Essen sieht, läßt sie in der Nähe von Würzburg jede Hemmung fallen und schaufelt wütend in sich hinein. Blasius denkt, daß sie vielleicht einen Bandwurmbullen mit sieben unmündigen Kindern mitzufüttern hat.

Der Ökonom hinter dem Spaziergänger sagt taktlos aber deutlich hörbar: »Wenn de so weida frißt, schmeiß' ma nach da rechtn Seitn um.« Aber selbst kein unflotter Brotzeitmacher, nimmt er rasch eine am Sitz angebrachte Tüte, die eigentlich für gebrauchte Speisen bei Übelkeit bestimmt ist und sammelt damit die von vielen Gästen übergelassenen Kotelettstücke ein. Unentwegt schleppt der Steward leckere Gerichte. Er glaubt wohl, eine Genesungskompanie an Bord zu haben. »Lieber Gott!«, stöhnt der Spaziergänger, »wenn ich schon hinabfallen sollte, dann vielleicht erst nach dem Dessert.« Aber das Flugzeug liegt in der Luft ruhig wie ein Nudelbrett, und der Niederbayer kommentiert diesbezüglich: »Do drauad ma i sogar am Sozius mitfahren.«

Kurz nach Potsdam meint Blasius, die Haferlschuhe vom heiligen Petrus am Himmel hängen zu sehen, aber wie er genau hinschaut, sind es zwei Hubschrauber. Dann zwischenlandet die Luftstraßenbahn in Tempelhof sanft wie auf Schlaraffia-Matratzen.

Nach einer Stunde sitzt der Spaziergänger, den Bauch voll Berliner Luft und französischen Kognak, wieder an seinem Fensterplatz vis-à-vis vom Sirius und hält ein Interview mit seinem Stern. Inzwischen ist es Nacht geworden und eine kurze Strecke braust der Vogel Roch durch ein Weihnachtsangebot von Frau Holle. Nun ist es direkt gemütlich und der Spaziergänger überlegt, ob er sich nicht die Spitze seiner Zigarre von dem vor dem Fenster surrenden Propeller abschneiden lassen soll. Längst hat Blasius vergessen, daß er eigentlich nur drei Millimeter von der Ewigkeit entfernt ist, denn genau so stark ist die Flugzeugwand. Die Wolken unter den frischgedoppelten Kreppschuhen des Spaziergängers sind milchig und dick wie saurer Rahm.

Um acht Uhr abends ist Blasius über dem Himmel von Paris. Elegant schwimmt der Wolkendampfer über der Stadt, die nach Chanel Nummer 5 und

Gebot Nummer 6 duftet und im Lichterglanz ausschaut wie ein Auslieferungslager für Christbaumschmuck. Der Huglfinger Ökonom öffnet beim Landen den Mund weit und krachend. Er muß das irgendwo gelesen haben. Die Tante nimmt noch rasch drei schussergroße Tabletten, und Blasius setzt seinen rechten Spaziergängerfuß auf den Flugplatz von Orly. Die Erde hat ihn wieder.

(ABENDZEITUNG, 21.Dezember 1951)

Sigi Sommer 1979. Seit dreißig Jahren schreibt er jetzt schon seine Blasius-Kolumne: »Mir fällt heute vieles auf, was ich früher gar nicht sah.«

Was Blasius aufregte

1956. *Der letzte Krieg war noch so nah. Am 10.1.1956 meldete die Abendzeitung: »Die Letzten aus Stalingrad«. Zwei Transporte mit ehemaligen Kriegsgefangenen aus einem Gefangenen-Lazarett im Norden Stalingrads seien auf dem Zonengrenzbahnhof Herleshausen eingetroffen. Das Lager werde aufgelöst. Doch schon wurde die neue deutsche Bundeswehr aufgebaut. Gleichfalls am 10.1.1956 berichtete die AZ in ihrer Nachtausgabe, daß die ersten Flugschüler der Luftwaffe in Fürstenfeldbruck ihren Dienst begonnen hätten. Sigi Sommer reagierte bitter. Er sprach aus, was viele dachten, wie Leserbriefe zeigten. Ebenso laut und deutlich sagte er seine Meinung zum Luftschutz, zu Notstandsgesetzen und anderen großen Themen seiner Zeit.*

Wiederbewaffnung: Die einen schweigen ...

»Denk' ich an Deutschland in der Nacht – so bin ich um den Schlaf gebracht«, möchte Blasius in dieser Zeit nach den Worten eines berühmten deutschen Dichters sagen. Da gehen sie also wieder hin in die Lehrwerkstätten für Totschlag und Verstümmelung und in die Invaliden-Vorbereitungskurse. Und das satte Rülpsen des Volkes übertönt das nahende Waffengeklirr, und das Sodbrennen der strapazierten Wänste treibt den Teutonen das Wasser so sehr in die blauen Augen, daß sie gar nicht mehr sehen, was schon wieder geschieht. Und deshalb möchte der Spaziergänger noch einmal, bevor es wieder heißt: »... Verächtlichmachung des teutschen Soldatentums wird mit Gefängnis von – bis –, ersatzweise mit Minensuchen geahndet«, ein paar Worte zur Lage sagen.

Daß der Deutsche von seinem Militarismus nur durch einen radikalen Eingriff von außen geheilt werden kann, ist wohl inzwischen endgültig klar geworden. Denn er hat vermutlich statt der roten Blutkörperchen Eisenfeilspäne in den Adern und statt des Gehirns ein Gewehrschloß. Aber wo bleiben beispielsweise die vielbesungenen deutschen Mütter jetzt, wo man ihnen ihre Söhne wieder freiwillig weglockt? Warum gehen sie nicht in die Kasernen und sagen: »Herr Hauptmann, geben Sie mir meinen Schorschi wieder. Er soll daheim mit dem Spaten den Garten umgraben und nicht lernen, wie man ihn anderen Leuten schräg von oben zwischen Schulterblatt und Hals schlägt.«

Die einen schweigen, die andern aber zitieren gleich gar den dämlichsten Spruch des Jahrhunderts: »A bisserl a Militär schod' eahm gar nix, do lernt a wenigstns, wos sie g'hört.« Als ob das Leuteumbringen, zu dem der Schorschi ausgebildet wird, auch schon ein Beruf wäre. Und wie weit das Militär dem Buben nicht schadet, werden die Eltern ja dann sehen, wenn ihm einmal ein Arm oder Fuß abgeht.

Andere argumentieren: »Mein Junge hat sich freiwillig gemeldet, weil er meint, daß ja doch kein Krieg kommt.« Das ist etwa die Logik eines Schneeschauflers, der sich zum Räumen meldet und dafür bezahlen läßt, unter der Annahme, daß ja doch kein Schnee fällt. Jener ist entweder ein Dummkopf oder ein Spitzbube.

Von jenen deutschen Müttern aber, die in stolzer Trauer Ströme von Tränen um ihre gefallenen Helden vergossen haben und jetzt ihren Buben wieder ans Bajonett liefern, hat Blasius fast die Vorstellung, daß sie nicht so sehr um ihre toten Lieben geweint haben, sondern vielleicht nur wegen der geringen Rentesätze.

Ein beliebter Hinweis der Barras-Befürworter ist auch der neue Ton, der in den Kasernen Einzug hielt. Dazu kann Blasius nur sagen: Wenn der Herr Major heute jedem Rekruten liebevoll die Hand reicht, so ist dies lediglich die bekannte Mehlpfote aus dem Märchen »Der Wolf und die sieben Geißlein«. Und aus den »lieben Kameraden«, wie heute die geschmeichelt grinsenden Freiwilligen noch angeredet werden, werden gar bald wieder »Krummstiefel« und »traurige Säcke«. Oder glaubt jemand im Ernst, daß ein Kammerbulle, wie es in einer großen Zeitung berichtet wird, zum neuen Major sagen darf: »Wenn Ihnen die Stiefel nicht passen, müssen Sie halt barfuß gehen.« Mit so einem Sockenkuli wischt ja ein echter deutscher Stabsoffizier einfach den Kasernenhof auf.

Hirnverbrannt sind aber auch die späteren Muß-Soldaten in ihrer zufriedenen Wirtschafts-Wunderstimmung, wenn sie lässig abwinken und sagen: »Wenn's Ernst wird, wandre ich halt aus.« Blasius meint, die werden sich wundern, wenn sie dann direkt in eine Uniform hineinwandern, denn längst stehen ja neben allen Häfen der Welt die Bekleidungskammern. Oder selbige, die meinen: »Bei mir geht nix, ich hab einen schweren Herzfehler.« »Ja«, wird denen der Herr Oberstabsarzt in bewährter Manier entgegnen: »Mann, da muß ja der Heldentod direkt eine Erlösung für Sie sein.«

Und die dritten, die den Kriegsdienst aus Gewissensgründen verweigern wollen? Vielleicht geht es ihnen dann so, wie es in einer weltbekannten Zeitschrift zu lesen ist, daß diejenigen, die nicht schießen wollen, radioaktive Verpflegung bekommen, zum Ausprobieren, was dann geschieht. »Bitte schön, Ordonnanz, noch so ein schönes Isotopen-Schnitzel und zur Nachspeise vielleicht einen Neutronen-Pudding mit Gamma-Soße.«

Freilich weiß Blasius auch nicht, wie die weltpolitischen Probleme ohne Militär zu lösen sind. Das wissen vermutlich nur jene, welche die Trumpfkarten in der Hand halten und Krieg oder Frieden machen. Daß aber die zwölf deutschen Divisionen im Ernstfall nur zum Kartoffelschälen reichen, weiß der Spaziergänger gewiß, und deshalb meint er, sie sollten dies auch tun, und nichts anderes.

Denn wie kann ich ein wütendes Raubtier, was der Krieg nun einmal ist, mit einem schäbigen Knochen aufhalten – auch wenn auf dem Knochen NATO steht. Die Bestie wird mich doch mit Bestimmtheit in den Arm beißen.

Und noch eins: Da hat vor kurzem ein hoch- und norddeutscher Politiker in bezug auf die bayerische Militärmüdigkeit spöttisch geäußert: »Die neue deutsche Wehrmacht ist nun einmal unumstößliche Gewißheit, ob es nun den Xaverln und Wastln südlich der Mainlinie recht ist oder nicht.« Dazu kann Blasius nur sagen: Seines Wissens hat jedenfalls noch niemals ein Mann Unglück über Deutschland gebracht, der mit dem Vornamen Xaver oder Wastl hieß.

(ABENDZEITUNG, 13. Januar 1956)

Luftschutz: Zieht Euch warm an ...

Da hat doch ein bayerischer Politiker schon vor Jahr und Tag einmal gesagt: »Was ist für ein Unterschied zwischen Luftschutz und Tierschutz? Gar keiner. Beide sind für die Katz.« An diesen weisen Ausspruch mußte Blasius denken, als er im Briefkasten eine Broschüre fand mit dem Titel: »Jeder hat eine Chance.« Diese Schrift ist vom zivilen Bevölkerungsschutz, einem unehelichen Kind des Reichsluftschutzbundes herausgegeben. Und schon nach oberflächlichem Durchblättern des Heftchens erkennt der Spaziergänger ziemlich klar, daß der Mensch heute bei einem Atombombenangriff ungefähr dieselbe Chance zum Überleben hat wie zum Gewinnen beim Zahlenlotto.

Aber eines hat diese Denkschrift doch bewirkt. Blasius weiß jetzt wenigstens, was er seinen lieben Nächsten auf den Weihnachtstisch legen wird: einen Geigerzähler. So einen fürs Knopfloch vielleicht oder einen als Armbanduhr zu tragen. Da könnten sich dann die lieben Leutlein gegenseitig fragen: »Sag' mal, bittschön, wieviel Radium ist es denn bei dir?«

Nun aber zu dem Hefterl, das so köstlich sein könnte, wenn's nicht so traurig wäre. Zuerst einmal wird genau erklärt, was die sogenannten ABC-Waffen sind, damit jedermann nach der Explosion weiß, weshalb er nach Walhall gekommen ist. Dann beginnen die praktischen Hinweise. Trotz der Überschallgeschwindigkeit des Explosionsdruckes – darauf wird besonders aufmerksam gemacht – genügt oft schon die nächste Mauernische als Deckung. Vor allem, wenn man sich gerade auf einer großen Wiese befindet. Und die Hitze, so heißt es, lumpige drei Millionen Grad, greift vornehmlich Baumwollstoffe und dunkle Kleider an, weniger aber weiße Textilien. Mit anderen Worten also: »Wenn du Schwarz trägst, mußt du eher sterben.«

Folgt das Kapitel radioaktive Strahlen. Eine Betonmauer, vernimmt man, hält die bösen Zellenzersetzer viel eher ab, als eine Ziegelmauer. Es dürfte deshalb wohl zweckmäßig sein, wenn der Angeseuchte vorher den Mauerverputz von seinem auserwählten Schlupfwinkel abkratzt, um zu sehen, was darunter ist. Besonders aber ist es der Regen, den man nach einer solchen Bumbserei vermeiden muß. Denn nicht alles Gute kommt von oben. Aber wenn's halt lange regnet, sagt schon ein altes Sprichwort, dann wird leider ein jeder naß. Am besten wär's halt, wenn man sich bei so einer Explosion, oder wenigstens gleich danach, außerhalb des schädlichen Bereiches befinden würde. Aber wer kann es sich schon aussuchen, wohin er geschleudert wird. Nicht jeder hat doch das Glück, vielleicht gerade in einer Felsenhöhle an der Südküste von Grönland zu landen.

Die Luftwarnung wird gegeben wie gehabt: ein minutenlanger, einmal unterbrochener Heulton. Auf der letzten Seite der Luftschutzfibel aber steht ganz deutlich: »Bei der hohen Geschwindigkeit der Raketen beträgt die Zeit zwischen Warnung und Angriff vielleicht nur Sekunden.« Da heißt's freilich rasch entschlossen sein. Hauptsächlich, wenn man gerade auf dem Clo sitzt oder im Dampfbad schwitzt. »Na ja«, würde Valentin sagen, »man muß sich die Zeit halt richtig einteilen.«

Unter dem Luftschutzgerät, das gegen Atombomben empfohlen wird, befindet sich auch die liebe neckische Eimerspritze und der vertraute alte Löschsandkübel. Die Feuerpatsche indes wird nicht mehr erwähnt. Die Luftschutzgeneräle glauben wohl selber nicht daran, daß sie damit die wild gewordenen Isotopen totschlagen könnten. Ein praktischer Hinweis ist auch, daß sogar eine gewöhnliche Aktenmappe, rechtzeitig auf den Hinterkopf gelegt, bei Überraschungsangriffen einen gewissen Schutz gewährt.

Woran noch zu denken ist, besagt ein weiteres Kapitel. »Pensionsbescheinigungen, Rentenbescheide, Versicherungspolicen und Sparbücher« soll man mitnehmen in den Schutzraum. Von einem Kanzlerbild oder einem russischen Wörterbuch ist nichts zu lesen. Dagegen wird feste Kleidung, Fäustlinge und derbes Schuhwerk empfohlen. »Zieht euch warm an«, heißt also die Parole. Und der Spaziergänger muß hier hinsichtlich der Marschstiefel durchaus zustimmen. Denn lang ist der Weg …

Im Abschnitt »Flucht bringt keine Rettung« stehen einige ungemein geistreiche Ratschläge. »Ein Flüchtling ist Kälte und Regen preisgegeben …, er läuft auf Straßensperren und sonstige Hindernisse auf.« Demnach müßte also die Losung heißen: »Bleibe im Land und wehre dich redlich.« Blasius möchte noch hinzufügen: »Deutsche, bindet den Luftschutzhelm fester, kauft Aktentaschen und spannt die Regenschirme auf.«

Natürlich wird schon zugegeben, daß die ganzen Vorsichtsmaßnahmen nur dann einen Sinn haben, wenn man genügend weit vom Explosionsherd entfernt ist. Getreu nach der alten Binsenweisheit: »Wehdam breitet sich nicht aus / kracht's in einem fremden Haus. Doch Luftschutz ist ein großer Mist / wenn du selbst zu Hause bist.«

Blasius möchte sich nicht zu sehr den Kopf zerbrechen, was er selber bei so einem Weltuntergang tun würde. Er meint auch, die Mitbürger sollten nicht allzusehr darüber nachgrübeln, was der einzelne in einem solchen Fall machen würde. Denn eins machen wir sowieso wahrscheinlich alle miteinander: In die Hosen nämlich.

(ABENDZEITUNG, 17. November 1961)

Konfessions-Unterricht: Evangelische Kniebeugen – katholischer Bauchaufschwung

Wie waren doch gleich des großen Goethes letzte Worte: »Mehr Licht.« Sicher hat der alte Geheimrat diesen rätselhaften Ausspruch auf Bayern gemünzt. Und in der Tat möchte man laut ausrufen: »Schickt uns Osramlampen, um unsere tiefe Finsternis zu erhellen. Und Missionare, damit sie den schwarzen Aberglauben und die Hexenjagd, die in unserem schönen Lande immer wieder ausbrechen, bekämpfen mögen.«

Denn da hat doch tatsächlich im zwanzigsten Jahrhundert ein hochbezahlter Regierungsbeamter den ungeheuerlich geistreichen Ausspruch getan: »Katholiken haben eine andere Auffassung vom menschlichen Leib als die Protestanten.« Und damit wurde gleichzeitig eine Anordnung gutgeheißen, wonach in einer Münchner Lehrerbildungsanstalt zukünftig getrennt nach dem Glaubensbekenntnis geturnt und gesungen wird. Es gibt also demnächst evangelische Kniebeugen und einen katholischen Bauchaufschwung. Das erinnert Blasius heftig an seine Bubentage, wo er als Rotzglöckner manchmal irgendeinen Passanten fragte: »Sie, bittschön, wo geht's denn da zum protestantischen Brausebad?«

Ach du liebe Einfalt! Wenn das der Turnvater Jahn wüßte. Das Herz im Sarg möchte ihm zerspringen. Wer hätte wohl daran gedacht, daß in die Sportannalen demnach einmal ein Weltmeister im lutherischen Dreisprung eingetragen würde. Und die Notiz, daß die katholische Jahresbestzeit im Damenbrustkraulen nunmehr auf 2,08 stehe. Wie werden doch da die geradeaus denkenden Menschen in den anderen deutschen Gauen wieder gelacht haben bei dieser Zeitungsnotiz. »Also, diese Seppls«, wird es da sicher heißen. »Die sind ja noch dümmer wie drei Rucksäcke voll Geheimräte.« Und man fragt sich wirklich ehrlich, hat denn ein so hoher Beamter gar nichts anderes zu tun, als seinen Totozettel auszufüllen, Kreuzworträtsel zu lösen und sich solche Sachen auszudenken. Wo doch tüchtige Leute überall so dringend gebraucht werden. Zum Beispiel bei der Straßenbahn. Als Schaffner und Elektriker oder Wagenwäscher. Bei entsprechender Anlernzeit könnte es doch selbst ein solches Genie wie dieser phantasiebegabte Akademiker noch zu etwas Brauchbarem bringen. Allerdings bestünde natürlich bei dessen Talent immer die Gefahr, daß er auch die Triebwagen entsprechend einteilte. Und für die weiblichen vielleicht Büstenhalter anfordern würde.

Der selige Karl Valentin hätte für die konfessionelle Leibesertüchtigung ganz gewiß sogar einen eigenen Stundenplan eingeführt. Vielleicht Montag: »Mohammedanischer Liegestütz.« Dienstag: »Mormonisches Barrenturnen.« Mittwoch: »Buddhistische Bodengymnastik.« Donnerstag: »Jesuitischen Rundlauf.« Freitag: »Gottesgläubiges Kniebeugen.« Und Samstag: »Gehirn-Akrobatik für hohe Ministerialbeamte.« Aber der Valentin war ja auch nur ein Komiker. Und kein Witzbold wie jener Akademiker.

Was aber das ebenfalls betroffene Singen anbelangt, so hat Blasius in dieser Disziplin bisher nur Tenöre oder Baritone gekannt. Oder solche Leute eben, die laut und leise, falsch oder richtig singen. Jetzt nun soll aber plötzlich auch in dieser Hinsicht kräftig renoviert werden. Und wenn nun am Sonntag aus irgendeinem Chor die herrliche Stimme einer Koloratur-Sopranistin ertönt, werden sich die Fachleute gewiß sanft anstoßen und flüstern: »Was sagen Sie zu diesem himmlischen christkatholischen C?« Sicher werden auch in nächster Zeit die Noten entsprechend gekennzeichnet werden. Und es ist dann streng zu unterscheiden zwischen einer protestantischen Tonleiter und einem rechtgläubigen Violinschlüssel. Ob wohl dann der alte Petrus einst beim großen Choral, wenn seine Schäflein zum ewigen Halleluja angetreten sind, da auch einen Unterschied macht? Und mit strengem Finger sagt: »Die Lutherischen rechts raus. Die dürfen nur beim Refrain mitsingen!«

Im übrigen, was die unterschiedliche Auffassung vom menschlichen Leib anbelangt, so glaubt der Spaziergänger nicht, daß in der großen Montagehalle die Andersgläubigen nur im Lizenzbau und im Werk II hergestellt werden. Denn seines Wissens nach ist das Baumuster seit dem ersten Menschen so ziemlich das gleiche geblieben. Sicher aber erhofft sich jener Eiferer doch irgendeinen Gewinn für seine selbstlose Neuregelung. Vielleicht dreiprozentige braune Rabattmarken fürs Fegefeuer. Oder daß ihm wenigstens am Jahrestage seines geistreichen Einfalls immer der Ventilator für ein paar Stunden eingeschaltet wird.

Zum Glück hat übrigens der liebe Gott die kleinen Menschlein schon bei der Erschaffung deutlich erkennbar eingeteilt. Aber nicht in Steilschläfer, Rettungsschwimmer, Diabetiker oder Radischneider. Sondern ganz einfach in Männlein und Weiblein. Allerdings konnte er damals natürlich noch nicht ahnen, daß ein bayerischer Regierungsrat im Jahre 1962 einen weit besseren Vorschlag haben würde.

(ABENDZEITUNG, 21. September 1962)

Transplantationen: Herzliche Zeiten

Blasius gruselt es. Wie jenem Märchenmann, dem man nachts einen Kübel kleiner Fische über den nackten Bauch geschüttet hat. Die Ursache seiner Gänsehaut ist jedoch beim Spaziergänger noch makaberer Natur. Nämlich die ungeheure wissenschaftliche Leistung, daß es einer Gruppe von Ärzten zum erstenmal gelungen ist, das Herz eines Menschen in einen anderen Menschen zu verpflanzen.

Hat denn da nicht wieder jemand an jenem Ding gedreht, das eigentlich nur dem großen Boß allein vorbehalten ist. Ähnlich wie bei der Atomgeschichte. Denn in der Schrift sagt der Chef über allen Wolken doch ganz deutlich: »Vom Baume der Erkenntnis aber sollt ihr nicht essen.« Blasius meint nämlich, daß der liebe Gott schon weiß, warum er seinem Ebenbild nach einer gewissen Zeit die Zähne ausfallen läßt und ihm einen wohlverdienten Ischias schickt. Deshalb nämlich, damit das größte Raubtier in seiner Menagerie eben den lieben Nächsten nicht mehr anfallen und beißen kann. Und damit es auch nicht mehr auf Beutezüge und zum Leutebescheißen humpeln kann. Sondern wahrscheinlich darum, damit der Betreffende eben langsam begreift, daß er sein Süpperl nur ausschlabbern muß, den Löffel wegwerfen und das Licht verlöschen soll. Und haben denn die Wissenschaftler nicht selber errechnet, daß im Jahre 3000 so viel Menschen auf der Welt sein werden, daß sie einander auf den Schultern sitzen und sich die Haare vom Kopf fressen.

Bei den Siebenmeilenstiefeln, welche die Gelehrten vermutlich in der Rumpelkammer der Brüder Grimm gefunden haben, befällt den Spaziergänger die schreckliche Vision, was da alles sein wird, wenn man etwa das Jahr mit den drei Nullen schreibt. Gar kein Zweifel: Wir gehen herzlichen Zeiten entgegen. Denn sicher gibt es dann längst richtige Ersatzteillager für alle menschlichen Innereien, die einzelnen Gliedmaßen und all den anderen Zubehör. Wahrscheinlich ist dann auch alles längst schön genormt und mit Linksgewinde oder Schukosteckern versehen. Und man wird sich wohl bei Austauschstücken, Verlängerungen oder Muffen für die Knochen auf das alte englische Zollmaß geeinigt haben.

In sterilen Selbstbedienungsläden könnte sich der einfache Krankenkassenpatient kleinere Ersatzteile dann selber holen, zum Beispiel für erfrorene Ohren oder abgefahrene Hammerzehen. Und in einigen Regalen lagern wahrscheinlich auch weniger wichtige Utensilien wie Backenzähne, gebrannte Mandeln, Tränensäcke, Polypen und als Meterware gut erhaltene Nervenstränge. Zu beachten wäre da allerdings nur, daß das ganze Sortiment genau nach Baumuster, Blutgruppe, Jahrgang und Herkunft genormt ist. Dazu könnte man zweifellos bloß einen deutschen Lagerverwalter einstellen. Freilich, die Leute mit Geld würden ihren Bedarf sicher nicht aus Frischlufttüten decken, sondern ihn vom Vorbesitzer direkt von Bett zu Bett beziehen. Wobei die Altware natürlich zum ADGO-Tarif in Anrechnung gebracht werden müßte.

Blasius aber meint, daß das allerwesentlichste die Gewissenhaftigkeit bei der Handhabung von »Taxiorganen« ist. Denn wo käme man da hin, wenn bei so einer Auswechslung beispielsweise eine Pfarrersköchin plötzlich mit dem Unterleib der Nitribitt vom Operationstisch aufstehen würde? Was täte wohl ein Geiger Menuhin mit den ausgewechselten Händen, die vom Cassius Clay stammten? Wie würde sich ein Staatsanwalt betragen, dem man die Diebskrallen eines Opferstockmarders anmontiert hätte, wie ein Freudenmädchen mit Sprinterbeinen, eine Gräfin mit dem roten Blut eines Transportarbeiters, der Abstinenzler mit einem Säufermagen, De Gaulle mit der Bardot-Nase oder der Finanzminister mit dem Hirn eines Steuerzahlers? Und was würde eine protestantische Eva etwa mit einem katholischen Adamsapfel anfangen?

Der Spaziergänger geht aber wohl nicht fehl in der Annahme, daß die Reparaturwerkstätten der Menschheit bald auch noch andere Waren auf Lager nähmen. Völlig fabrikneue Gewissen, preiswerte Moralbegriffe der Handelsklasse I A, möglichst erstklassigen CSU-Politikern entnommen. Frisch abgezapften Zorn für randalierende Studenten zum pauschalen Literpreis, frommen Tugendseim aus strengen Nonnenklöstern, Lebensmut zu kleinen Preisen, Ideale aller Art mit entsprechenden Staatszuschüssen, Heldentum nach Ladenschluß und den Glauben an Deutschland, destilliert aus linientreuen NPD-Mitgliedern.

Am Ende aller Tage allerdings stellt sich Blasius die Geschichte dann schon wesentlich schwieriger vor. Dann nämlich, wenn die Vorbesitzer bei der Auferstehung des Fleisches ihr Eigentum plötzlich alle wieder zurückhaben wollen. Oje, das wird aber ein Heulen und Zähneknirschen werden mit fremden Luftröhren und geliehenen Gebissen. Wahrscheinlich genau so, wie das schon immer für den Jüngsten Tag vorausgesagt wurde.

Nein, möchte da der Spaziergänger bei all diesen schrecklichen Vorstellungen sagen. Angesichts einer solchen Entwicklung muß wohl jeder vernünftige Mensch, und sei es selbst der größte Antimilitarist, zu der Erkenntnis kommen: Da hat der Alte Fritz mit seinem Feldherrnblick die Situation der Menschheit schon damals ganz klar erkannt, als er seinen Soldaten zurief: »Hunde, wollt ihr ewig leben!«

(ABENDZEITUNG, 8. Dezember 1967)

Notstandsgesetze: Aus, Amen und vorbei

Nun wurde sie also endlich erwürgt. Die deutsche Freiheit. Zu Bonn am Rhein. Solange wurde sie von den Politikern, gichtgeplagten Bürokraten und Dumm- und Trotzköpfen, begleitet von dem satten Rülpsen der sodbrennenden Bevölkerung, stranguliert, bis sie endlich ihren demokratischen Geist aufgab. Und die Verantwortlichen argumentierten mit listigem Augenblinzeln auch noch: »Seid doch froh, Leute, jetzt gehört sie uns doch endlich ganz allein, die Freiheit. Denn eine tote Freiheit kann doch nicht mehr weglaufen. Na also, dann war es doch nur zu ihrem eigenen Besten.«

Und natürlich hat die Freiheit auch noch ein Staatsbegräbnis erster Klasse gekriegt. Statt daß ihre Meuchelmörder die Untat doch wenigstens verschwiegen und die Leiche irgendwo heimlich verscharrt hätten. Wo die Deutschen doch eigentlich wissen müßten, daß bei Staatsbegräbnissen seit Udet und Rommel schon immer was faul war. Und leider nicht nur die Leiche allein.

Ja, möchte der Spaziergänger mit einem langen Seufzer dazu sagen, ist denn so einem Volk eigentlich noch zu helfen? Oder haben die meisten Deutschen den Kopf tatsächlich nur auf, damit sie das Stroh nicht direkt in der Hand tragen müssen. Nur knapp 30 Prozent, so hat sich der Chronist erzählen lassen, wußten überhaupt, worum es bei diesem *Notstandsgesetz* geht. Freilich, wenn man ihnen erklärt hätte, daß sie praktisch auch ihren Schnauzl im Ernstfall hergeben müssen, damit er als Meldehund eingesetzt wird, oder den Kanarienvogel als Brieftaube, dann wären sie vielleicht aus ihrem Verdauungsschlaf erwacht. Auch der Umstand, daß man sogar die Fanni unter dem Xaver herausziehen kann, weil man die brave Maid plötzlich als Bodenpersonal für den Grenzschutz benötigt, hätte sie wachrütteln können.

Ob es den Bundesbürgern auch schmecken wird, daß es heute ungeniert in den Telephonleitungen krachen darf, weil sich ein braver Onkel aus Bonn einfach in das Bettgeflüster einschaltet, muß sich erst noch herausstellen. Und sie sollen halt auch nicht gar zu böse sein, wenn sie in Zukunft manchmal geöffnete Briefe unter ihrer Post vorfinden. Und sie sollen dann nicht gar zu sehr auf den schlechten Kerl schimpfen, der sie mit behördlicher Genehmigung aufmachte, sondern lieber nur auf den schlechten Leim. Daß schließlich irgendein Heimgartler oder Häuslmann besonders erfreut ist, wenn ein kostümierter Heldenanwärter mitten zwischen seinen Grünzeugbeeten eine Kanone aufstellt, kann sich Blasius nicht recht vorstellen. Denn in einem Garten soll doch außer dem Spargel nichts schießen. Wer sich aber vielleicht gegen so eine strategische Notwendigkeit und den Herren mit der Schirmmütze und den eisernen Köpfen auf dem Sakko, der sie anordnet, widersetzt, der wird schnell eines Besseren belehrt, und seine Tage werden mit Gewißheit gestreift sein und die Nächte ein Gittermuster haben.

Der Spaziergänger sagt zu solchen Vorhaben mit allem Nachdruck *nein!* Wenn schon jemand sein Auto in Klumpen fahren soll, so möchte er das bitte möglichst selber tun. Und dann hat ja auch wohl bald wieder jene Verszeile von Max Colpet volle Gültigkeit, in der es so schön heißt: »Sein Gold für Eisen gab – mein Vater dafür haben – sie ihn zum Dank begraben – in einem Massengrab.«

Bevor aber Blasius dem Ungeheuer Krieg die Reißzähne mit den paar ersparten Goldstücken blombieren läßt, möchte er es lieber zum Überziehen seines eigenen Gebisses verwenden.

Nun kann also der Rabenvater Staat endlich einmal wieder alles von seinen Kindern fordern: ihre Zeit, ihre Bräute, ihr Erspartes, den Sohn, die Beine, ihre Haare bis auf Streichholzlänge, den Schlaf, die Menschenwürde und natürlich auch das Leben. Dabei hieß es doch immer so schön: »Die Deutschen fürchten Gott und sonst nichts auf der Welt.« Aber wo blieb denn dann bloß ihr gemeinsamer Protest? Der fiel wohl wieder einmal wegen Regens aus. Und die Revolution fand auch diesmal nicht statt, weil das Betreten des Rasens, der als Aufmarschgelände dienen sollte, verboten war.

Nein, möchte da Blasius ganz klar sagen. Die Deutschen fürchten außer Gott mindestens noch das Amt für Verfassungsschutz, ihre Hausmeister, den inneren Schweinehund, das Beschmutzen des eigenen Nestes und den Vordermann. Soweit sie nicht selber einer sind. Nun denn – endlich kann also dieses Volk wieder ein Volk von Schnüfflern, Zellenwarten, Denunzianten, Ausführungsorganen, Verantwortungsträgern, Befehlsempfängern und Gewährsmännern werden. Mit Dienstmütze, Befugnissen, Abzeichen, Koppelschlössern, Reservediensgraden und Bestallungsurkunde. Und endlich darf es wieder das Gruseln lernen, das Stillgestanden und das Wegtreten.

Weil es nämlich bisher die freieste Lebensordnung besaß, die auf diesem Stern überhaupt möglich ist, sehnte sich die germanische Edelsippe schon lange wieder nach der Faust im Nacken und dem genagelten Stiefel im Kreuz. Und tatsächlich ist es ihnen also jetzt in einer akrobatischen Verrenkung endlich gelungen, sich selbst in den Hintern zu treten.

Ja, ist denn dieser Teutonenhaufen noch zu retten? Sind sich denn diese schläfrigen Wiederkäuer nicht endlich klar darüber, daß man mit dem Notstand gar nicht zu drohen braucht, weil es nämlich keinen geben wird. Denn wenn's diesmal was gibt, dann heißt das Feldgeschrei nicht mehr »Hurra« oder »Heil«, sondern mit großer Wahrscheinlichkeit nur »Amen«. Und die Hymne des totalen Untergangs wird auch kaum »Deutschland über alles« lauten, oder »Völker hört die Signale«. Sondern ganz schlicht und endgültig: »Vater unser, der du warst.«

(ABENDZEITUNG, 31. Mai 1968)

Sigi Sommers Stammtisch

Der Augustiner Bierkeller in München – das war Sigi Sommers Brotzeit-Oase, sein Wohnzimmer im Freien, sein Leberkäs-Bergwerk, seine Knöcherlsulz-Basilika, wie er gerne sagte. Dort traf man ihn an fast an jedem schönen Abend und manchmal auch, wenn das Wetter gar nicht einladend war. Hier regierte Sigi Sommer »streng, aber ungerecht«. Auch das hat er selbst so formuliert. Nur ausgesuchte Freunde durften sich an seinen Stammtisch setzen. Ihnen schickte er sogar Rundbriefe mit Einladungen zu einer Floß-Fahrt beispielsweise oder zu einem Jubiläum. Einst war der Stammtisch umlagert. Doch dann kamen immer weniger. Und so schrieb Sigi Sommer zum Schluß resignierend: »Der alte Schwung ist hin«. Hier der letzte Rundbrief vom Dezember 1984:

Unter der alten Kastanie im Augustiner: Sigi an seinem Stammtisch.

Liebe Freunde, Gewesene, Amigos, Spezls, Nutznießer, Neugierige und Lästerer,

»Sic transit Gloria«, sagte Cäsar. Der Metzgermeister Karl Deuringer formuliert das vielleicht so: »Alles hat einmal ein Ende, nur die Wursch hat zwei.« Bertolt Brecht, der philosophierte – und Blasius, der ihn persönlich kannte, hat dieses Zitat selbst von ihm gehört –: »Niemand badet zweimal im gleichen Fluß.« Der Leonhard Knie, mein liebstes Spiegelbild, sagte noch – kurz bevor er die erlösenden Tabletten schluckte: »Nichts was einmal war, kommt jemals wieder.« Und der Sommer Sigi, der alte Spötter, erzählt am liebsten von der tragischen, viel belachten Kurzoper: »Ui« – »Goi« – »Ah« – »Ja mei«.

Doch auch allen anderen Stammtischfreunden wird es wohl schon längst aufgefallen sein: Der alte Schwung ist hin. Und von dem einst in ganz Deutschland berühmten Stammtisch ist eigentlich nur noch der alte vernarbte Tisch geblieben. Der Stamm jedoch ist langsam aber sicher alt, morsch und müde geworden. Und auch die letzten Blätter unserer einst so geliebten Kastanie werden sicher bald vom Abschiedswind weggetrieben werden.

Ich möchte deshalb sagen: Laßt uns dann doch lieber von der schönen alten Zeit träumen oder reden. Denn alle alten Zeiten waren einstmals schön. Denkt vielleicht an unsere unvergeßlichen Stromschnellen-Fahrten auf dem Weiß-Wurscht-Amazonas, an unsere Faschingsausflüge in wildfremde andere Personen und malt halt mit den oft so weit herumgekommenen Fingern das etwas abgewandelte melancholische Hemingway-Poem in die flüchtige Luft:

Mit der Zeit geht halt alles vorüber
Auch das Glück und der Kummer sogar
Wo sind die Freunde von gestern
und die Räusch vom vergangenen Jahr!

Wer noch irgendwann einmal wieder kommen will, findet vielleicht noch einmal einen guten Ratsch und einen guten neuen Witz in der verbröselten Runde. Und wer im neuen Jahr womöglich sogar noch einen Betrag zahlen möchte, soll es halt tun. Der »Roifi« und seine Kasse sind Tag und Nacht geöffnet. Wir werden die paar Nutscherl schon noch brauchen können, um dem einen oder anderen einen letzten Gruß auf die kaum mehr besonders durstige Brust zu legen.

München, an einem Tag im grauen Mond Dezember 1984, eigenhändig verfaßt und unterschrieben von eurem
Sommer Sigi

Sigis große Stammtisch-Runde – beobachtet und gezeichnet von Ernst Hürlimann.

Auf dem Dach der Abendzeitung: Der Autor und sein Verleger Rolf S. Schulz. Gerade wurde beschlossen, einen Sigi-Sommer-Preis zu stiften.

1952: Schnappschuß auf dem Oktoberfest

1976: Ein neues Buch von Sigi Sommer ist erschienen.

Er hat Franz Josef Strauß oft hart angegriffen. Der nahm's mit Humor. Als Ministerpräsident zeichnete er Sigi Sommer mit dem Bayerischen Verdienstorden aus. Juni 1979.

Jetzt kommt die Polit-Prominenz ...

Mit Bundespräsident Walter Scheel auf dem Oktoberfest 1967. Eine Brezel wird geteilt. Scheel war auch Ehrengast an Sigi Sommers Stammtisch.

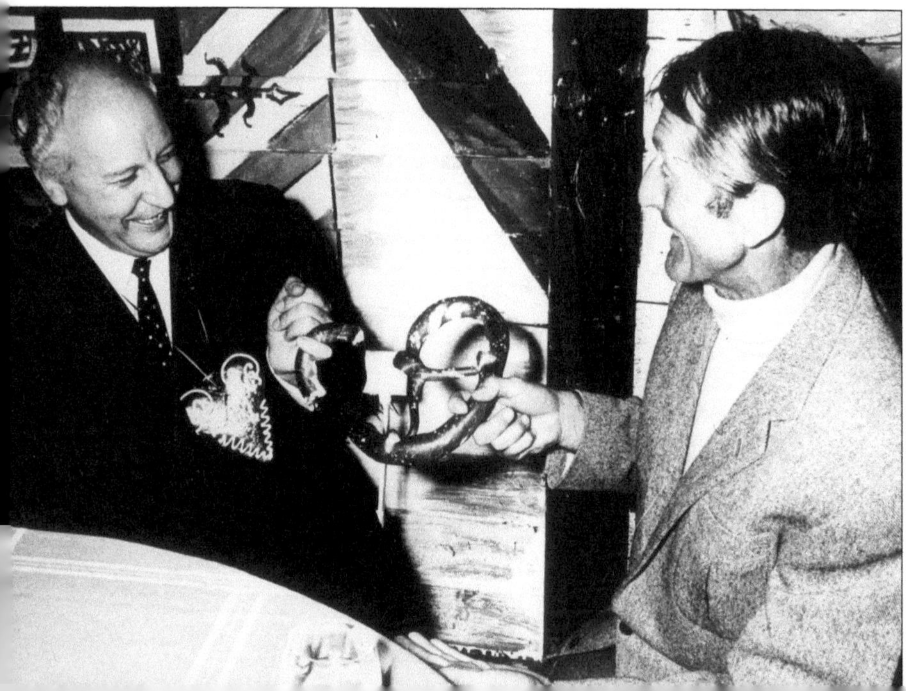

Arm in Arm über den Münchens Marienplatz: Sigi Sommer führt Loki Schmidt, Frau des damaligen Bundeskanzlers, durch die Stadt. Rechts im Bild die Landtagsabgeordnete Hedi Westphal.

Rundgang durch München. Der Spaziergänger begleitet Willy Brandt, damals Außenminister.

Gedanken im Krankenbett

B lasius wurde ein paarmal von Krankheiten hart getroffen. Am schlimmsten war's, und da ging es um Leben und Tod, als in seinen Innereien Aufruhr entstand – Darmverschluß. Dann quälte ihn Ischias. Einmal hieß es, er habe ein Hühnerauge am Stimmband. Auch über eine Influenza hat er berichtet. Immer ohne Selbstmitleid. Aber so, daß jeder lächelnd mitfühlen konnte.

Zwei Pullen Vergißmeinnicht

Blasius, der Spaziergänger ließ sich gestern im Krankenhaus rechts der Isar seine Krampfadern operieren.   (AZ-Meldung vom 21. März 1952)

Dem aufmerksamen Leser der Abendzeitung wird es nicht entgangen sein, daß in der berühmten »Ganz-Privat«-Spalte am vergangenen Wochenende gemeldet wurde, »Blasius habe sich zu einer Krampfadern-Ablieferung ins Krankenhaus begeben«. Schau, schau, was es doch für besorgte Kollegen gibt. Leider aber sehen sie nur die Ader des Krampfes am Beine ihres Nächsten, nicht aber den Bamhackl an den eigenen Haxen.

Sachlich muß Blasius zugeben, daß er sich bei Hitlers bekanntem Gehsportverein zuerst ein Splitterchen aus der Produktion der roten Oktoberwerke, und anschließend eine blaue Liane am rechten Wadl eingehandelt hat. Das war zu jener Zeit, als Blasius im Auftrag und auf Rechnung der Firma Schicklgruber mittlere Erdbewegungen am oberen Don ausführen mußte. Nun begab sich also der Spaziergänger, um seine Marschierstecken wieder in Ordnung zu bringen, in ein Karbolmausoleum zwecks operativer Mißhandlung. Als getreuer Chronist hat Blasius nicht versäumt, so einen Vorgang zu beschreiben.

Zuerst sagt man zum Spaziergänger in sieben Tonarten »so, so«, und »ja, was Sie net sagn«, und führt ihn dann in ein Krankenzimmer, das rechts der Isar liegt und absolut steril ist. In dem Zimmer steht ein Bett mit der Tafel für das Fiebergebirge, und an der Wand hängt ein Bild. Dieses Kunstwerk wird Blasius so schnell nicht vergessen. Im Vordergrund steht eine Tanne, die mit ranziger Streichwurst gemalt sein muß, rechts davon entblättert sich lautlos eine Buche, die ausschaut, als hätte ein rabiater Patient eine Portion Büfflamot an die Wand geworfen, und darüber wölbt sich unaufhörlich ein dämlicher Magermilch-Himmel. Umsonst versucht der Spaziergänger den Namen des Künstlers zu entziffern. Ein Zimmermann ist es nicht, auch kein Geitlinger.

Blasius muß sich auf Befehl entkleiden und in ein Bett legen, obwohl er gerade aufgestanden ist, und wartet mit tückischer Blickwendung zum Tannenbaum, bis um elf Uhr draußen ein Operationskarren vorfährt. Ein Pfleger kommt mit einem etwas unmodernen aber freundlichen Angestelltenkopf und legt Blasius auf den weichgepolsterten Schinderkarren. Beim Abtransport, wo es um die Kurve zum Operationssaal geht, stehen zwei wollwurstnasige Idioten in gestreiften Anstaltsanzügen und grinsen trottolös auf den horizontalen Spaziergänger. Vielleicht warten sie nur, bis sie ihr Hirn vom Ambulatorium, wo es sicher gerade beim Auswaschen ist, wieder zurückbekommen.

Nun rollt man den Spaziergänger in einen anhaltend kahlen Raum. In der Ecke steht ein feueremaillierter Narkoseapparat, der den Patienten die Marschportionen für den Urlaub im Jenseits zuteilt. Ein wimmerlreicher Doktorlehrbub kommt und muß den großen Zehen von Blasius halten. Dann erscheint im blendenden Suwa-Weiß, vermummt und nur den drohenden Augenschlitz frei, wie ein weißgetarnter T 34, der Chefarzt. Blasius will ihm in angstgetränkter Kollegialität erklären, wie sein rechter Wadl innen konstruiert ist, aber der Doktor winkt ab. Er scheint das wohl schon zu wissen, weil der liebe Gott seit Erschaffung der Welt immer die gleichen Menschheitsmuster aufs Band legt, und nicht wie die Citroën- oder Kruppwerke, alle Augenblicke neue Modelle herausbringt.

Da kommt auch schon ein zweiter Doktor, »Auge auf, Kopf hoch« und den Finger am Abzugsbügel einer handlangen Spritze. Bevor noch Blasius »herein« sagen kann, hat er den mitleidigen Saft auch schon drin in seinen Venen. Weil aber das Blut des Spaziergängers einen hohen Salvatorgehalt hat, jagt der Weißkittel noch geschwind eine zweite Pulle »Vergißmeinnicht« hinterher.

Da nimmt der Kopf des Doktorlehrbuben langsam die Formen einer hartgelöteten Wärmflasche an, und um Blasius herum wird es dunkel mit bitter gemischt. Eine Lawine von schwarzem Dampfnudelteig geht über den Spaziergänger hinweg und raubt ihm den Ozon. Zum Glück erinnert sich Blasius gerade noch daran, was Karl May in dieser Situation getan hätte, nimmt einen frisch pasteurisierten Trinkhalm aus der oberen Tasche seines Schlafanzuges und stößt ihn schnell durch den Teig, so daß er wieder mühelos schlafen kann.

Wie der Spaziergänger wieder aufwacht, beugt sich gerade eine Schwester mit einer großen Flügelhaube über sein Bett und ihre weißgestärkten Tragflächen der Barmherzigkeit zittern leise im Aufwind der erhöhten Temperatur.

(ABENDZEITUNG, 31. März 1952)

Hühnerauge am Stimmband

Blasius hatte schon seit längerer Zeit ein Gebresten in seiner Weißwurst-Düse. Auf norddeutsch also im sogenannten Hals. Deshalb ging der Spaziergänger jüngst zum Medizinmann, der ihm mit einer schwer verchromten Spekuliermaschine in die Verleumder-Röhre lurte. »Ah«, mußte Blasius dazu machen, »Ah«, »Äh« und »Jhh«, bis sein Kehlkopf endlich in den vorgehaltenen Spiegel grinste und sehr erstaunt war, denn er sah sich ja schließlich zum erstenmal selber. Dann schüttelte »El Hakim« das gelehrte Haupt und sagte: »Ja, mein Lieber, Sie haben ja ein Hühnerauge am Stimmband.«

Nun, daß jemand Gold in der Kehle haben kann, hat Blasius schon des öfteren vernommen. Aber ein Hühnerauge im Schnorchel ist doch fast so unplaciert wie Kuh-Schmalz auf dem Dach. Freilich könnte der Spaziergänger schon verstehen, wenn ihm gewisse Leute unter Verspruch einiger Wachskerzen so einen Wehdam gewünscht hätten, damit sein Schandmaul einmal Ferien macht; aber daß diese Leute so gute Beziehungen zur jenseitigen Exekutive haben, hätte Blasius doch nicht geglaubt.

Doch der leinenweiße Chloroform-Scheich beruhigte den Spaziergänger rasch und erklärte mit kursiver Nachlässigkeit: »Das winzige Fistelchen pflükken wir einfach ab.« Wenn so ein Pinzetten-Kommodore von Abheben, Loslösen, Schälen oder Pflücken spricht, so meint er damit nichts anderes als eine ganz gewöhnliche Haus- oder Raten-Schlachtung. Trotzdem schritt Blasius am vorbestimmten Tage, und nachdem er seinen Einfüll-Stutzen mit Scharlachberg Meisterbrand gewaschen hatte, zur Folterkajüte ins Josephinum. Zwei rüstige Mädchen nahmen den Spaziergänger in ihre lysole Mitte und geleiteten ihn zum Sitz-Schafott, denn Blasius sollte in aufrechter Haltung zerstückelt werden.

Neben dem Spaziergänger stand ein Tischchen, das mit vernickelten Sperrhaken, verbogenen Häkelnadeln, blitzenden Billettknipsern und funkelnden Ersatzteilen für die Innereien eines Marsmenschen reich gedeckt war. Der lächelnde Professor sprach noch ein paar preisgünstige Worte über die Vergänglichkeit aller Dinge, und dann spritzte er Blasius eine Flüssigkeit ins Zerwirkgewölbe, die nach kaltem Hund und abgelehnter Gehaltsaufbesserung schmeckte.

Da wurde der Spaziergänger innerlich pelzig und gefühllos. Dann führte der Hals-Experte das erste Instrument in Blasius' Rüsselsheim ein. Es war eine lange eiserne Virginia, welche er den Stimmbändern anbot, die jedoch von diesen murrend und prustend zurückgewiesen wurde. Darauf nahm der geprüfte Kehlkopf-Installateur eine verlängerte Brennschere, leicht gekrümmt und vorne mit einem kleinen Zwicker, wie sie Gärtner für besonders wertvolle

Äpfel verwenden. Diesen Ladestock versenkte er ziemlich gelassen und restlos im Spaziergänger, der sich damit vorkam wie ein Wiesen-Brathering in Reserve. Dann machte der Stimmband-Hühneraugen-Operateur Knips-knaps, sagte »brav, brav, brav« und legte das Zwackerli vor Blasius auf eine Glasplatte. Es mochte etwa zwei Karat groß gewesen sein, das Polypichen, das aus der Sängerhalle des Spaziergängers evakuiert worden war. Nur so wertvoll wie ein Brillant war es natürlich nicht. Das wird es vermutlich erst werden, wenn der Doktor den Bleistift spitzt.

Blasius aber muß nun einige Zeit den Schnabel halten, bis er wieder mit voller Lautstärke lästern kann. Allen denen, die dem Spaziergänger gute Besserung wünschten, dankt Blasius mit einem herzlich-heiseren »Mersse«. Für die anderen aber, die das Gegenteil meinen, darf er wohl Weiß Ferdls berühmten Ausspruch zitieren: »D' Leit ham a rechte Freid, weil's bei mir so weit feit – aber d' Leit wissen an Dreeg, soweit feit's bei mir ned.«

(ABENDZEITUNG, 19. Februar 1954)

Feuer im Kreuz

Früher hieß das wohl: Der hat das »Reißen«. Oder man starb an der »Schwindsucht«, an einem »Gwachs« und am »Schlag«. Heute weiß jeder Laie längst, daß das Herzinfarkt, Tbc, Bandscheibe oder Krebs heißt. »Ghupft wia gschprunga«, wird der Einheimische zu diesem Thema sagen. Denn der Tod wird ja jedenfalls aufs Sterben angerechnet.

Nun, Blasius will zwar nicht unbedingt hundert Jahre alt werden. Nein, achtundneunzig reichen ihm auch schon. Auch ist der Spaziergänger noch lange nicht pflastermüde, so daß er keinen gesteigerten Wert darauf legt, wenn man ihm jetzt schon die Eisen von den Hufen reißen würde. Und drum hat er auch immer wieder versucht, etwas Besonderes für seine Anatomie zu tun und machte zuletzt fleißig Jogaübungen. In der Hauptsache aber einen täglichen Drei-Minuten-Kopfstand. Und das hätte Blasius leider nicht tun sollen. Zu spät fiel ihm nämlich ein, daß der große Töpfer, der den Zweibeiner einst aus bayerischem Baaz formte, sicher gewußt hatte, was er wollte. Wenn er nämlich für das Stehen auf dem Kopf gewesen wäre, so hätte er dem Menschen statt der Haare wahrscheinlich Zehen auf dem Haupte wachsen lassen.

An einem ungeraden Kalendertag war's, da spielte der Spaziergänger wieder einmal verkehrte Welt und rutschte mit seinem Wasserscheitel auf dem Parkettboden herum. Schwups, rannte ihm der Beelzebub persönlich einen weißglühenden Schürhakel direkt mitten ins Kreuz. Blasius fiel sofort um wie ein gelernter FDPler und erwachte erst wieder in der Ansaugedüse des Staubsaugers von seiner Zugehfrau. Diese stützte ihn mühsam ab, als wäre er eine VEBA-Aktie, und unter dem Absingen denkbar häßlicher Lieder ging's zum Onkel Doktor.

Während des Transports ergab es sich jedoch, daß der Spaziergänger seine mühsam wiedererlangte Senkrechte nur erhalten konnte, wenn er die rechte Hand hoch über dem Kopf hielt, als wollte er den Offenbarungseid leisten. Und dies wurde dann auch tatsächlich der längste Schwur seines Lebens, denn er dauerte genau zehn Wochen lang.

»Mhm«, meinte der erste Medizinmann, »das werden wir gleich haben«, legte ihn auf ein raffiniert konstruiertes Folterbett und sagte: »Horuck«. Da hörte Blasius zum erstenmal die gesamtdeutschen Engel singen. Natürlich sangen die die Wacht am Rhein. »Mhm«, sagte auch der zweite, dritte und vierte Doktor. Und sie rissen hin und rissen her. Sagten dann noch: »So«, und wischten sich den Schweiß von den Händen, damit sie beim Rechnungen-Schreiben nicht ausrutschen. Lediglich der letzte Weißkittel, der weitaus korrekteste, gab Blasius einen wirklich guten und todsicheren Rat, wie er seinen Schmerzen Herr werden könnte. Er sagte nur ein einziges schlichtes Wort: »Aushalten.«

Ein guter Bekannter empfahl dann dem Spaziergänger als Bandscheibengeschädigter, nachts auf der ausgehängten Wohnzimmertür zu schlafen. Blasius tat es auch zwei Monate lang. Aber vielleicht hätte er sich auf eine braungebeizte legen sollen und nicht auf eine weißlackierte. Jedenfalls half dieses Hausmittel genausoviel wie eine gebührenpflichtige Verwarnung gegen einen Bauchschuß. Längst hätte sich der Spaziergänger vergiftet. Aber wie sollte er bloß an sein Apotheker-Kastl herankommen? Und alles auf der Welt hätte er versprochen, wenn ihm nur jemand geholfen hätte. Sogar den Adenauer würde er wiedergewählt haben. Und dem Mephisto persönlich hätte er seine Seele mitsamt der daranhängenden Milz und der Bauchspeicheldrüse verschrieben und außerdem auch noch ewige Keuschheit gelobt. Denn, wenn der Mensch so vernichtet darniederliegt, fällt ihm zwar unter Umständen der Buchstabe »V«, wie »Vergnügen« auch noch ein, aber nur, wenn er vor den Wörtern Veramon, Vanodorm oder Veronal steht.

Blasius kann diese Sorte Schmerz einfach nicht beschreiben. Denn auf welche Schreibmaschinentaste er auch tippen möchte, es würde immer ein »Au« daraus. Doch vielleicht so: Eines der gräßlichsten Gefühle ist es für den Spaziergänger schon immer gewesen, wenn er das Kreischen eines blanken Messers auf einem nackten Porzellanteller vernimmt. Aber selbst das wäre ihm vergleichsweise in seinem Zustand vorgekommen wie ein Violinsolo von Menuhin. Und selbst der wütendste Zahnschmerz ist gegen ein solches Feuer im Kreuz noch so herrlich wie ein Zungenbusserl von der Claudia Cardinale.

Erst nach sechsundzwanzig Wochen hatte der Spaziergänger allmählich wieder so viel Nervenkraft, daß er sein Gulasch wenigstens notdürftig mit dem Strohhalm essen konnte. Aber nicht einmal seinen ärgsten Feinden würde er als Journalist und Schriftsteller so ein Bandscheibeninferno wünschen. Selbst nicht einem Verleger.

(ABENDZEITUNG, 4. März 1966)

Auf der Brücke ins Jenseits

Zuerst meinte Blasius, er hätte die dreizinkige Gabel verschluckt. Doch die lag noch immer bei seinem Besteck. Dann dachte er, hallo Freund, du hast bestimmt den Tiger im Bauch. Doch als ihn sein Nabel schließlich schmerzte wie eine Rede des Vorsitzenden Heinrich, da ging der Spaziergänger zum Jod-Onkel. Dieser verpaßte ihm zwei gut eingeschenkte Radlpumpen voll »Schmerz laß nach« und vier lateinische Namen, bei denen es sich ebensogut um pakistanische Flüche handeln konnte. Anschließend ging Blasius in seine Stammkneipe und schüttete zur Sicherheit noch rasch fünf Weißbier hinten nach, um den Teufel im Leib endgültig zu ersäufen.

Doch sein Bauch wurde immer gewaltiger, und wenn er mit dem Fingerknöchel darauf herumklopfte, klang das bereits wie die Bitte eines Negerstammes von der Goldküste um deutsche Entwicklungshilfe. Beim Nachhauseweg schließlich hatte der Dreiquartel-Friedhof des Spaziergängers etwa den Umfang des unglückseligen »ZR III« angenommen und die angestauten Gase hoben ihn mühelos in den Zehenstand, so daß er wie der weltberühmte Tänzer Nurejew den ganzen Heimweg auf Spitze zurücklegte, ohne jedoch irgendeinen Beifall dafür zu erhalten.

Daheim läutete er den guten hilfsbereiten Hakim mitten aus seinem »Adgo«-Schlummer; er und Blasius sahen sich an wie die Hauptdarsteller in dem schönen Film »Artisten in der Zirkuskuppel: ratlos«. Also machte sich der Spaziergänger kurz entschlossen auf den Weg in den großen Blinddarmkaufhof von Pasing, der Blasius zwar nicht wegen seines heißen Drahtes zu den himmlischen Heerscharen empfohlen worden war, sondern mehr wegen seiner ausgezeichneten Nähstube und dem ebenso berühmten wie schönen Chefarzt, den der Spaziergänger allerdings nicht unbedingt heiraten wollte.

Dort angelangt, klopfte man sofort auf seinem hochschwangeren Weißwurstranzen herum, der aber keineswegs »herein« rief, sondern jetzt schon so prall war, daß es wahrscheinlich sogar dem Hans-Jochen Vogel beim Anzapfen den Bierschlegel aus der Hand geprellt hätte. Dann entschied einer der Weißkittel kühl und gelassen bis ins Herz hinab: »Da machen wir einfach auf«. So als ob es sich bloß um das Hosentürl vom Blasius gehandelt hätte. Während der andere etwas von einem Darmverschluß in den nicht vorhandenen Bart murmelte.

Da mußte der Spaziergänger unwillkürlich denken, wie doch der liebe Gott seine Überraschungen komisch verteilt. Denn eigentlich hätte er ja Blasius weit eher eine Maul- und Klauenseuche schicken müssen. So wie für den Gerstenmaier beispielsweise im Notfall eine Krankheit am Säckel passend gewesen wäre oder für den hochverehrten Herrn Bundespräsidenten Lübke eine totale Heiserkeit. Doch die Wege des Herrn sind halt wunderbar. Er schickt ja auch seltsamerweise einem Menschen, der sein Leben lang Hosenträger getragen hat, einfach eine Gürtelrose.

Inzwischen hatten etwa ein halbes Dutzend Bratwurstnasige neugierig in das weißbezogene Katapult des Spaziergängers geschaut, mit dem man ihn sogleich ins »St.-Nimmerleins-Land« schießen wollte. Und Blasius mußte sich denken, was die Deutschen doch für ein eigenartiges Volk sind; denn für jeden Anlaß haben sie eine entsprechende Kleidung entworfen: Fürs Standesamt, für die erste heilige Kommunion, für das Gefängnis und natürlich auch für das Krankenhaus. Dort laufen sie nämlich alle mit dem gleichen gestreiften Aspirin-Smoking herum und schauen darin aus wie Zebras, die man nach jahrzehntelanger Dressur das Aufrechtgehen gelernt hat.

Doch dann war es auch schon soweit und der Spaziergänger stand urplötzlich auf der Brücke zum Jenseits und hätte, genaugenommen, von all dem nur die Hälfte von gar nichts gespürt, als ihm die zwei Spezialisten sachlich und meisterhaft wie zwei Geldschrankknacker seine Bratwurstbonanza aufsäbelten. Allerdings, als er dann erwachte, kam er sich ein bißchen wie der Astronaut Borman vor. Denn genau sieben Drainagen, Sonden und Schläuche wuchsen aus seinem mageren Innenleben heraus, von dem der Chefschnitzler behauptete, es hätte beim Aufmachen vor lauter dürr sein schon herausgestaubt.

Nun, nach drei Tagen, als der Spaziergänger gerade mit einer kühlen Blonden liebäugelte, kam plötzlich eine neue böse Meldung aus Darmstadt. Denn da wurde der Hendlfriedhof vom Blasius noch einmal so dick und hart, daß man ruhig ein paar Eierhandgranaten auf ihm hätte aufschlagen können. Und da hieß es dann: »Das Ganze noch einmal von vorne!« Und bei diesem zweiten Ausflug ins große Vergißmeinnicht war der Spaziergänger dem Gangerl so nahe, daß er sogar die Knöpfe an seinem Ewigkeitskittel hätte zählen können, die es allerdings gar nicht gab.

Nach drei Stunden war der Spaziergänger wieder zurück von der Reise, von der er nur noch weiß, daß es da drüben so dunkel ist, wie wenn sich ein Blinder nachts um zwölf Uhr im Forstenrieder Park die Hand vor die Augen hält. Und an den folgenden schlimmen Tagen war es fast immer bitter bis finster gemischt, und da entdeckte Blasius immer wieder, wie winzig doch so ein Menschlein ist. So klein nämlich, daß es eigentlich eine Staffelei bräuchte zum Erdbeerpflücken. Oder noch kleiner, so daß es mitsamt seinem Gamsbart in das rote Brillenfutteral einer Waldameise passen würde.

Und noch eins entdeckte Blasius: Daß er nämlich ein paar gute Freunde hat.

(ABENDZEITUNG, 7. März 1969)

Auch das war Blasius: »Alle, die ihren Humor verkaufen müssen, sei es an eine Zeitung, sei es als Komiker, sei es als Schauspieler für die bleibt selbst nicht viel übrig ...«

Friedhofsgeschichten

Sigi Sommer hat viele Geschichten über das Sterben geschrieben. Oft und gern ging er auf Friedhöfen spazieren, die er »Rastplätze der Vergangenheit« und »Inseln des Friedens« nannte. Dem Tod ist er ja schon in seinen Kindheitstagen begegnet, wie er vor Jahrzehnten in einer Blasius-Kolumne schrieb.

Insel des Friedens

Es gibt noch immer ein paar stille und gute Inseln des Friedens mitten im Großstadt-Gehaste, an die sich weder die nimmersatten Bagger noch die lüsternen Behörden herantrauen. Nein, Blasius meint nicht die paar Bierkeller-Paradiese oder die von Stolperdrähten durchzogenen Anlagen, sondern jene Stätten, wo alle Wege enden, und die so schön und bezeichnend »Friedhöfe« heißen. Dorthin flüchtet der Spaziergänger an manchen Tagen, wenn der Asphalt unter dem übereifrigen Planeten heiß und weich wird wie eine frisch gebackene Pizza. Und die Luft überall flimmert wie ein uralter Stummfilm. Denn in diesen Oasen der schläfrigen Beschaulichkeit hat man das schöne tröstende Gefühl, im Notfalle auch gleich aufgeräumt zu sein. Und das gilt nicht nur für jene vorgeschobenen Beobachter, die unter den zahlreichen Bäumen schlafen, welche nur einen einzigen waagerechten Ast haben und Kreuze genannt werden.

Da kommen mit grünen Gießkanndl und kleinen eisernen Rechen die freudlosen Witwen und kratzen ein bißchen wie versprengte Hühner auf den schwarzen Hügeln herum. Und manche streicheln auch mit müden Fingern das Fleckchen Erde, das vielleicht schon bald ihr letztes dunkles Kanapee sein wird. Auch kleine scheue Gespräche führen sie wohl mit ihrem Seligen, der schon lange in der Rückenlage liegt. Vielleicht erzählen sie ihnen den kleinen Tratsch vom Hinterhaus oder die verzagte Litanei von dem Leben einer Alleingebliebenen.

Gerne benützen auch die Hausfrauen die Abschneider durch den alten Gottesacker. Mit wiegendem Gang kommen sie vom grünen Markt oder der Großmarkthalle, bleiben stehen, seufzen ein bißchen und schaukeln dann wieder weiter. Manchmal läßt sich wohl auch eine auf den grünen Latten-Sofas der aufgestellten Bänke nieder und hängt das Netz mit den buschigen Porree-Schwanzl gleich gar an die gußeisernen Zehen eines hingestreckten Feldherrn, der in voller

Lebensgröße auf niederem Sockel schläft und über den berühmten Ausspruch sinniert: »Sic transit gloria – –.« Auf wuchtigem Marmorblock steht auch eingemeißelt, was der Marschall alles eroberte an Land, an Boden und Raum. Das tat er jedoch nur für sein Vaterland. Denn für ihn selber blieben hochgerechnet auch nur drei Kubikmeter übrig.

Hinten in der Ecke, in der die Fürsten und die Wissenschaftler, die großen Brauereibesitzer und Patrizier die Kartoffeln in stiller Demut von unten betrachten, ist es am allerruhigsten. Dort sitzen auf warmen Carrarasteinen, die von manchen Ruhestätten übrig blieben, junge Mütter und schaukeln ihre weißen und rosa Bündel in leisem Singsang im Schatten der Erlen und Linden. Etwas abseits davon steht der Engel mit den grünen Augen, ein großer bronzener Seraphin mit schweren Flügeln, der die Hand ausgestreckt hat und in seinen klammen Fingern noch das abgerissene Ärmchen eines Kindes hält. Sein Schützling wurde ihm von einem Bombentreffer weggerissen und jetzt schaut der Schutzengel mit grünspan-traurigen Augen ratlos vor sich hin und traut sich wahrscheinlich nicht mehr heim, weil er so schlecht aufgepaßt hat.

Ein riesiger Basaltblock liegt auf der Gruft eines sagenhaft reichen Fabrikanten. Und Blasius muß sinnieren, denn er denkt daran, wie die Angehörigen des Beigesetzten vielleicht in ihren letzten Grußworten sagten: »Möge ihm die Erde leicht werden.« Und dann wälzten sie den halben Wendelstein über seine stumm gewordene Brust. Wird sich da der Schlummernde am Tage der Auferstehung nicht etwas schwer tun, wenn er sich aus seinem steinernen Tresor wieder erheben soll?

Zwei alte Penner nehmen nun Platz auf einer kühlen Grabeinfassung und machen Brotzeit. Es sind zwei Tippelbrüder, wie sie der Högfeld so schön malte. Zuerst zieht der eine sein schartiges Taschenmesser an einem grauen Sandsteinsockel ab. Aber es schneidet noch immer nicht recht, so daß er sich für den weit edleren Granit entschließt. Dann schneiden die beiden einen linoleumfarbigen Preßsack in Streifen und ein Brot, das vor lauter Altsein knarzt. Nach dem Essen holt der Ältere eine winzige Mundharmonika aus dem Sack. Und spielt leise. Der andere singt dazu mit kindischer Kopfstimme: »A bissal lebn, a bissal schterbn. A bissal gebn, a weng verderbn.« Seltsamer Text.

Blasius aber muß lächeln. Und auf einmal ist das doch alles so unwichtig. Daß ihn der Herr Amtmann Hirnwimmerl nicht mehr grüßt und daß die Aufschläge an seiner Hose tatsächlich um zwei Zentimeter zu schmal sind.

(ABENDZEITUNG, 14. August 1964)

Begegnungen mit IHM

Die erste Begegnung mit IHM hatte Blasius im Alter von fünf Jahren. Es war die ungemein gutmütige, aber ebenso runde Kolonialwarenhändlerin Schmöller gestorben. Da lag sie dann, wie das damals noch so üblich war, im altdeutschen Wohnzimmer neben ihrem Minzenkugel-Bergwerk inmitten von Blumenstökken, Buchsbaumkübeln und vielen Schwertlilien aus den nahen Heimgärten und schlief gar nicht unfreundlich vor sich hin. Eine einsame Stubenfliege umkreiste ihre altmodische Schneckenfrisur, tuschelnde Wildlederweiblein murmelten Gebete, die sich anhörten, als würde feuchter Malzkaffee gemahlen. Und aus dem kleinen Weihwasserkessel am Türstock wurde die Ruhende von jedem Neueintretenden vorsichtig benässelt. Der kleine Spaziergänger aber fragte seine Oma ganz leise: »Großmuatta, kriag i jetzt von da Frau Schmöller koane Guattl mehr?« »Pst«, erwiderte drauf das Ahndl, »de Frau Schmöller ist doch jetzt ein Engel und kommt in den Himmel.« Da dachte sich der winzige Wicht: »Wenn die Frau Schmöller jetzt dann davonfliegt, da wird sie sich aber schwer tun bei ihrem Gewicht, wo sie doch immer schon so schnauft, wenn sie zu den Zichoriepackerln auf das obere Regal hinauf muß.«

In diesem Stadium lernte Blasius dann den zahnlosen hohläugigen Kahlschädel auch beim Kasperltheater kennen. Wenn er mit gruseligem Tuscheln aus der Versenkung heraufkam und zum Larifari sagte: »Ich bin der Tod, der Menschenfresser.« Worauf der lustige kleine Nasenkönig unter dem Gejohle seiner minderjährigen Kundschaft regelmäßig antworten mußte: »Friß Bratwürschtl, de schmecka da bessa.«

Zwei Jahre später war der Spaziergänger Ministrant auf dem Lande. In einer Gegend, wo die Hunde nachts drei Tage vorher schon heulten, wenn ER kam, um jemand zu holen. Weil sie ihn doch rochen, den Boandlkrama. Da wurde ER bald ein alter Vertrauter. Denn Werden und Vergehen waren in dem vergessenen Dorf keine Affäre. Da hieß es noch hart und schlicht: »Jessas, jessas, 's Liacht brennt oba und d'Bäurin stirbt no net.« Wenn draußen die Heuernte eingefahren werden mußte, und eine Hauserin lag in den letzten Zügen, da schien es, als wollte sie sich extra beeilen und alles möglichst rasch hinter sich bringen, damit der Mann und die Mägde nur ja wieder schnell genug hinaus aufs Feld kamen.

Als der Spaziergänger dann viele Jahre später zum Marschierer wurde, war er IHM zwangsläufig ganz besonders nah. »Als wär's ein Stück von mir«, wie irgendein Kamerad auf der Mundharmonika spielte, wenn es die Zeit und die Umstände erlaubten, vor jenem viereckigen Loch, das sich immer wieder wie der Lieferanteneingang zur Ewigkeit auftat. Da gab es noch ein ganz besonders makabres Phänomen in der Kompanie vom Blasius. Das war der Stabsgefreite Häberle. Jedesmal nämlich, wenn der Nachschub angetreten war, ging der Häberle langsam hinter der Front vorbei. Hinter dem Neuen, hinter dem er stehenblieb, der ging mit Gewißheit als Nächster »über die Wupper«. Bei einigen ahnte der schaurige Häberle sogar den Tag, an dem sie in die fremde Erde beißen mußten, so gewiß, daß er sich an der Feldküche schon den »Schlag« des anderen reservieren ließ.

Später, als der Spaziergänger schließlich manchem Freund und Bekannten die letzte Ehre erwies, ging es ihm, wie wohl allen Beteiligten, immer ein wenig unter die Haut, wenn der Pfarrer den erschauernden Satz sprach: »Und nun wollen wir noch für den beten, der aus diesem Kreis der nächste sein wird.«

Viel Spaßiges, Schnoddriges oder Besinnliches hat Blasius im Laufe seines Lebens schon über den »Sankt Nimmerleinstag« gelesen und viele bezeichnende Aussprüche oder Vergleiche gehört. Wenn es zum Beispiel in kinderreichen ländlichen Gegenden, wo alles immer um eine große Schüssel herumsaß, heißt: »Der hod jetzt a sein Löffl weggschmißn«, so ist das wohl ebenso bildhaft, wie wenn im Pferdemetzgerjargon gesagt wird: »Gestern ham's an oidn Huaba d'Eisn obagerissn.«

Besonders treffend ist auch der Vergleich, den die Franzosen für diese Situation geprägt haben. Sie denken da an ihre großen herbstlichen Wiesen, auf denen im September die bekannten blauen Kelche blühen, die an zierliche Tabakspfeifen erinnern. Drum sagen sie, wenn das Gespräch auf einen Dahingeschiedenen kommt, ganz beschaulich: Ach der, der raucht auch schon lange die Herbstzeitlosen.«

Das nachdenklichste »Gschichtl vom Tod« ist aber wohl jenes: Da lebte in der Stadt Nürnberg einst ein Reicher mit seinem Sohn. Eines Tages war Jahrmarkt, den der Sohn besuchte. Da traf er mittendrin den Tod, der ihn lange ansah und dann stumm den Kopf schüttelte. Der Sohn lief entsetzt zu seinem Vater hin und sprach: »Lieber Vater, gib mir rasch dein schnellstes Pferd, damit ich nach Landshut reite. Ich habe nämlich den Tod getroffen und kriege Angst, er könnte mich holen.« Also ritt der Sohn in Windeseile nach Landshut. Der Vater aber ging sogleich auf den Marktplatz, traf dort tatsächlich den Gevatter Hein und sagte: »Du hast doch heute schon meinen Sohn gesehen. Aber sage mir bitte, warum hast du denn da den Kopf so stumm geschüttelt?« Da erwiderte der Tod: »Ich habe den Kopf geschüttelt, weil ich mich gewundert habe, daß ich deinen Sohn hier in Nürnberg treffe. Weil ich nämlich den Auftrag habe, ihn in Landshut zu holen.«

(ABENDZEITUNG, 4. November 1966)

An jener Friedhofsmauer

Nein, dieser Jesus Christus ist kein Superstar. Vergrindet und verdreckt, das Gesicht vom Auspuffqualm der vorübermurrenden Diesellaster verschmiert wie ein Ölkuli, so hängt er mit rachitisch verrenkten Knochen am Kreuz. Und dazu hat er auch die zerschundenen Finger noch wie zum Segnen gespreizt, statt daß er wenigstens eine Faust machen würde, um seine Ebenbilder auszuknocken.

Dieser verspottete Dulder, der zermartert in dem windigen, verlassenen Friedhof des alten Sendlinger Kirchleins steht, erinnert den Spaziergänger jedesmal erneut an das Gedicht Heinrich Heines, in dem es so wahr heißt: »Mit Wehmut erfüllt mich jedesmal/Dein Anblick, mein armer Vetter/der Du die Welt erlösen gewollt/Du Narr, Du Menschenretter.«

An der kahlen, schmucklosen Kapelle vorbei, in der eine bayerische Madonna steht, die der naive Künstler in heimischer Wahrheitsliebe sogar mit einem angedeuteten Kropf nachempfunden hat, geht Blasius jene Schandmauer entlang, in der vor vielen, vielen Christtagen der Stolz des Oberlandes geschlachtet wurde. Die fünftausend Bauern, von denen es im Liede heißt: »Über Bruck'n von Schäftlarn sans zogn bei der Nacht/De Schtern, de ham glanzt und de Bruck'n hot kracht/Wohl fünftausend Manna, de ham se verschwor'n: Wenn mia jetzt net kemma, is s'Landl verlor'n.«

Und da griffen sie dann zu der Sense, zur Keule, zum Schwert, um ihre geliebte Hauptstadt zu befreien. Und wie es weiter in Stielers Ballade heißt: »Ein Fähnlein, himmelblau und weiß, trägt vor dem Zuge ein riesiger Greis. Das ist der stärkste Mann des Lands, der Schmied von Kochel, der Meier Hans: Von seinen Söhnen, den sieben, ist keiner zu Hause geblieben.« Hier allerdings muß der Spaziergänger den Chronisten trotz seiner Ergriffenheit etwas korrigieren. Denn nicht blau und weiß sind die Farben unseres Hoamadls, sondern, wie schon der Kindervers besagt: »Weiß-Blau ist Boarisch und grea macha Gäns.«

Dabei wäre es dem Jäger-Loisl, dem Flösser-Flori und dem schimmelhaarigen Hünen aus Kochel sogar fast gelungen, den verhaßten Kaiserlichen »die Wadl nach vorne zu richten«. Wenn nicht wieder einmal ein Verräter im Spiele gewesen wäre. Denn wie geht die weiß-blaue Ilias doch weiter: »Der Pfleger von Starnberg war der Wicht', mein Lied nennt seinen Namen nicht. Sein Kleid war gelb, sein Haar war rot. Sein Stammbaum des Ischariot.«

Und diese Zeilen stimmen Blasius nicht zum ersten Mal nachdenklich. Warum müssen denn alle Verräter rote Haare haben? Denn auch der Judas war doch kupferblond. Seltsam, muß der Spaziergänger sinnieren, warum hat man diese Spitzbuben nicht als Kahlköpfe überliefert. Waren denn die Roten schon immer das Unglück dieser Welt?

Dann verweilt der einsame Wanderer zum vielten Male vor dem großen, grausam-schönen Lindenschmid-Bild auf der Nordseite des Kirchleins. Dort war er mit dem Herrn Lehrer Gruber auch vor einem halben Jahrhundert schon gestanden und hatte jedesmal eine zarte Gänsehaut auf seinem blassen Schulspeisungs-Bäuchlein bekommen, wenn er den riesigen Lederhosen-Goliath so wüten sah und dabei leise vor sich hingemurmelt: »Mit einer Keule aus Eisenguß drosch er sie nieder, zu Pferd und zu Fuß.«

Doch wie damals schaut er auch heute noch genauso vorwurfsvoll auf den lieben Gott, der über dem Schlachtgewimmel sitzt und seine Hände ausbreitet. Denn wenn der Allmächtige auch nur ein kleines bißchen hinuntergelangt hätte, wäre es es ihm ein Leichtes gewesen, den Speer, den gerade ein höhnisch grinsender Pandur dem Schmied in die Brust stoßen will, auf die Seite zu drücken.

Aber die sturen Bayern, die in ihrer Gläubigkeit vielleicht sogar gehofft hatten, das Christkind würde ihnen zu Hilfe kommen, bis sie dann erleben mußten, daß nur Kriechbaum-Reiterei auf sie zukam, starben wieder einmal verlassen, verraten und ohne die Heiligen Sterbe-Sakramente nach einem unerforschlichen Ratschluß. Achthundert von ihnen liegen heute noch seit zweihunderteinundsechzig Jahren unter einem schlampigen Hügel des vereinsamten »Friedhofs«. Ein Marmorstein mit verwischter Goldinschrift besagt es.

Blasius, der sich noch ein paar verwehte Gedanken über diese verschaukelten Helden machen möchte, und sich fragt: Wer mag sie wohl gezählt haben, wer begraben, wer beweint und wohin an jenem Heiligen Abend die Sieger zum Feiern gingen, schlüpft rasch in das kleine Kirchlein hinein. Doch im Innern des froststarren Gotteshauses ist auch kein echter Friede. Ein paar namenlose Verkünder auf den Wandsockeln prophezeien vereinsamt vor sich hin und haben fast alle Spieße oder Beile in den vergipsten Händen. Das Weihwasser im Kessel ist gefroren, so daß man es höchstens in einer Tüte mit heimnehmen könnte. Und ein unguter Zugwind wispert den versprengten Andächtigen böse zu: »Schau bloß, daß d' verschwindst.«

Draußen steht Blasius noch eine zeitlang vor dem Kranz der Stadt München, den ein eiliger Ausfahrer sachlich abgeladen hat. Und beim Gehen schaut er ein letztes Mal zum eisernen Schmied hinauf, der kämpft und kämpft und kämpft. Doch bald wird ihn wohl der Regen ganz weggewaschen haben von der Friedhofswand und auch aus der Erinnerung der meisten Landsleute. Drum murmelt der stille Heimwärts-Wanderer mit resigniertem Kopfnicken die letzten abgewandelten Zeilen des bayerischen Helden-Epos vor sich hin:

»Der Schnee is zerganga
s' Gedenka damit
bald ist er vergessen
da Balthes, da Schmied.« (ABENDZEITUNG, 25. Dezember 1971)

Sein letzter Artikel in der AZ:
Schatten an der Wand

Da hängen sie also nun, denkt Blasius. Die Gefährten seiner späten Jahre. Aber natürlich nicht an krummen Hälsen. Sondern halt an krummen Nägeln. An der Gedächtnis-Nordwand über dem Freundschaftstisch im kleinen Lokal »Zum Klösterl«. Zweiunddreißig an der Zahl. Und elf davon tragen bereits das schwarze Band vom Sanktnimmerleins-Orden im unsichtbaren Knopfloch.

Als Linksaußen grüßt der Wolfgang Lukschy mit einem wissenden Spötterlächeln aus dem gläsernen Ewigkeitsfenster auf die gelichtete Runde herab. Der unnachahmliche Tauenziehn-Stenz aus »My Fair Lady«. Der uns manchmal den abgewandelten Song von seiner gelehrigen Sprachschülerin Eliza Doolittle vorträllerte, mit der er natürlich längst ein »g'schlampertes Verhältnis« betrieb. Und deshalb lautete die entsprechende Strophe bei ihm etwa so: »Ging die Straße oft, ins Hotel mit ihr / Und dann lag die Liza ruhig unter mir.«

Am liebsten wäre er aber eigentlich ein »sakrischer Jagersbua« gewesen. Und auch für diese Situation hatte er ein erfundenes Schnaderhüpferl. Denn als er in Gedanken mit zwei ähnlichen Kudamm-Typen aus seiner Sicht im »Gamsquartier« eine einheimische Schönheit »anmachen« wollte, hätte jene in seiner Fantasie zu den drei »Salontirolern« sicherlich gesagt: »Der erste, der hod ja koa Büchserl ned / der zwoate der hod ja koa Blei / dem dritten, dem schpannt ja sein Hahnderl ned / leckts mi am Orsch olle drei.«

An dem Tage »X« telefonierte Blasius dann noch ein letztes Mal mit ihm. Dem Professor Higgins. Nach dem fernen Berlin. Doch auf einmal war dann ein ganz anderer in der Leitung. Und seitdem schweigt er halt für ewig. Der kesse Woiferl.

Genauso wie der Schmidt Waggi mit seinem guten freundlichen »Geht wos ab«-Gesicht. Er war Vertreter für eine Kaffeesorte, die sich »Kuli« nannte, gewesen. Der Waggi hatte jedoch unserer Meinung nach selber keinerlei Hochschätzung von seinen braunen Bohnen. Deshalb erfand er auch gleich für sich privat den Werbeslogan: »Wer einmal im Leben Kuli trank – der trinkt sein ganzes Leben nur mehr Kathreiner.«

Handlungsvertreter Schmidt warf dann ganz unerwartet im fernen Italien sein Auftragsbuch weg. Und weil in dem Hotel, in dem er einquartiert war, das Treppenhaus viel zu eng war für einen zweieinhalb Zentnermenschen, so trugen sie ihn in einem mürben Korbsessel sitzend auf die Straße herab. Direkt vor einen Konkurrenzladen hin. Darüber hätte der Waggi sicher wieder so lautlos gelacht, daß es ihn schüttelte. Den Ansatz dazu sieht man immer noch ganz deutlich auf seinem retuschierten Gesicht. In der Größe sechs mal achtzehn.

Links von ihm prahlt der Sohn eines bayerischen Ministers gar nicht mehr besonders »mit seinen Wangen«. »Wuko« hieß er und er war einen einzigen Tag lang ein fescher Ringkämpfer, wie sein Trikot zeigt. Doch dann warf ihn ein völlig respektloser Landshuter mit einem Fallrückzieher gleich direkt unters Publikum. – Oder?

Der Wuko hatte auch ein selten braves Eheweib. Das ihm nicht nur zur nächtlichen Zeit untertan war. Doch er war auch sehr von der eigenen Mama verwöhnt. Einmal während eines Urlaubes richtete ihm sein liebedienendes Fraule das Frühstück direkt unter der Nase zurecht. Aber er rührte es nicht an. Als ihn der Spaziergänger dann fragte, warum er dieses herrliche Gedeck verschmähte, erwiderte er nur ganz hart und trocken: »Z'weit weg.«

Ach ja, und der »Azo«. Alfred Zoll, ein gewesener Münchner Tierparkdirektor. Wickelte als Brotzeit jedesmal einen Leberkäs-Quader von der Größe eines Ziegelsteines aus. Dann schnitt er die Würfel in korrekte Portionen und richtete sie nach Art eines Schachspieles vor sich auf dem Tische aus. Bis er sie plötzlich ohne jeden Kommentar brutal verschlang. Gefragt, warum er denn auf einmal so rigoros wäre, erwiderte er lapidar: »Des segts doch, schwarz hod verlorn.« Unvergessen bleibt auch der Schlagerpoet Hans Fritz Beckmann. Wenn er mit

Auf dem Weg in der Wurzerstraße. Hier wohnte er fast vierzig Jahre lang.

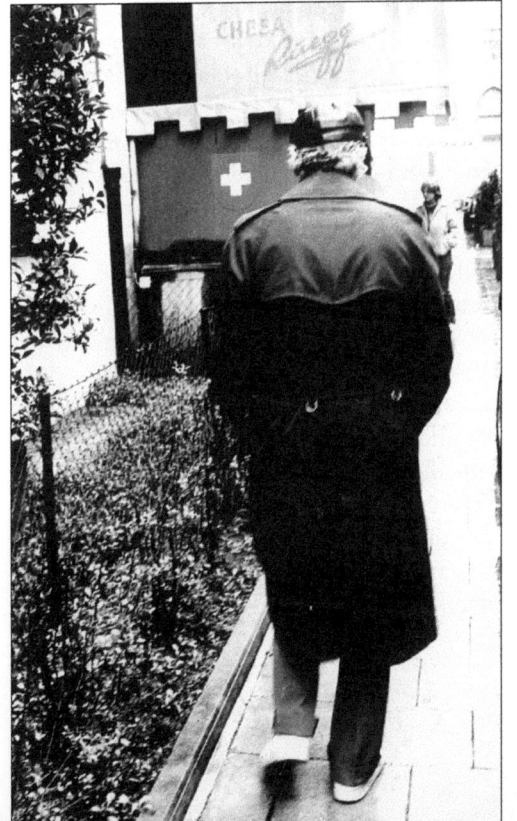

seinem zehenlangen Nerzmantel trällernd durch die engen Gassen schlurfte. Immerhin fielen ihm dabei solche Verse ein, wie jene vom »Bel Ami«.

Und schließlich noch der Sarcletti Rudi, ein Amateur-Funker, der für viele tausend Mark diesem Hobby nachging. Seine konstanten Rufzeichen in den Äther vielleicht nach Shanghai oder nach Oslo gerichtet, lauteten stereotyp: »Hier Kobra Eins, ich rufe Ratte Zwo – rengt's bei eich aa?« Eine Antwort darauf hat er niemals erhalten. Nun, der traurig gewordene Blasius trauert aber vor allem um seinen toten Hauptfreund, den Cossy Hans. Er war ein Gebirge von Zugeneigtheit. Jetzt grüßt er in seiner letzten Filmrolle als amerikanischer Captain Tag und Nacht seine geliebte Mannschaft.

Und nun tät natürlich der Spaziergänger auch gerne wissen, wen er eigentlich »jenseits der Wupper« noch antreffen wird. Wer könnte ihn wohl an der Pforte begrüßen oder verachten? Sein Hauptfeldwebel Wiegetritt. Der russische Krieger, dem er im Maisfeld plötzlich gegenüber stand und den Blasius, ohne einen Schuß zu tun, einfach zu seiner »Lubutschka« heimschickte? Oder den Lehrer Waldtier, der ihm öfters sechs »Übergelegte« gab und sich dabei immer zu seinen Gunsten verzählte?

Und ob ihm wohl Herr Kaplan Fichtner auch am »anderen Ufer« immer noch den Begriff der Ewigkeit mit jenem Beispiel klar machen möchte: »Wenn ein Spatz alle tausend Jahre seinen Schnabel an der Zugspitze wetzt und der Berg schließlich weggesäbelt wäre, dann sei die erste Sekunde der Unendlichkeit vorüber.« Oder ein anderes Bild: »Alle Menschen, die jemals gelebt hätten, fänden mühelos über den Wolken Platz genug. Weil beim Schöpfer eine Million seiner Ebenbilder im Himmel droben höchstens ein einziges Kilo wiegen würden.«

Nun ahnt aber weder der Spaziergänger noch der Heilige Vater selber ganz genau, wie es eigentlich im Garten Eden sein wird. Was jedoch Blasius ganz genau zu wissen glaubt, ist der Umstand, daß es mit diesem Leben keineswegs zu Ende ist. Futschimare.

Denn es kann ihm doch niemand erzählen, daß der Herr aller Dinge ein solches Wunderwerk wie seine Menschlein einfach nach etwa siebzig Jahren auf den Mist wirft. Nur damit es nachher kräftig stinken kann. Nein, meint der Spaziergänger, der liebe Gott ist doch kein Mensch nicht. – Oder?

Und da baumelt aber auch noch einer in der Runde, der den Löffel hoffentlich noch lange nicht wegwerfen muß. Nämlich Max Colpet, der den deutschen Text von dem Weltschlager »Sag mir, wo die Blumen sind« verfaßte. Und der Spaziergänger ist auf ihn deshalb besonders stolz, weil der »Maxe« zu seinem 70. Geburtstag eigens ein Poem dichtete, das mit dem Verse schloß: »Und würd' statt mir Methusalem hier stehen, würd' er mit diesem Satz beenden mein Gedicht: Hab an die tausend Sommer kommen sehn und gehen – Doch einen Sommer wie den Sigi nicht.«

So verabschiedet sich also nun der alt gewordene Asphalt-Treter von seinen treuen, geduldigen, braven und wohl auch manchmal leise vor sich hinlächelnden, unbekannten und bekannten Freunden. Auch bittet er seine gestrengen Kritiker noch einmal um etwas menschliche Nachsicht, denn wie meint schon Bertolt Brecht so wahr: »Gesetzten Sinnes sind wir alle nicht.« Oder wie der unsterbliche Lohnkutscher Xaver Krenkl so derb aber fröhlich meint: »Ja mei – wos sei muaß, des muaß hoit sei.«
Deshalb muß Blasius unter seinen Abgesang halt nicht ganz ohne Trauer deshalb dieses Mal schreiben: »Sie lesen den Spaziergänger an den kommenden Freitagen überhaupt nicht mehr. Und auch das Samstags-Verserl »geht mit dem Wind«, der trotzdem weiterhin durch die Tag und Nacht geöffneten Münchner Stadttore wehen wird. Wobei dem Sommer Sigi mit einer kleinen dunklen Träne im Knopfloch auch noch der etwas bittere Ausspruch von seinem uralten Sportfreund Max Schmeling einfällt, der nach einer unabänderlichen Entscheidung in seinem Boxer-Milieu auch nach dem Verlust eines Weltmeistertitels ganz trocken zu sagen pflegte: »They never come back!«

(ABENDZEITUNG, 2. Januar 1987)

Blasius verabschiedet sich und lüftet den Hut – wie immer gezeichnet von Ernst Hürlimann.

Erinnerungen an Sigi Sommer

Anneliese Friedmann:
Ein Chronist. Und ein Poet dazu ...*

Geschätzter, gelobter, geliebter Kolumnist – Abschied also. Schon das Wort schmeckt leicht bitter. Ihnen, dem er gilt, würde jetzt gleich ein Vergleich einfallen wie »a Noagerl Bier von gestern« oder »der Kuß vom vergangenen Jahr«. Denn Sie sind ein Dichter.

AZ-Herausgeber Anneliese Friedmann. Er nannte sie »die Prinzipalin«.

Jetzt könnte man fragen: Wer ist ein Dichter? Einer der schreibt? – Das tun viele. Gut schreibt, originell, unverwechselbar – auch das können manche. So schreibt, daß die Menschen aufhorchen – dies kommt schon seltener vor. Mitunter gelingt es Leitartiklern, Werbetexten und alle Jubeljahre Politikern – meist, wenn es nichts mehr zu jubeln gibt.

Doch Dichter gehen in anderen Schuhen. Auch, wenn diese im Fall unseres Blasius nur die allergewöhnlichsten Turnschuhe sind, in denen er seit vierzig Jahren durch unsere Stadt streicht – an die zehn Kilometer am Tag, sagt er – Hinterhaustreppen hinaufsteigt oder über das polierte Parkett feiner Happenings schlürft, das letzte Kopfsteinpflaster drunten am Glockenbach tritt oder wie damals als Bub durch die Wiesen am Flaucher schnürt. Und immer wieder stehenbleibt um aufzuschreiben, was er sieht, hört, schmeckt, fühlt, was die Leute reden und wie sie reden.

So aufschreibt, daß es nicht nur für den Tag gilt, sondern eine Summe ergibt, die stimmen könnte bis zum letzten. Denn ein Dichter sieht, was andere nicht oder längst nicht mehr sehen, er hört Töne, die wir lange totgeredet haben. Sein Kopf und sein Herz schafft sich Bilder und webt sie zu Geschichten, wo wir nichts wahrnehmen als das Alltägliche. So einer ist unser Blasius.

* Rede von AZ-Herausgeberin Anneliese Friedmann beim Abschiedsfest am 18. 12. 1986 im Alten Rathaussaal von München

»Sehr geehrter Herr Sommer, Ihr Artikel in der SZ – die Besserung – zeigt in so wenigen Zeilen unser armes Deutschland. – Ich habe darüber mit 66 Jahren geweint wie ein kleines Kind. Nur ein Schriftsteller mit einem guten Herz kann so etwas schreiben«, kritzelte Karl Valentin im Dezember 47 mit zittriger Bleistiftschrift auf ein Blatt, das der Sigi hütet wie ein Heiligtum.

Er ist seinem großen Vorbild in den Jahren des Schreibens immer ebenbürtiger geworden, auch im skurrilen Quer- und über Ecken herum – und Nadelöhr-Hindurchdenken. Wenn die Liesl Karlstadt ein paar Jahre später in einem Leserbrief an die ABENDZEITUNG feststellt: »Früher hatten wir Bayern einen Ludwig Thoma – heute haben wir Gott sei Dank noch einen *Blasius*« so stimmt das zwar vom Rang her.

Aber das Milieu, das dieser *Blasius* beobachtet, beschwört und schildert, ist ein anderes als das der beiden großen Dichter. Nicht das bayerisch-bäuerliche, provinzpolitisch verlogene des Ludwig Thoma. Es hat auch nichts zu tun mit den genialen Gedankenspiralen, die Karl Valentin um den bayerischen Kleinbürger im ohnmächtigen Kampf mit Zuständen und Umständen spinnt. Mit seinem Idol Bert Brecht verbindet den Sommer Sigi zwar das Eintreten für die Schwachen im Dunkel, aber es fehlt ihm jeder klassenkämpferische Zug.

Auch Mundartdichter paßt auf *Blasius Den Spaziergänger* nur bedingt, wenngleich ein Sprachforscher namens Kufner, Professor an einer amerikanischen Universität, anhand von exakt 611 Sätzen aus Sigi-Sommer-Aufsätzen eine »Strukturelle Grammatik der Münchner Stadtmundart« erstellte.

Der Sigi schaut zwar den Leuten aufs bayerische Maul. Aber ebenso feinfühlig registriert sein Ohr das Neuhochdeutsch der Großstädter, den Jargon der Pennbrüder, die Phrasen der Möchtegern-Gesellschaft. Kaum haben die Computerkinder ihre eigene Schnellsprache drauf, hat sie der *Blasius* schon cool geschnallt.

Als Spaziergänger ist er zum ersten und einzigen unverwechselbaren Dichter der Großstadt München geworden, die ihrerseits unverwechselbar inmitten einer immer austauschbareren Welt leuchtet.

Blasius Der Spaziergänger auf der Suche nach der verlorenen Zeit ist ein Marcel Proust der Hinterhöfe, seine Welt ist die der kleinen Leute einer großen Stadt, er besingt den Schatten junger Mädchenblüte auf den Gesichtern namenloser Vorstadt-Marillis, und die maßkrugstemmende Güte der Kellnerin Anna. Die Einsamkeit der alten Männer auf den Anlagebänken und die der Heranwachsenden in der Betonwelt.

Mit winzig kleiner Schrift notiert er auf winzige Zettel Eindrücke, Aussprüche, Gedanken. »Ich schreib eigentlich bloß des ab, was ich siech«, sagte er. »Alles, was ich geschrieben hab in meinem Leben, hab ich schon längst gesehen. Die Gefühlseindrücke vermehren sich, mit der Zeit bin ich wie ein großer Radarschirm geworden, der die kleinsten Wellen auffängt.«

Ein Zeitaufschreiber, ein Chronist. Und ein Poet dazu. Als der Sommer Sigi damals gleich nach dem Krieg in der Redaktion der Süddeutschen Zeitung seine Gschichterl anbot, fielen sie dem Chefredakteur Werner Friedmann auf. Obgleich die SZ nur dreimal in der Woche erschien, vier Seiten schwach und eigentlich ohne Raum für anderes als Bekanntmachungen zum Überleben, wurde der noch Unbekannte gedruckt.

Sogar die Geschichte mit der Einkaufstasche, aus der es tropfte. Eine Frau hatte sie der anderen beim Schlangestehen um Kartoffeln in die Hand gedrückt, und als die hineinschaute, lag ein Negerbaby drin.

Schreiber Sommer jedenfalls wurde trotz seiner Erfindungsgabe ein ordentlicher Reporter. Da sorgte schon Bernhard Pollak dafür, damals Lokalchef.

Er war es, der den *Blasius* eigentlich erfand. Die Figur des Münchner Grantlers, der durch die Stadt geht und darüber räsoniert, was ihn ärgert oder wundert oder freut. Pollak nannte ihn Blasius Blinzl, und als dieser schrieb Sigi Sommer vor fast vierzig Jahren eine Lokalspitze über ein Jazzkonzert.

»Nun, Sie sind doch mal so'n richtiger Münchner – wie hat Ihnen denn det Ding jefallen?« wird Blasius Blinzl nach dem Konzert gefragt. »No, recht guat!« sagt *Blasius*. »Schad', daß koa Bier-Ausschank dabei war, sonst hätten s' vielleicht aa no mit dee Maßkrüag zuag'schmissn. Nacha waar's erscht zimpfti worn.«

Ja, sagte Werner Friedmann, der gerade die Abendzeitung als erste Boulevardzeitung gegründet hatte, den Blasius Blinzl muß ich Ihnen leider wegnehmen, lieber Pollak. *Blasius Der Spaziergänger* war geboren, im Kopf vom Sigi ein Mann wie sein Onkel Ferdinand Sommer, ein pensionierter Postinspektor mit Haklstecken, den er möglichst weit von sich wegstreckte, damit sich möglichst viele Leute darüber ärgerten. Er war halt ein Grantler. Kein Nörgler, sondern einer, der grantelt aus philosophischem Prinzip heraus. Wie *Blasius* eben. Wie ein echter Münchner.

Ernst Hürlimann, damals wie heute Lokal-Karikaturist der Süddeutschen Zeitung, zeichnete das Manderl mit Gocks und Haklstecken, das schwarze Schnürstiefeletten trägt und eine Blume im Knopfloch, während der Sigi nicht einmal Krawatten aushält, weil er alles, was einengt, nicht leiden kann.

Aber auch in Turnschuhen hat er seinen *Blasius* zur Figur gemacht, die man von Hamburg bis fast nach Honolulu kennt. Und von der Staatskanzlei bis zum Stammtisch im »Klösterl« fürchtet.

Die Abendzeitung und ihr *Spaziergänger* sind miteinander groß geworden, haben sich gegenseitig gestützt und genützt. Kein anderer deutscher Journalist kann sich rühmen, dreißig Jahre lang jede Woche am gleichen Platz eine Kolumne geschrieben zu haben. Aber auch keine andere Zeitung, sie mit Erfolg zu drucken.

Nicht immer nur in Liebe natürlich. Denn die innige Verbindung, die *Blasius* mit seiner Grantler-Figur einging, formte auch ihn selbst. Der Sigi, eigensinnig bis uneinsichtig, droht nicht nur mit dem Haklstecken, wenn der Chefredakteur auch nur ein Komma zu streichen gedenkt. Er schreibt ihn nicht, er *ist* der *Blasius*: Ein lebendes Denkmal seiner selbst.

Sein kleines Wohnzimmer in der Wurzerstraße.

Zum fünfzigsten Geburtstag ließ er sich eine Art Totenmaske abnehmen. Zum siebzigsten von der ABENDZEITUNG gut 1000 Freunde zum Feiern in den Augustinerkeller einladen. Dort unter den alten Kastanien hält er Hof an seinem Stammtisch, zu dem nur ausgewählte Spezln zugelassen sind, ganz selten ein Prominenter, kaum der Bundespräsident. Nur der Scheel Walter, wenn er grad nach München kommt. Aber immer das Luiserl.

Blasius der Lohnschreiber, wie er sich selbst gern nennt, hat die gut 3500

Gschichterln, die er im Solde der Verleger verfaßte – als dem schnöden Geld durchaus nicht abgeneigter Geschäftsmann –, in mehr als dreißig Büchlein und Bänden zusammengefaßt. Auflage stolze 100 000, übersetzt sogar ins Japanische, selbst in Rußland so bekannt, daß der Botschafter aus Bonn zum Besuch nach München kam, um *Blasius* nach Moskau einzuladen.

Aber der dankte. Weil er sich an einen Wegweiser bei Stalingrad erinnerte, auf dem stand: 2654 Kilometer nach München. »Und ich möcht'«, sprach Siegfried Sommer, »nicht mehr weiter fort, als ich notfalls zu Fuß zurück kann.«

Das braucht er auch nicht, als einer, dem nicht erst die Nachwelt Kränze flicht. Sondern den seine Heimatstadt ehrt mit Preisen, Münzen und Medaillen, dem »München leuchtet« in Silber und Gold, Franz Josef Strauß den Bayerischen Verdienstorden höchstpersönlich umhängt und der Bayerische Journalistenverband die Goldene Ehrennadel ansteckt.

Obwohl sich der Sigi längst aus diesen Reihen hinausgeschrieben hat in die höheren Himmel der Schriftsteller mit seinen Romanen »Und keiner weint mir nach« und »Meine 99 Bräute«. Den starken Erstling, die Geschichte einer hoffnungslosen Jugend, nannte Bertolt Brecht den besten Roman nach dem Krieg.

Auf Anregung des damaligen Intendanten Everding machte der Sigi 1960 das Bühnenstück »Marilli Kosemund« daraus. Welturaufgeführt an den Münchner Kammerspielen, aber nicht arg oft wiederholt. Einmal, als abstrakte Gedichte in Mode kamen, gelang ihm eines, das die anspruchsvollen »Frankfurter Hefte« veröffentlichten. »Denn an solchan Schmarrn kon i scho lang«, sprach Sigi Sommer, dessen geringe Meinung über Intellektuelle in seinen Werken nachzulesen ist.

Jetzt zieht *Blasius* also die Turnschuhe aus. Wen die ABENDZEITUNG an seiner Stelle als *Spaziergänger* in die Stadt entsenden wird, weiß ich noch nicht. Vielleicht, daß der alte Mann, als den er sich selbst immer öfter in seinen Geschichten sieht, uns manchmal ein Stück Erinnerung schickt.

»Ich blicke auf meine Kindheit zurück wie auf eine verblaßte Photographie und freue mich heute noch, daß ich damals so gesponnen hab'. Was ist eigentlich so eine Photographie? Ein dünnes, weißes Sandwich, auf dem ein bißchen Vergangenheit aufgestrichen ist. Die Lieblingsspeise von Gevatter Zeit.«

Das wird uns keiner mehr schreiben. Keiner mehr wird zum Verfassen seiner Artikel in den alten Südlichen Friedhof gehen wie Sigi Sommer zu seinem Freund, dem Engel mit den grünen Augen. »Er ist ganz hinten, im Winkel der roten Ziegelmauer, mit dem Gesicht halb zur Wand gekehrt, wie jemand, den man in die Ecke gestellt hat, damit er sich schämen soll. An der rechten Hand aber führt dieser Schutzengel noch immer ein halbes bronzenes Kind spazieren. Und dann ist es dem Mann mit leisem Kinderlächeln doch noch eingefallen. Der Engel mit den grünen Augen getraut sich wahrscheinlich nicht mehr heim. Weil er doch so schlecht auf das Kind aufgepaßt hat.«

Abschied von BLASIUS DEM SPAZIERGÄNGER, das ist, als würde man die Frauentürme aus München wegtragen oder die Bavaria von der Wiesn.

»Und wenn man mich jetzt hochnotpeinlich befragen würde, aus welchem Grund ich nunmehr keinen BLASIUS mehr schreiben werde, so könnte ich darauf nur eine einzige Antwort geben, die zwar nicht lustig ist, aber vielleicht verständlich. Und die lautet: Dreiasiebzge.«

Dem ist nichts hinzuzufügen.

Eine Skizze von Ernst Hürlimann.
Daraus wurde das Umschlagbild des Buchs »Aus Äpfe Amen«.

Louise Pallauf: Der Sigi

Der Sigi
Nach nunmehr 40jähriger, echter, ehrlicher, aufrichtiger Freundschaft und Mitarbeit in guten und stürmischen Zeiten möchte ich sagen, der Sigi ist:

>   Sensibel und gschroamaulad,
>   abweisend und mitfühlend,
>   streng aber ungerecht,
>   hart in seiner Kritik aber gleich wieder versöhnlich,
>   duldet keinen Widerspruch (außer von mir)
>   setzt sich für Freunde und Bittsteller selbstlos ein,
>   er ist heiter und depressiv,
>   tapfer im Ertragen von Krankheit und Schmerzen,
>   sparsam für sich und großherzig für andere,
>   unheimlich tierliebend,
>   ein ewig sich in seine Kindheit zurück Sehnender,
>   trickreich im Erfinden von Ausreden,
>   schlitzohrig und offen,
>   »odraht« und ehrlich zugleich,
>   ein 99facher Ladykiller und Casanova,
>   ein spartanisch, disziplinierter, enorm fleißiger und ausdauernder Arbeiter,
>   der es nicht leicht mit sich selber hat, es sich nicht leicht macht,
>   häufig ein Schwieriger, ein Zerrissener,
>   ein bayrischer Chaplin,
>   ein Dichter und Phantast,
>   sentimental und real,
>   also rundherum ein großartiger, schwieriger, gescheiter, eigensinniger
>   Don Juan, Nestroy und Valentin zugleich – und –
>   wenn's drauf ankommt, von einer großen Menschlichkeit und Güte.

Geschrieben im April 1989

Siebzigster Geburtstag. Der Jubilar mit Louise Pallauf, der »Nr. 1 in seinem Leben«, wie er in einer Widmung schrieb.

*Alte Kollegen:
Sigi Sommer und
Ernst Hess*

Ernst Hess: Mit der Stimme eines entzündeten Nebelhorns

Ernst Hess wurde unter dem Pseudonym Peter Brügge als Spiegel-Reporter bewundert und gefürchtet. In seinen Anfänger-Jahren war er Schreibtisch-Nachbar Sigi Sommers in der SZ. Zum 70. Geburtstag Sigi Sommers im August 1984 schrieb er dieses Blasius-Porträt für die AZ.

Lange haben wir uns im Reporter-Pferch der SZ eine Ecke geteilt. Zwischen 1949 und 1957 ist mir dort nichts so nahe gestanden wie der Schreibtisch von Sigi Sommer. Hauptsächlich legte er darauf seine Füße ab, mit den sowjetischen Eisensplittern darin. Zum Schreiben ging er nämlich in den alten Südfriedhof. Da fand er die Ruhe, die er bei uns nicht geben wollte.

Ins Büro kam er, um seinen Grantler-Bariton und seine unumstößlichen Ansichten zu erproben. Aus ihm sprach schon jener Blasius, den er bald danach in der benachbarten »Abendzeitung« für Geld laufen ließ.

Für uns zehn Leidensgenossen aus dem Reporter-Zimmer hat er noch kostenlos räsoniert. Ich war grün genug, dagegen manchmal aufzumucken. Dann flutete über mich der lehrreiche Wortschatz des ehemaligen Ministranten, Gigolos, Boxers und Oberfeldwebels Sommer hinweg. Er hatte die Stimme eines entzündeten Nebelhorns, wog 200 Pfund und sah mit seinem zerboxten Nasenbein aus wie eine Kreuzung aus Kirk Douglas und dem Aloisius Hingerl. Mit seinen Wortspielen und verbalen Sidesteps hielt er jeden mühelos klein. Fast wäre ich davon abhängig geworden.

»Oiwei sprunghaft 's Thema wechseln«, lautete seine Devise, »da vergessen die andern, was sie wollen.« Seine beste Freundin hat ihm das erst wieder bescheinigt: »Sigerl«, hat sie geseufzt, »du redst as alle damisch.«

Da war es schon besser, von ihm ohne Einwand etwas »G'scheites« zu lernen. Beispielsweise, wie ein Mann von Welt die Gunst einer noch unerfahrenen Aufsteigerin lässig mit Hilfe eines kleinen Brillantringes gewinnt, dem sie die Herkunft aus Neu-Gablonz noch nicht anmerkt.

Mitleidig nannte er mich Hess-Buberl und schleifte mich unter anderem auf den Nockherberg, damit ich am eigenen Leib erführe, wieviel drei Maß Salvator sind. Er verlangte, daß ich zügig trinke. Aus dem Häusl, worin ich vor der dritten Maß verschnaufen wollte, hat er mich brutal herausgetrommelt.

Er ist ja ein solcher Perfektionist. Ob es nun um die Männlichkeit geht, die Meinung oder ein Match, eine Milzwurst oder die Arbeitsmoral – halbe Sachen duldet er nicht. Er fastet, schreibt und säuft, spaziert, saunt oder spielt sein Single beim Tivoli in grausamer Gewissenhaftigkeit.

Alles, bis hin zur heimlichen kleinen Ordnungswidrigkeit, will er fest in der Hand haben und bringt es so, hat er mir gesagt, »zu einem Maximum an Lebensgenuß«. Er hat seine festen Wege und Winkel, seine wiederkehrenden Krankheitsbilder, Ängste und Abneigungen, Themen und Tricks. Man könnte sagen, daß er seine Leser selber am besten verkörpert.

Das nennen sie dann ein Original und rechnen ihm seinen sonderbaren Aufzug entsprechend an. Dabei trägt er nichts ohne zwingenden Grund: Die Lederkappe eines neapolitanischen Taxichauffeurs soll den gelichteten Scheitel kaschieren, Hosenträger und Tennisschuhe sind für ihn Medizin, wie er gern anhand eines Versehrtenausweises belegt. Jawohl, er ist 80prozentig behindert und hätte sogar den Rechtsanspruch auf eine Begleitperson, falls es ihm an einer solchen je mangeln sollte.

Mir kommt der Sigi vor wie eine jener Uhren, die bloß ticken, weil man sie bewegt. Doch ist er es selber, der für seine Unruhe sorgt. Zehntausend Geschichten hat er nun dank dieses treibenden Regelmaßes auf das verhaßte weiße Papier gezwungen.

Nur ein sich selber so weitertreibender Macho konnte uns über Jahrzehnte hin unentwegt mit neuen Wortbildern für ein und dieselbe Sache versorgen. Ein Arsenal von Sprachschöpfungen für den abgeschlafften Begriff der weiblichen Oberweite hat er uns in seiner Unnachgiebigkeit angedient. Mancher seiner Leser wird bei der Erwähnung von »Max und Moritz« oder den »zwei guten Kameraden« vielleicht nie wieder unverdorben an Wilhelm Busch oder das Vaterland denken. Und auch die Maus, die unter dem Damentrikot »ein Fäusterl!« macht, wird uns beim Anblick allerkleinster Verhältnisse wohl lebenslang verfolgen.

Was ist er nun wirklich, Sommer oder Blasius? Gewissenhafte Philologen haben ja schon bald versucht, die beiden auseinanderzudividieren, in Blasius nur einen anstößigen Imitator seines Erzeugers zu sehen. Da wurde der Sigi ein bißchen rot. Dann übermannte ihn die richtige Witterung: Blasius, dem anfangs noch der Zuname Blinzel anhing, wurde seine literarische Gassenschenke. Da konnte er alles verzapfen, ohne den Eichstrich bürgerlicher Schicklichkeit dauernd im Auge zu behalten, und so schmeckte es auch den Durstigen ohne Abitur.

Die Unkeuschheiten des frühen Sigi wie Blasius haben katholische Familienschützer und Staatsanwälte zu unbezahlbarem Einschreiten veranlaßt. Noch Sommers ersten Roman (»Und keiner weint mir nach«), egal wie sehr Bert Brecht ihn lobte, wagte kein Verlag deutscher Zunge vollständig zu drucken. Dabei war das Software im Vergleich zu dem, was später in jede öffentliche Bücherei einging.

Waren Sommers riskante Anzüglichkeiten denn nicht erste Hüpfer auf dem Weg in die heutige radikale Hosenlosigkeit? Bei dem Gedanken säuert er sich sofort ein. Ihn wird man schwerlich dazu bringen, den Uhse-Exhibitionismus und die Fleischbeschau an den Zeitungskiosken für Fortschritt und sich für dessen Vorkämpfer zu halten.

Er findet, daß sie ihm so sein Steckenpferd »zur Schindmähre« geritten hätten. Das ist, von seinen siebzig Lenzen einmal abgesehen, wohl mit ein Grund, weshalb sich der feinere Sommer und sein Blasius mehr und mehr in Nostalgie vereinen. Siegfrieds Klage: »Ja, wissen denn die alle net, daß d'Leut aus einer Schachtel Pralinen sich noch immer z'erscht de Einpapierlten nehman?«

Hier stoßen wir auf ein Grundmuster seiner bayerischen Widersprüchlichkeit: Er braucht seine Ordnung, es lohnt sonst nicht, sich an ihr zu wetzen. Ein Haufen Beamte kann ihn verdrießen, aber ein Haufen Penner noch mehr.

Er steht immer ein bißchen auf beiden Seiten. Anerkennungsbriefe vom Kurien-Kardinal Ratzinger oder dem Moraltheologen Rahner erwärmen ihn, den Abtrünnigen, seiner Kirche. Wenn ihm beim Hochamt in der Herz-Jesu-Kirche trotz allem ein Platz reserviert wird, freut ihn das doch. Und seine Seele erhebt sich beim Absingen der Bayern-Hymne, zu dem der Stadtpfarrer Fritz Betzwieser auf sein Betreiben hin die Herz-Jesu-Gemeinde am Ende eines Hochamtes aufzufordern pflegt.

Betzwieser und Blasius lernten sich in der Sauna kennen. Der Spaziergänger hat auch im Unbekleideten gleich den Hochwürden erkannt und ihn alsbald in seiner beschriebenen Hartnäckigkeit zu einer Apostelfrisur und einem Flanellanzug überredet.

Dem Betzwieser glaubt's der Sigi fast, daß auf einen wie ihn der Himmel wartet: Allein schon des Hundes wegen, den er beim Rückzug einst aus der Düna gefischt und mit seiner Eisernen Ration gefüttert habe.

Außerdem: Gilt er nicht als »Anwalt der kleinen Leute«? Freilich hat er es fast noch mehr mit den großkopferten, reichen und schillernden Existenzen. Er sagt sich: Es steht ja nirgends geschrieben, daß der Reiche weniger gelten soll.« Einer seiner Großväter ist sogar selber ein Nobler, ein Ritter Sommer und Schloßbesitzer gewesen, bevor sich die Familie in Richtung Arbeiterklasse bewegt hat.

Es entgeht dem Sigi nicht, daß viele Gewichtige sich an ihn heranwanzen, nur weil es schick ist, seinem Stammtisch anzugehören, ihm Servus zuzurufen und sich von ihm rauhe Nettigkeiten sagen zu lassen. Mehr als 35 feste Mitglieder will er an diesem Tisch im Augustinerkeller nicht zulassen. Die nur werden von ihm mit einer königsblauen Krawatte dekoriert, auf die er hat sticken lassen: »In Treue fest«. Walter Scheel erfreut sich dieser Auszeichnung und auch Franz Josef Strauß, bei dem sich der Sommer damit für die Verleihung des Bayerischen Verdienstordens revanchiert hat.

Und wenn sein Maßkrug noch so innig an den von solchen Herren stößt, wird er doch nie die notigen Jugendjahre in der Bruderhofstraße 43 vergessen, wo bei den Sommers »d'Mäus mit verwoante Augn ausm Brotkast'n rausgschaugt ham«.

Unauslöschlich hat das seine Lebensängste und Konsumgewohnheiten bestimmt. Deswegen wohl mußte der professionelle Fußgänger Blasius sich beim Daimler ein eigentlich überflüssiges Cabriolet bestellen und sich beim Dietl einen Schrank feinster Anzüge anmessen lassen, die er lediglich verliebt anschaut wie die seltenen Goldstücke, die er außerdem sammelt. Er braucht das. Nötig hat er es nicht.

Tief inwendig tickt nur eben weiter die Vorstellung, nest- und mittellos dazustehen und das vielleicht sogar dann ohne Spezl. Geboren wurde die wohl an jenem Tag Ende August 1914, an dem ihn seine »schöne Mama«, wie er sie nennt, aus dem Wochenbett weg einer Mesnerfrau aus Taufkirchen mitgab. Die hat ihn ernährt bis zu seinem sechsten Jahr, gegen Bezahlung. Der Knabe Siegfried durfte erst heim, nachdem Vater Sommer, der Möbelrestaurator, seine zweite Frau geheiratet hatte. Die ist Sommers »gute Mama« geworden.

Danach versteht man etwas besser, wieso er sich, schwimmend in Popularität, letztlich bewegt wie ein Einzelgänger. Wieso seine Wohnung ihm Zuflucht ist und Klause: Ein Zimmer, Küche, Bad in der Wurzerstraße, überm Bett ein Kruzifix, vor dem Fenster kein Baum. Als Wandschmuck dominieren Bilder vom unvergeßlichen Ludwig II. und vom Sigi selber. Auch ihn wird man einmal so schnell nicht vergessen. Handschriftliches von ihm wird in seiner Stadt schon heute als höherer Wert gehandelt.

Es sieht aus, als wolle er es späteren Denkmal-Stiftern, zumindest was das Gußgewicht anbetrifft, so leicht wie möglich machen. Infolge äußerster Diät wiegt er jetzt 125 Pfund.

Das Sigi Sommer-Denkmal am Münchner Roseneck, gestiftet von der Verlegerin Marian Schulz und ihren Söhnen. Oft legen Passanten Blumen zu seinen Füßen nieder. Oder klopfen ihm auf die Schulter.

Zeittafel

23. AUGUST 1914
Siegfried Sommer wird in der Bruderhofstraße, Sendling, geboren. Vater Möbel-Restaurator, Mutter Hausfrau. In den ersten Jahren als Pflegekind bei der Familie Bartholomäus Faltermeier in Steinkirchen, Niederbayern.

1920–1928
Besuch der Volkshauptschule am Gotzingerplatz. Abschluss-Zeugnis: »Berechtigt zu den besten Hoffnungen.«

1928–1931
Lehre als Elektrotechniker. Abschlußzeugnis: »Ausgezeichnete Kenntnisse und Fertigkeiten …«

1937
Im Dezember erste Veröffentlichung in der Zeitschrift »Jugend«: »Der Bart«.

1939–1945
Wehrmacht. Soldat auf vielen Kriegsschauplätzen. Zuletzt Ukraine und Ostpreußen. 1. April 1945 entlassen als Oberschirrmeister.

1943
Hochzeit mit Ellen Spielberger, 1946 Geburt der Tochter Madeleine.

1945
16. November »Das Gerücht« – erste Veröffentlichung mit Namensnennung in der Süddeutschen Zeitung: Später Lokalreporter. Glossen (Lokalspitzen). Sport-Berichterstatter.

1948
Reportagen und Plaudereien für die »Tageszeitung«, die zur Presseausstellung erschien. Vom ersten Tag an Mitarbeiter der neugegründeten »Abendzeitung«.

1949
21. November erste Lokalspitze als »Blasius Blinzl« in der SZ, vom 2. Dezember an Kolumne »Blasius der Spaziergänger« in der Abendzeitung. Bis 2.1.1987

1953
im Dezember: Erster Roman »Und keiner weint mir nach« im Desch-Verlag. Für Bert Brecht der beste Roman, der nach dem Krieg geschrieben wurde.

1956
Zweiter Roman »Meine 99 Bräute«, Desch-Verlag.

1960:
Uraufführung von Sigi Sommers Theaterstück »Marile Kosemund« in den Münchner Kammerspielen.

1982
Der Verleger Rolf S. Schulz stiftet den Sigi-Sommer-Literaturpreis. (10 000 DM und eine Bronze-Statue von Franz Mikorey). Wurde bis zu Sommers Tod vergeben.

1987
Die letzte Blasius-Kolumne – »Schatten an der Wand« – erscheint in der AZ.

25. 1. 1996
Sigi Sommer stirbt nach schweren Leiden (Oberschenkelhals-Bruch, Lungenentzündung). Jahrelang ist er von seiner Lebensgefährtin Louise Pallauf betreut worden. – 29. Januar Trauerfeier in der Theatertiner-Kirche. Sigi Sommer wird auf dem Friedhof an der Winthirstraße beigesetzt.

1996
Premiere des Films »Und keiner weint mir nach«. Produzent und Regisseur: Joseph Vilsmaier.

1998
Am Münchner Roseneck wird das Sigi-Sommer-Denkmal enthüllt. Die Statue ist eine Schenkung der Konsulin und Verlegerin Marian Schulz und ihrer Söhne. In ihrem Haus sind 16 Bände mit Kurzgeschichten Sommers erschienen.

2001
Die Faschingsgesellschaft Narrhalla stiftet den Sigi-Sommer-Taler als Auszeichnung für Künstler. Der Taler wurde von Sigi Sommer noch selbst entworfen – einst als Geschenk für Stammtischfreunde.

Zahlreiche Auszeichnungen: Schiller-Preis von Weimar, Bayerischer Poeten-Taler, Medaille »München leuchtet« in Silber und Gold, Schwabinger Kunstpreis, Karl-Valentin-Orden, Ernst-Hoferichter-Preis, Bayerischer Verdienstorden.

Quellen- und Bildnachweise

Sigi Sommers Geschichten erschienen zuerst in der SÜDDEUTSCHEN ZEITUNG und in der ABENDZEITUNG. Aus seinen Betrachtungen wurden 16 Bücher allein beim Verlag R. S. Schulz und der *edition schulz*, die den literarischen Gesamtnachlass Sigi Sommer verwaltet. Wir danken allen beteiligten Verlagen und Sigi Sommers Erbin Louise Pallauf für ihre Hilfe bei der Suche nach vergessenen Geschichten und für die Überlassung der Abdruckrechte für den vorliegenden Band in der *edition monacensia*. Besonderer Dank ist dem Dokumentations- und Informationszentrum DIZ des Süddeutschen Verlags zu sagen, das seine Archive monatelang für alle Recherchen öffnete.

»Ich brauch' nur in mich hinein zu horchen« (26. Juli 1979: Gespräch am Vorabend seines 65. Geburtstages)
Als Blasius noch ein Waldbauernbub war (ABENDZEITUNG, 1./2./3. April 1961)
Kinderjahre: damals habe ich das Armsein gelernt (Auszug aus dem Nachwort zu »Meine 99 Bräute« mit dem alten Titel »Ich sehe mich noch spielen«)
Mein Vater der Häuptling Abendwind (ABENDZEITUNG, 23. August 1974)
Der Tod der Stiefmutter (ABENDZEITUNG, 31. Oktober 1964)
Der Bart (JUGEND, Nr. 50, 1937)
Die Logik (JUGEND, Nr. 1, 1938; diese Kurzgeschichte wurde auch vom ABENDBLATT veröffentlicht)
Letzte Liebe (ABENDBLATT, 15. Juli 1938)
Das Glück (Entstehung vor 1943, Hinweise auf Entstehungsdatum aus Begleitbriefen)
Das tägliche Gerücht (SÜDDEUTSCHE ZEITUNG, 16. November 1945)
Ehen werden im Himmel geschlossen (TAGESZEITUNG, Nr. 16, 21. Mai 1948)
Schwabing zwischen Abschied und Wiedersehen (TAGESZEITUNG, 1. Juni 1948)
Auf der Brücke zum Jenseits (ABENDZEITUNG, Nr. 42, 16. Juni 1948)
Das Kuckucksei (Alter Titel »Schier dreißig Jahre ist es her …; aus: DREISSIG JAHRE AZ, 21. Juni 1978)
Spaziergang eines alten Münchners (ABENDZEITUNG, 21. August 1948)
Fenstergucker (SÜDDEUTSCHE ZEITUNG, 23. Juni 1950)
Brotzeit für die Augen (1. März 1951)
Teure Eier (Die erste Lokalspitze mit Blasius Blinzl; aus: SÜDDEUTSCHE ZEITUNG, 21. November 1949)
Beschwingte Weisen (Blasius Blinzls zweiter Auftritt. Und da wurde er von AZ-Gründer Werner Friedmann entdeckt …; aus: SÜDDEUTSCHE ZEITUNG, 29. November 1949)

Irrwege auf dem Amtsweg (Blasius-Premiere in der ABENDZEITUNG; Original ohne Titel; ABENDZEITUNG, 2. Dezember 1949)
Unwirsch durch die Stadt (Von jetzt an begleitet die Hürlimann-Zeichnung 37 Jahre lang Sigi Sommers Kolumne; Original ohne Titel; ABENDZEITUNG, 6. Dezember 1949)
Ernst Hürlimann erinnert sich ... (Gespräch im November 1986)
Am beliebtesten Blasius (ABENDZEITUNG, 21./22. Juni 1958)
Wenn ich spazieren gehe ... (ABENDZEITUNG, 23. April 1954)
Warum ich schreibe ... (Original ohne Titel; 10 JAHRE AZ 21./22. Juni 1958)
Die Ballade vom faulen Lohnschreiber (ABENDZEITUNG-Beilage vom 30. September 1980; auch in: »Sommer-Zeit«.
Die große Hungerkur (ABENDZEITUNG, 12. Juli 1968)
Nix Kultura (ABENDZEITUNG, 12. Juli 1985)
Der Patriarch aus dem Regina (ABENDZEITUNG, 14. Februar 1996; auch in »Sommer-Zeit«)
Bei Durchsicht meiner Stunden ... (ABENDZEITUNG, 2. Januar 1970)
Die Bescherung (SÜDDEUTSCHE ZEITUNG, 24. Dezember 1947)
Brief von Karl Valentin (25. Dezember 1947)
Der Arme-Leute-Lindwurm (Original ohne Titel; ABENDZEITUNG, 13. Januar 1950)
Speisesaal der Armut (Original ohne Titel; ABENDZEITUNG, 24. Februar 1950; auch in: »Das große Blasius-Buch«)
Das Hotel der Gestrandeten (ABENDZEITUNG, 14. April 1950)
Warte nur bald ... (ABENDZEITUNG, 2. November 1951)
Wärmestube mit Musik (ABENDZEITUNG, 14. Dezember 1951)
Ihre Heimat ist der Güterwagen (SÜDDEUTSCHE ZEITUNG, 1. Dezember 1952)
Das Medizinkastl (SÜDDEUTSCHE ZEITUNG, 24. Februar 1951)
Morgenstund ... (Aus: »Blasius geht durch die Stadt«, ca. 1952)
Stöber-Bazillen (SÜDDEUTSCHE ZEITUNG, 3. April 1952)
Über das Benehmen am Ausguß (SÜDDEUTSCHE ZEITUNG, 24. April 1953)
Kleine Gassenbuben-Chronik (SÜDDEUTSCHE ZEITUNG, 18. August 1956)
Tag des alten Mannes (ABENDZEITUNG, 27./28. November 1965)
Kontrollgang durch das Abendland (Original ohne Titel; ABENDZEITUNG, 17. August 1951)
Am Lago Maggiore (Original ohne Titel; ABENDZEITUNG, 24. August 1951)
Nichts geht mehr (Original ohne Titel; ABENDZEITUNG, 31. August 1951)
Drei Millimeter von der Ewigkeit entfernt (Original ohne Titel; ABENDZEITUNG, 21.Dezember 1951)
Wiederbewaffnung: Die einen schweigen ... (Original ohne Titel; ABENDZEITUNG, 13. Januar 1956)
Luftschutz: Zieht Euch warm an ... (ABENDZEITUNG, 17. November 1961)
Konfessions-Unterricht: Evangelische Kniebeugen – katholischer Bauchaufschwung (ABENDZEITUNG, 21. September 1962)

Transplantationen: Herzliche Zeiten (ABENDZEITUNG, 8. Dezember 1967)
Notstandsgesetze: Aus, Amen und vorbei (ABENDZEITUNG, 31. Mai 1968)
Zwei Pullen Vergißmeinnicht (Original ohne Titel; ABENDZEITUNG, 31. März 1952)
Hühnerauge am Stimmband (Original ohne Titel; ABENDZEITUNG, 19. Februar 1954)
Feuer im Kreuz (ABENDZEITUNG, 4. März 1966)
Auf der Brücke ins Jenseits (ABENDZEITUNG, 7. März 1969)
Insel des Friedens (ABENDZEITUNG, 14. August 1964)
Begegnungen mit IHM (ABENDZEITUNG, 4. November 1966)
An jener Friedhofsmauer (ABENDZEITUNG, 25. Dezember 1971)
Der letzte Blasius: Schatten an der Wand (ABENDZEITUNG, 2. Januar 1987)
Louise Pallauf: Der Sigi. Geschrieben im April 1989 (Aus:»Durchs Münchner Jahr«, edition schulz)

Fotonachweis

Bei einigen Bilder aus dem Privatbesitz von Sigi Sommer und aus dem Archiv der Monacensia konnten trotz intensiver Recherchen aufgrund fehlender Angaben die Namen der Fotografen nicht ermittelt werden.

Claus Biegert S. 12
Renate Bruhn S. 51
Werner Deisenroth S. 81
Alfred Haase S. 59 (oben), S. 126 (oben)
Stefanie Heintze S. 156
Franz Hug Titelseite, S. 8, S. 105 (oben), S. 127, S. 128 (oben), S. 155
 Guido Krzikowski S. 124
Herlinde Kölbl S. 151
Berny Meyer S. 24, S. 73, S. 79, S. 104, S. 145 (2)
Werner Meyer S. 71
Fritz Neuwirth S. 129 (rechts)
Privat S. 17, S. 18, S. 20 (2), S. 31, S. 43, S. 44
Otfried Schmidt S. 60 (unten links), S. 105 (rechts), S. 126 (oben)
Thomas Schumann S. 2, Umschlagseite
Christine Strub S. 161
Robert Vollath S. 106 (rechts)
Siegfried Zink S. 126 (unten)

Ohne Urheber-Vermerk: S. 59 (unten), S. 60 (oben und rechts), S. 70, S. 72 oben, S. 72 unten, S. 105 (unten), S. 106 (2 links), S. 113, S. 128 (unten), S. 129 (unten), S. 137, S. 148